박용래 평전

박용래 평전

고형진 지음

문학동네

일러두기

본문에 인용한 박용래 시인의 시와 산문 텍스트는 『박용래 시전집』(고형진 엮음, 문학동네, 2022)과 『박용래 산문전집』(고형진 엮음, 문학동네, 2022)을 따랐다.

머리말

　박용래는 전후 한국 현대시사에서 매우 중요한 자취를 남긴 시인이다. 그는 전통적인 서정시의 가락 위에 섬세한 언어로 세공한 독자적인 회화 형식을 입혀 유니크한 시를 만들어냈다. 그는 남들이 스치고 지나간 자리에 남은 미물의 '가난한 아름다움'에 눈길을 돌려 우리의 가슴에 깊은 울림을 주는 서정시로 새겨놓았다. 그는 우리 현대 시인 중 가장 한국적인 서정이 풍기는 시를 쓴 시인으로 꼽힌다.

　박용래는 전 생애를 완전히 문학에 바쳤다. 그는 학교를 졸업하고 곧장 은행과 교직에 몸담았지만 모두 이 년 남짓 근무하곤 퇴직하였다. 시쓰기에 전념하기 위해 남들이 부러워하는 직장을 미련없이 그만둔 것이다. 1남 4녀의 아버지였던 그는 자녀 교육에 열심이면서도 돈 벌이는 멀리한 채 오로지 시를 쓰고 책을 읽고 문인과 예술가들을 만나는 데 시간을 바쳤다. 그는 시인이란 모름지기 구도자나 방랑자가 되어야 한다고 생각했고, 그것을 삶에서 그대로 실천했다. 그는 세속인이면서 세속 너머의 생활을 하였고, 그래서 보통 사람의 눈에 기인으로 보였다.

그가 그러한 시인의 길을 걷게 된 데에는 그에게 부여된 삶의 조건이 큰 영향을 미쳤다. 그는 어려서부터 쾌활하고 씩씩하며 운동을 좋아하고 공부를 잘하는 모범생이었다. 그런데 열여섯 살 때 자신을 어머니처럼 돌봐주던 열 살 위 누이가 시집을 간 지 열 달이 못 되어 아이를 낳다 사망하는 일을 겪었고, 이 일로 깊은 상처를 입어 감상적인 성격이 되고 난생처음 시를 써보게 된다. 거기에 그가 태어나 자란 강경과 부여의 남다른 정경이 그의 가슴속 깊숙이 시의 숨결을 불어넣었고, 그가 거쳐간 여러 장소들이 그를 시인의 길로 인도하였으며, 그가 만난 여러 사람들이 그에게 시인의 모습을 갖추어주었다.

이 책은 그렇게 운명적으로 지독한 시인의 길을 걸어갔던 박용래의 일대기이다. 그는 사십대 후반부터 지난 삶을 회고하는 산문을 여러 편 썼으며, 지인들에게 진심을 담은 편지를 썼고, 그에 관한 일화를 기록한 이들의 글도 적지 않게 전해지고 있다. 필자는 수년에 걸쳐 그 글들을 샅샅이 살피고, 그의 흔적이 조금이라도 남은 곳을 찾아가 자료를 일일이 열람하고, 생전에 그와 가까이 지냈던 문인, 예술가들과 그의 자제들을 만나 증언을 채록하였으며, 그 자료들을 서로 대조하고 정리하여 최대한 사실에 바탕을 둔 평전을 완성하고자 하였다.

오직 시인으로만 살았던 그는 일상의 편지뿐 아니라 지인들과의 대화나 행동 하나하나가 시적이었다. 그래서 박용래의 삶은 사실 자체만으로도 흥미로운 문학적 서사로 읽힌다. 그는 문학적 상상을 실생활로 옮겼고, 삶 속에서 문학을 살았다. 그에 따라 그의 전기 역시 논픽션이면서도 픽션과 같은 성격을 띠게 되었다.

그런가 하면 그의 일생은 굴곡진 우리 현대사와 문학사의 생생한 현장을 비춰준다. 그는 일제강점기 한복판에 태어나 일제강점기 말에 졸업과 취업을 하고 군대를 경험했으며, 해방 직후 문학에 빠진 뒤 전후에 문학에 입신하여 50~70년대에 활발한 작품활동을 펼쳤다. 그가 살았던 시대는 좌절과 환희, 혼돈과 개발로 이어진 격동의 시기였으며, 그가 등단하고 시인으로 살아간 시기는 전후 우리 문단이 재편되고 확산되어가던 때였다. 그리하여 그의 일대기는 우리 현대사의 가장 극적인 시기를 배경으로 당시 문단의 이면과 주요 문인들의 면모를 생생히 전해준다. 그것은 일반적인 문학사가 포착하기 어려운 미시적인 문학사이기도 할 것이다.

이 책이 쓰이기까지 많은 정보와 자료를 제공해준 여러 문인, 예술가들과 대전문학관, 강경상업고등학교, 한국은행의 관계자들, 그리고 박용래 시인의 자제들에게 깊이 감사드린다. 아울러 편집은 물론 사실 확인에 이르기까지 이 평전의 완성도를 높이는 데 커다란 도움을 준 문학동네 이상술 부국장에게 깊은 감사를 드린다.

가장 시인다운 삶을 살다 간 박용래 시인의 일대기가 이기적 욕망이 극에 달한 오늘날 우리 모두에게 시의 본질을 음미하는 성찰의 시간을 선사해주기를 기대한다.

2022년 11월

고형진

차례

시인의 죽음

1980년 11월 21일.

박용래 시인의 둘째 딸 박연은 수업중이었다. 이화여대 서양화과 4학년에 재학중이던 그녀는 실기실에서 가운을 입고 유화를 그리고 있었다. 그때 과대표가 들어와 아버지가 돌아가셨다는 비보를 전했다. 오후 세시경이었다. 그녀는 황망히 실기실을 나와 대전 집으로 가기 위해 기차역으로 향했다. 자리가 없어 입석을 끊고 객차 뒤쪽에 서서 망연히 창문을 바라보던 그녀의 눈에서 하염없이 눈물이 흘렀다. 그동안 아버지께 잘해드리지 못한 것이 너무 슬프고 가슴이 아팠다.

그녀는 석 달 전 여름방학을 맞아 대전 집에 머물다 서울로 올라왔고, 불과 이십 일 전에 아버지로부터 잘 있다는 안부 편지를 받았었다.

반쯤 열린 창문 사이로 구름이 흐르고 흐르고 있다. 구름은 흘러서 어디로 갈까. 구름은 영원한 방랑자, 저 무명한 방랑자를 위해 연아! 끝없는 박수를 보내자. 축복의 박수를. 네가 떠나던 아침. 달리는 고속 속에서 너의 손은 차가웠겠지. 옷깃을 여미며 여미며 달리는 너의 모습을 상상한다. 다행히 네가 있던 며칠이 학교는 우연히도 휴강이었다니 아빠는 안심, 대안심. 그새, 노아 언니는 신부 차림으로 이서방과 함께 놀러왔더군. 양인이 같이 싱글벙글이니 전도가 환하게 빛나 보여 이것도 아빠는 안심, 대안심. 네가 보낸 수명의 반코트. 하도 색감이 고와 아빠는 지금 벽에 걸어놓고 하염없이 감상하고 있단다. 고맙다 연아, 안녕.

1980. 10. 30. 청시사 부 용래

집에 머물다 서울로 떠난 딸을 그리워하는 아버지의 마음이 절절하게 묻어난다. "달리는 고속 속에서 너의 손은 차가웠겠지. 옷깃을 여미며 여미며 달리는 너의 모습을 상상한다"라는 구절은 정지용의 시 「무서운 시계」의 한 구절을 연상케 한다. 박용래의 모든 편지는 그대로 한 편의 시와도 같다. 편지 후반부에 언급된 '노아 언니'는 박용래의 첫째 딸로, 며칠 전인 1980년 10월 18일에 결혼해 신랑과 함께 문안인사를 왔었다. 편지에는 첫째 사위에 대한 박용래의 믿음과 흐뭇함이 짙게 배어 있다. '수명'은 박용래의 셋째 딸이다. 자매의 넘치는 우애에 박용래는 마냥 흐뭇해하고 있다.

불과 한 달 전 이렇게 밝고 행복한 내용의 편지를 받았는데 돌아가

시다니…… 박연은 아버지의 사망 소식이 믿기지 않았다. 집에 도착하니 어스름한 저녁이었다. 문 앞에 조등이 걸려 있고, 옥상에는 문인들이 삼삼오오 모여 앉아 슬픔을 나누고 있었다. 박두진 시인이 누구보다 앞서 찾아와 조문을 하고 빈소를 지키고 있었다. 아버지는 병풍 뒤에 싸늘한 시신이 되어 누워 있었다.

1980년 7월 27일.

비가 억수같이 쏟아지던 밤, 박용래는 버스를 타고 가다 서구 도마동 로터리 부근에서 내려 횡단보도를 건너던 중 택시에 치였다. 큰 사고는 아니었지만 골절상을 입어 병원 치료를 받아야 했다. 그는 대전에 있는 박외과에 입원해 다리에 깁스를 하고 두 달 정도 치료를 받았다. 그는 병실에서도 시를 쓰고 고치기를 반복했다.

마을로 기우는
언덕, 머흐는
구름에

낮게 낮게
지붕 밑 드리우는
종소리에

돛을 올려라

어디메, 막 피는

접시꽃

새하얀 매디마다

감빛 돛을 올려라

오늘의 아픔

아픔의

먼 바다에.

　　　　　　　　　　　　　　　—「먼 바다」 전문

　박용래는 병실을 지키는 가족들에게 이 시를 읽어주면서 어떠냐고 여러 번 물어보았다. 시인은 아픔의 먼 바다에서 접시꽃의 희망을 보고, 감빛 돛을 올려 힘차게 항해하고자 한다. 답답한 병상에서 삶의 의지를 다지는 시인의 마음이 잘 나타나 있다.

　9월 중순에 퇴원한 뒤로도 박용래는 두 달여 동안 깁스를 한 채 불편하게 지내야 했다. 그러다 마침내 깁스를 풀고 자유로운 몸이 된 며칠 뒤, 소설가 최상규가 전화를 해 깁스를 푼 기념으로 같이 술을 마시기로 하였다. 둘은 목척교 근처에 있는 양줏집 '만다라'로 갔다. 최상규가 자주 가던 술집이었다. 박용래는 연한 막걸리 체질이지만 그날은 최상규와 함께 독한 위스키를 마셨다. 박용래는 최상규를 끌고

14

오류동 집으로 와 몇 잔을 더 마셨다.

다음날 아침, 최원규 시인이 박용래에게 전화를 걸어 오후의 문인 협회 모임에 참석해달라고 요청했다. 박용래는 피곤한 목소리로 어제 저녁에 조금 무리했더니 몸이 무거워 나갈 수 없다며 미안하다는 뜻을 전했다. 그러고는 점심 무렵 화장실에 다녀오다 갑자기 쓰려졌다. 당시 집에는 대학 입시를 준비하고 있던 셋째 딸 수명과 열 살 된 막내아들 노성이 있었다. 아버지를 위해 콩나물국을 끓이고 있던 수명은 아버지의 상태가 심상치 않은 것을 보고 급히 어머니에게 전화를 했다. 어머니는 대전시 동구보건소에서 근무하던 중이었다. 전화를 받은 어머니는 아버지의 코에 실을 갖다대보라고 일렀다. 시키는 대로 해보았지만 코앞의 실은 아무런 움직임이 없었다. 어머니는 평소 자주 다니던 동성의원의 의사를 모시고 급히 집으로 달려왔다. 박용래는 평소 고혈압과 협심증이 있었는데 교통사고와 전날의 과음이 사망으로 이어진 것이다. 그의 나이 56세. 너무나 이른 죽음이었다. 남편이 사망한 것을 확인한 순간, 그녀는 "내가 당신을 얼마나 사랑했는데…… 얼마나 사랑했는데 여보" 하며 그 자리에서 통곡했다. 그것을 지켜본 수명은, 평소 엄마와 아빠가 자주 다퉈 엄마가 아빠를 싫어하는 줄 알았는데 사실은 이렇게 사랑하는 것을 알고는 하늘이 무너지는 슬픔 속에서도 마음이 편안해지는 것을 느꼈다고 한다.

당시 출가한 지 한 달 정도 된 첫째 딸 박노아는 매일 아침 아버지에게 전화로 문안인사를 드리고 있었다. 시어머니를 모시고 사는 낯선 생활 속에서 남편이 아침에 출근할 때 집 바깥까지 나가 배웅하는 것이 그녀에게는 바람도 쐬며 기분전환을 하는 시간이었는데, 그때마다 공중전화로 아버지에게 전화를 했던 것이다. 그녀는 아버지의 음성을 들으면서 부정과 함께 가족의 울타리 안에 있는 것 같은 아늑함을 느꼈다. 결혼 후 하루도 거르지 않던 의식이었는데, 그날은 처음으로 전화를 하지 않았다. 전날의 꿈 때문이었다. 꿈에서 친정집에 와 있는데, 그날따라 눈이 너무 많이 오는데도 아버지가 이제 네 집으로 가라고 독촉을 해서 서운해하다 잠에서 깨었던 것이다. 다음날 아침까지도 서운함이 가시지 않아 남편을 배웅하곤 곧장 집으로 돌아와버렸는데, 바로 그날 낮에 아버지가 돌아가신 것이었다. 그녀는 그날 아버지와 통화를 하지 않은 것이 두고두고 회한으로 남는다고 말한다.

반쯤 열린 창문사이로 구름이 으르르 흐르르 있다. 구름은 흘러서 어디로 갈까. 구름은 영원한 방랑자, 저 무명하는 방랑자를 위하여 연아! 끝없는 박수를 보내라. 축복의 박수를. 네가 떠나던 아침. 달리는 高速에서 너의 손은 차가웠겠지. 옷깃을 여미며 여미며 달리는 너의 모습을 상상한다. 다행이 네가 집에 있던 몇 일이 하루는 우연히도 회강였으니 아빠는 안심, 대안심. 그새, 노아 언니는 신부차림으로 이 서방과 함께 놀러 왔더군. 야인이 같이 샘배틀벙글이니 笑音가 흠하게 벗나 보며 이것도 아빠는 안심, 대안심. 네가 보낸 수명의 반코트. 하도 색감이 좋아 아빠는 지금 벽에 걸어놓고 하염없이 감상하고 있단다. 그럼다 연아, 안녕.

박용래 시인이 둘째 딸 박연에게 보낸 마지막 편지.

영결식과 보문산 시비

1980년 11월 23일.

박용래가 사망한 지 사흘째 되는 날, 시인의 영결식이 대전 근교의 대덕군 산내면 삼괴리에 있는 천주교 공원묘지에서 열렸다.[1] 영결식은 충남문인협회장으로 거행되었다. 조남익 시인의 사회로 김대현 시인의 약력 소개, 박성용 시인의 유시 낭독, 최원규 시인의 추도사, 임강빈 시인의 추도시 낭독이 이어졌다. 박재삼, 박희선, 나태주, 신정식, 이문구, 홍희표 등의 조문객들이 차례로 분향을 하였다. 이어서 하관이 진행되었다. 그때 누군가 관 위에 강아지풀을 놓아주었다.[2] 박용래가 생전에 가장 좋아했던 강아지풀. 그는 '가장 사랑하는 한마

---

1) 박용래는 천주교 신자였던 부인 이태준 여사의 도움으로 사망하기 직전 세례를 받아 천주교 공원묘지에 안장되었다. 박용래의 세례명은 클레멘스였다.

2) 이채강, 「박용래 시인의 장례식」, 『문학사상』 1980년 12월호, 45쪽.

디의 말'을 꼽으라는 한 문예지의 요청에 다음과 같이 쓴 바 있다.

릴케는 다만 '과수원'을 그의 모국어로 부르기 위해 긴 세월 시를 썼다지만 실지로 모래알보다 많은 언어 중에서 한마디 보석 같은 시어를 골라 사랑하기란 내게 있어서는 낙타가 바늘귀로 들어가는 것보다도 어려운 일인 양 싶다. 그러한 나에게도 지나온 도정, 못 견디게 좋아했던 몇 마디의 어휘는 있다. 그중에서도 방랑자가 두고 온 고향을 그리듯 오랫동안 그린 한마디, 강아지풀, 꽃망울도 없이 들길에 혹은 박토에 밀생하는 야생초, 빛을 바라며 어둠 속에서 우는 어린이 같은 존재, 가을이면 꽃의 그림자 같은 녹물이 드는 오요요 강아지풀.[3]

박용래는 강아지풀을 두고 "꽃망울도 없이 들길에 혹은 박토에 밀생하는 야생초" "빛을 바라며 어둠 속에서 우는 어린이 같은 존재" "가을이면 꽃의 그림자 같은 녹물이 드는" 풀이라고 말하고 있다. 강아지풀에 대한 기막힌 묘사라고 하지 않을 수 없다. 박용래는 간단한 산문 청탁에도 이렇게 시와 맞먹는 글을 써서 보냈다. '강아지풀'은 박용래의 삶의 초상과도 같다. 그는 자신의 두번째 시집에 '강아지풀'이라는 제목을 붙였다.

이날 영결식에 참석한 사람들은 박용래와 살을 부비며 오랜 기간 가족처럼 지낸 문인, 예술가들이었다. 젊은 시절에 만나 삼십 년 가까

---

3) 박용래, 「강아지풀—가장 사랑하는 한마디의 말」, 『문학사상』 1976년 6월호, 187쪽.

이 동고동락한 이들도 적지 않았다. 누군가의 영결식에 참석하는 이들이 모두 그러하겠지만, 그곳에 모인 이들은 특히나 조금의 인사치레도 없이 순수한 애도의 마음으로 모인 사람들이었다. 조각가 최종태는 하관을 끝내고 산에서 내려오는 조문객들의 풍경을 다음과 같이 그렸다.

> 대전 남쪽 천주교 묘지에 묻었다. 산에서 내려오는 버스 안에는 멀리 여러 곳에서 찾아온 글꾼들로 가득했다. 참으로 아름다워 보였다. 나는 꽃 같은 사람들이라고 소리쳤다. 아름다운 사람을 산에 묻고 내려오는 그 버스 안 풍경이 그렇게도 아름다워 보였다.[4]

최종태는 그날 박용래를 사랑하고 그의 죽음을 가슴 깊이 비통해하는 문인들의 마음이 마치 꽃과 같았다고 말한다. 최종태는 박용래와 삼십 년간 예술과 우정을 나눈 지인 중의 지인이었다.

1982년 4월 24일.

박용래가 세상을 뜬 지 두 해째가 된 봄날, 충남의 문인들을 중심으로 그의 시비 건립이 추진되었다. 그들은 이날 대전 가톨릭문화회관에서 박용래 시비 건립 발기인 대회를 열고 위원장에 임강빈 시인, 부위원장에 최원규 시인, 사무국장에 조남익 시인을 선출했다. 서울

---

4) 최종태, 「맑은 이슬방울처럼 그렇게―박용래를 회상함」, 김현정·박진아 엮음, 『시인 박용래―그의 삶과 문학』, 소명출판, 2015, 110쪽.

의 문인들도 나서서 도왔다. 『현대문학』『심상』『한국문학』에 성금 모집 광고를 내어 삼백여 명의 시인들이 동참하였다. 박용래 시비는 대전에 건립되는 최초의 시비였기 때문에 여러 행정적인 난관에 부딪쳐 이 년여의 시간이 걸린 뒤에야 결실을 보게 되었다.[5]

보문산 사정공원에 세워진 박용래 시비는 크기와 모양이 남다르다. 박용래를 잘 아는 문인들은 일체의 물욕을 버리고 시에만 전념하며 한없이 작게 살았던 그의 삶을 보상해주고 싶은 마음에 사후에라도 그의 시비만큼은 크게 세워주고 싶었다. 그래서 실무를 맡은 조남익은 가로로 긴 일반적인 형태를 벗어나 세로로 높은 시비를 세워 하늘로 솟는 시정신을 나타내고자 했다.[6] 그래서 질 좋은 오석烏石으로 3.1미터 높이의 직사각형 시비를 제작했고, 윗부분에 1.15미터 높이의 청동 조각을 얹었다. 그래서 시비의 총 높이는 4.25미터가 되었다.[7] 게다가 이 시비는 완만한 언덕 위에 서 있어 더 높아 보인다. 특히 눈길을 끄는 것은 시비 본체 위에 세운 청동 조각이다. 이 청동 조각은 정면에서 보면 가느다란 막대처럼 보이지만, 옆에서 보면 단발머리를 한 소녀의 모습임이 드러난다. 이 여리고 청순한 소녀상은 딱딱하고 커다란 시비가 불러올 수 있는 위압적인 느낌을 포근하고 부드럽게 누그러뜨리고 있다. 시비의 커다란 몸체와 가녀린 소녀상으로 박용래의 크고도 순수한 이미지를 절묘하게 형상화한 이는 조각

5) 조남익, 「박용래 시비 건립 전말기」, 『시와 유혹』, 오늘의문학사, 2004, 154~158쪽.
6) 같은 곳.
7) 박용래 시비 건립추진위원회, 박용래 시비 제막식 팸플릿, 1984. 10. 27.

가 최종태이다. 시비에는 시인의 대표작 「저녁눈」이 김구용의 글씨로 새겨졌다. 김구용은 박용래 시인이 생전에 가장 좋아한 시인 겸 서예가였다. 시비 조각도 글씨도 모두가 자청한 것이었다. 특유의 살아 움직이는 것 같은 필체는 마치 시비 주위로 저녁 눈이 하염없이 내리는 것만 같은 느낌을 준다. 그 아름다운 시비로 인해 대전 보문산 사정공원에는 박용래의 숨결이 살아 숨쉬고, 저녁 눈이 그곳을 찾는 이들의 마음을 포근히 감싸고 있다.

박용래 시인의 영결식 풍경과 보문산 사정공원에 세워진 시비.

본적, 부여

　박용래는 1925년 2월 6일 아버지 박원태朴元泰와 어머니 김정자金正子
사이에서 4남 2녀 중 다섯째로 태어났다.[1] 이날은 음력으로는 1월 14일,
정월대보름 전날이다. 그래서 박용래는 평생 먹을 걱정은 없을 것이라
는 말을 어려서부터 자주 들었다고 한다. 박원태는 1883년, 김정자는
1984년생으로 제적등본에 기록되어 있으니 아버지 나이 43세, 어머니
나이 42세에 늦둥이로 막내 용래를 낳은 것이다. 한편 호적과 학적부
등 공식 서류에는 그의 생년월일이 1925년 8월 14일로 기록되어 있는
데, 이는 박원태가 박용래의 출생신고를 한 날짜이다. 출생신고일이 출

---

1) 이문구가 「박용래 약전」(『먼 바다』, 창작과비평사, 1984)에서 박용래를 3남 1녀 중
막내로 기술한 이후 그에 대한 모든 연보가 이를 답습해왔는데, 제적등본을 확인한바
그는 4남 2녀 중 다섯째이다. 기본적인 가족관계 서술에서 이런 착오가 발생한 것은
사실 확인 과정이 불충분했기 때문이기도 하지만, 1남 1녀가 어렸을 때 사망하여 박
용래가 이에 대해 언급하지 않았던 탓도 있을 것이다.

생일로 기록된 것은 당시로서는 흔한 관행이기도 하다.

용래龍來는 '용이 온다'는 뜻이다. 거물의 탄생을 가리킬 때 흔히 하는 말을 이름으로 부여받은 것이다. 박용래뿐만 아니라 그의 남매들 이름도 모두 범상치 않다. 첫째 형의 이름은 봉래鳳來, 둘째 형은 학래鶴來, 셋째인 누나는 홍래鴻來이며, 넷째도 누나로 붕래鵬來다. 각각 봉황과 학, 기러기, 붕새가 온다는 뜻을 지니고 있다. '래' 자 돌림으로 모두 상서롭고 운치 있는 동물들을 이름으로 삼은 것이다. 이 근사한 작명은 '용래'에 이르러 절정을 이루고 있다.

지금까지 알려지지 않았지만, 박용래는 원래 쌍둥이 형제 중 형으로 태어났다. 동생인 사남의 이름은 상래象來로, 1925년 11월 2일에 돌을 못 넘기고 세상을 떠났다. 박용래의 산문 어디에도 이와 관련한 얘기는 등장하지 않는데, 아마도 갓난아이 때의 일이라 쌍둥이에 대한 추억이 전혀 없기 때문일 것이다. 넷째인 박붕래의 존재도 지금껏 알려지지 않았다. 박붕래는 1916년 10월 6일에 태어나 박용래가 태어나기 전인 1923년 6월 11일에 사망하였다. 그래서 박붕래에 대한 언급도 그의 산문에서는 찾아볼 수 없다.

자식들에게 이처럼 특별한 이름을 지어준 아버지 박원태는 한학자였다. 박용래의 산문에서 아버지의 모습은 딱 한 번 등장하는데, 아버지가 뒷간에 갈 때에도 꼭 대님을 매시곤 했다는 서술이 그것이다.[2] 한복을 입을 때 바지의 대님을 매는 것은 다소 성가신 일이니, 그가

---

2) 박용래, 「호박잎에 모이는 빗소리 3 ─ 홍래 누님」, 『현대시학』 1971년 11월호, 94쪽.

남이 보지 않는 데서도 몸가짐에 철저하고 경우가 바르며 예의범절을 중시하는 인물임을 보여주는 대목이다.

박용래가 태어난 곳은 충남 강경이며 아버지 박원태가 태어나 오랫동안 거주한 곳은 부여다. 정확한 주소는 충남 부여군 부여면 관북리 70번지이다.[3] 박원태의 집안은 대대로 이곳에서 살았다. 부여는 부소산 아래 백마강이 돌아나가는 지역의 안쪽에 아늑하게 자리잡은 곳이다. 이청준의 소설 「춤추는 사제」에는 "부소산과 백마강을 껴안은 부여읍의 풍정은 거의 인공적 조원미마저 느껴질 정도로 완벽스러운 것이었다"[4]라는 문장이 있다. 이곳의 지리적 조건과 풍광이 그만큼 뛰어나다는 것을 알 수 있는 대목이다. 관북리는 부여의 북쪽 지역으로 부소산 바로 아래에 위치해 있다. 박원태는 선산을 일곱 곳이나 물려받았고 주변의 농지도 많이 소유하고 있어 경제적으로 넉넉한 편이었다. 박원태는 이곳 부여에서 첫째 봉래부터 넷째 붕래까지 낳았다.

박용래에게 부여는 자신의 본적지이자 아버지와 남매들의 고향이었다. 박용래는 1956년 『현대문학』에 추천 완료될 때 자기소개란에 "본적 충남 부여, 대전 덕소중학교 근무"라고 적었다. 고향인 강경 대신에 본적인 부여를 적은 것이다. 자기소개에 본적을 적는 것은 당

---

3) 제적등본의 처음 기록엔 "충남 부여군 현내면 관북리 3통 5호"로 되어 있고, 이 위에 수정 표시와 함께 "충남 부여군 부여면 관북리 70번지"라고 쓰여 있다. 행정구역이 바뀌면서 주소가 변경된 것으로 보인다.

4) 이청준, 『춤추는 사제』, 장락, 1994, 108쪽.

시의 관행이기도 했지만, 군이 본적만을 밝힌 것은 집안의 뿌리인 부여를 그만큼 소중하게 생각했음을 방증한다고 할 수 있다. 그는 실제로 부여를 강경과 함께 고향처럼 여겼다. 부여와 강경은 지리적으로 근접해 있을 뿐만 아니라 금강 줄기를 공유하고 있다. 백마강은 부여 사람들이 금강을 부르는 다른 이름이며, 강경 사람들도 종종 그렇게 부른다. 강경도 부여와 마찬가지로 금강이 돌아나가는 지역에 위치해 있어 지리적 형상도 유사하다. 차이가 있다면 부여는 금강이 휘어진 부분의 안쪽에, 강경은 바깥쪽에 위치해 있다는 것인데, 그래서 두 지역은 금강 줄기를 놓고 보면 마치 데칼코마니 같은 모양을 이룬다. 박용래는 지리적으로 가깝고 집안의 선산이 있으며 고향 강경과 유사한 정취를 자아내는 부여를 자주 찾곤 했다.

누이야 가을이 오는 길목 구절초 매디매디 나부끼는 사랑아

내 고장 부소산 기슭에 지천으로 피는 사랑아

뿌리를 대려서 약으로도 먹던 기억

여학생이 부르면 마아가렛

여름 모자 차양이 숨었는 꽃

단춧구멍에 달아도 머리핀 대신 꽂아도 좋을 사랑아

여우가 우는 추분秋分 도깨비불이 스러진 자리에 피는 사랑아

누이야 가을이 오는 길목 매디매디 눈물 비친 사랑아.

—「구절초九節草」 전문

"내 고장" 부여의 부소산에 지천으로 핀 구절초의 이미지를 서정적으로 그린 수작이다. 구절초의 이미지가 박용래에게 각인된 것이 부여 부수산의 체험이었음을 알 수 있다. 박용래이 삼십 년 지기였던 조각가 최종태는 구절초가 "덧붙은 것도 없고 청초하고 꽃 얼굴에는 가득히 무슨 말인가를 터질 듯이 담고 있다"면서 "그 꽃은 꼭 박용래를 닮았다"고 한 바 있다.[5] 박용래의 내면과 그의 핏줄을 꿰뚫는 심미안이라고 할 수 있다.

고향인 부소산 허리에 구절초 무덤은 명주 올로 희고, 백마강 상류는 연기처럼 가늘어졌으리라.
밤고기를 낚는 쪽배의 어화漁火가 도깨비불처럼 오르내리고 달빛만 깔리던 고란사 뜰에 지금도 태곳적 여우는 울리.

아침으로 갈아주는 새장 속의 접시 물도 차고 밭에 김장배추의 고갱이도 차다.[6]

이 산문에서 박용래는 부소산을 아예 "고향"이라고 명시하고 있다. 그는 이 글에서 부소산과 그 부근의 명소를 중심으로 유년의 추억을 아련하게 떠올린다. 부소산 구절초의 가늘고 하얀 꽃빛, 백마강 상류의 멀리 보이는 강줄기, 그 강 위에서 밤낚시를 하는 쪽배의 불빛,

---

5) 최종태, 『최종태, 그리며 살았다』, 김영사, 2020, 36쪽.
6) 박용래, 「호박잎에 모이는 빗소리 5 ─노적가리」, 『현대시학』 1972년 1월호, 83쪽.

달빛만 쌓이는 부소산 고란사의 고즈넉한 앞뜰 등 뛰어난 이미지로
포착된 자연 경관이 신화 속의 풍경처럼 그려진다. 부여는 박용래의
심층 심리 속에 아득한 내면의 고향으로 각인되어 그의 문학의 아름
다운 원형질을 이루고 있다.

고향, 강경

박용래의 아버지 박원태와 어머니 김정자는 첫째 봉래부터 넷째 봉래까지 네 아이를 데리고 오랜 삶의 터전인 부여를 떠나 강경으로 이사했다. 강경은 부여보다 큰 도시이고 전국에서 손꼽히는 명문인 강경상업학교가 있는 곳이다. 강경으로의 이주에는 자식들의 교육 문제가 크게 작용했을 것이다.

강경은 전북과 충남의 경계를 이루며 군산만으로 흘러들어가는 금강의 하류에 위치해 있다. 군산만의 밀물과 썰물이 강경에까지 이르기 때문에 서해에서부터 큰 배들이 드나들 수 있어 오래전부터 포구가 발달했다. 예부터 호남 일대 수운의 중심지였던 강경포구는 조선시대에 원산항과 함께 양대 포구로 꼽혔으며, 주변의 비옥한 평야에서 생산된 곡식과 서해의 풍부한 해산물이 모이는 강경시장은 대구, 평양과 함께 조선시대 3대 시장으로 꼽혔다. 강경의 풍부한 물자로 인해 예부터 '논산은 강경 덕에 산다'는 말이 전해져오고 있기도 하다. 1890년대 일본이 경부철도 부설 계획을 세울 때 고려한 다섯 가지 안 중 하나가 '대구 – 김천 – 추풍령 – 영동 – 금산 – 강경 – 공주 – 천안'으로 대전과 논산 대신 강경이 들어간 것에서도 당시 강경이 경제적인 요충지였음을 알 수 있다. 경부선의 최종 노선은 군사적 측면을 우선 고려하여 서울과 부산을 단거리로 연결하면서 경제적으로 호남 지역에 접근하기 위해 대전을 포함하는 노선으로 결정되었다.[1] 경부선이 부설되고 이어 1911년 호남선 대전 – 강경 구간이 개통되면서 강경이 지닌 수운의 역할이 축소되기는 했지만, 기차 운임이 기선 운임보다 비쌌기 때문에 강경포구는 당시에도 여전히 번화한 모습을 유지하고 있었다.

　강경의 유지였던 박원태는 부여보다 부유한 강경에서도 좋은 집들이 모여 있는 읍내 한복판에 집을 마련했다. 제적등본을 통해 확인한 정확한 주소는 충남 논산군 강경읍 본정(현 홍교리) 78번지이다.[2] 그는 이곳에서 넷째인 박용래를 낳았다.

　강경은 아름다운 자연경관을 지닌 곳이다. 금강이 휘어나가는 바

---

1) 경부선의 노선 선정 과정에 대해서는 철도청, 『한국철도 100년사』, 철도청, 1999, 61~65쪽 참조.

2) 지적도와 토지대장을 확인한 결과 이 필지의 총 면적은 96평(318.8제곱미터)으로, 박원태가 강경읍의 한복판에 꽤 큰 규모의 집을 구입했음을 알 수 있다. 이곳은 그후 지번이 78-1, 78-2, 78-3으로 나뉜 다음 78-1은 77-5와 합병되고 지금은 78-2와 78-3만 남아 있는데, 78-3은 논산시 소유의 공영주차장으로 사용되고 있다. 지금까지 박용래에 대한 책들에서 그의 생가를 중앙동으로 기술하곤 했는데, 중앙동(리)는 홍교리에 인접한 동네이다.

끝쪽에 자리잡은 강경은 서쪽으로는 금강이 흐르고, 북쪽으로는 논산천이 흐르며, 동쪽으로는 강경천이 흘러 삼면이 아늑하게 강으로 둘러싸인 강마을이다.

　　잠 이루지 못하는 밤 고향집 마늘밭에 눈은 쌓이리.

　　잠 이루지 못하는 밤 고향집 추녀밑 달빛은 쌓이리.

　　발목을 벗고 물을 건너는 먼 마을.

　　고향집 마당귀 바람은 잠을 자리.

　　　　　　　　　　　　　　　　　　　　　　　—「겨울밤」 전문

　박용래의 초기 명작으로 꼽히는 이 시는 고향 마을의 풍경을 담백하게 그리고 있다. 군더더기 없는 시어가 조용하고 평화로운 정취를 잘 살려내고 있다. 짧은 시에서 "고향집"이라는 말이 세 번이나 반복되는데, 그 뒤에 나오는 "마늘밭" "추녀밑" "마당귀"라는 시어가 우리를 고향의 아늑하고 정겨운 정서로 물들인다. 1~2연에서 잔잔하고 평온하게 그려진 고향 마을의 풍경은 3연에서 "발목을 벗고 물을 건너는" 이미지가 제시됨으로써 상쾌하고 청량한 느낌으로 전환된다. 강마을의 촉각적 이미지가 안온한 정서에 돌연 맑고 신선한 파문을 일으키는 것이다. 이 시의 핵심은 "마늘밭" "추녀밑" "마당귀"가

주는 정감 어린 정서에 있지만, 강마을의 감각적 이미지가 없었다면 그것은 평명平明한 정서에 머물렀을 것이다. 그 이미지의 원천이 그의 고향 마을에 있다.

그의 시에는 '강'의 이미지가 자주 등장한다. 강경의 서쪽을 흐르는 금강은 강경의 삶의 조건과 자연경관을 지배하고 있다. 금강이 돌아나가는 곳에 자리잡은 강경포구는 각종 곡물과 수산물을 실은 큰 배들이 드나들어 매우 번화한 반면, 그 서쪽으로는 금강 줄기가 막힘없이 길게 뻗어 있다. 그 강줄기를 따라 언덕이 길게 펼쳐져 있고, 그 위로 강아지풀과 삘기, 갈대 같은 풀과 버드나무가 지천으로 자라 있다. 금강의 긴 강변은 박용래에게 유년의 놀이터였고 영원한 마음의 고향이었다. 그리하여 그의 시에는 "은버들 몇 잎을 따서 물에 띄우면 언제나 고향은 토담의 달무리"(「은버들 몇 잎」), "강江둑의 버들꽃/버들꽃 사이/누비는/햇제비/입에 문/한 오라기 지풀일레"(「자화상自畵像 2」), "강江언덕 갈댓잎도 흔들리지 않았고/다만 먼 화산火山 터지는 소리/들리는 것 같아서"(「황토黃土길」) 등 금강 변과 강 언덕의 이미지가 자주 등장한다. 특히 「황토길」은 그의 데뷔작이니, 강경의 금강 변은 그의 시적 출발점인 셈이다.

금강의 물줄기와 그 물길을 따라 자라난 초목이 이루는 평화로운 정경은 석양이 비칠 때 더욱 그윽하게 빛난다. 강경의 석양은 유난히 강렬하고 깊다. 두터운 질감과 진한 농도를 지닌 강경의 석양은 대지를 묵직한 황금빛으로 물들이면서 사람들의 마음을 황홀하고 서럽게 만든다. 나는 강경의 석양을 보고 박용래의 시가 왜 그렇게 아름답고 슬픈지 이해하게 되었다. 강경이라는 지명은 한자로 '江景'이다. 이는 '강의 경치'라는 뜻으로 읽을 수도 있고, '강과 햇빛'이라는 뜻으로 읽을 수도 있다. 나는 강경의 석양을 경험하고 이것이 '금강과 석양'을 가리키는 말이라고 이해하게 되었다.

내리는 사람만 있고

오르는 이 하나 없는

보름 장날 막버스

차창 밖 꽂히는 기러기떼,

기러기뗄 보아라

아 어느 강마을

잔광殘光 부신 그곳에

떨어지는가.

—「막버스」 전문

'잔광'은 해 질 무렵의 약한 햇빛이다. 박용래는 강경에서는 석양의 그 끄트머리 빛마저 눈이 부시다고 말하고 있다. 시인은 그 빛 사이로 기러기떼가 지나가는 것을 바라보고 있다. 집으로 돌아가는 버스 막차에는 오르는 사람은 없고 내리는 사람만 있다. 사람들이 사라져가는 공간 안에서 시간이 사라져가는 저녁 속으로 석양빛이 사라져가고 있다. 시간도 빛도 공간도 사람도 사라져 텅 비어가는 곳에 하늘을 나는 기러기떼마저 떨어지고 있다. 모든 것이 스러지는 순간이지만, 스러지는 빛만은 그곳을 눈부시게 비추며 그 서러운 마지막의 순간을 황홀한 아름다움으로 승화시킨다. 시인은 그 풍경을 버스 차창을 통해 바라본다. "차창 밖 꽂히는 기러기떼"는 이 모든 움직임을 정지시켜 액자 속의 그림으로 전환시키는 날카로운 시적 진술이라 할 수 있다. 박용래의 시가 그림 같은 형상을 지향하는 것은 고향 강경의 아름다운 석양빛에서 기인한다고 나는 생각한다. 강경의 석양이 사물의 명도와 채도를 강하게 지배하기 때문에 박용래의 고향 풍경은 언제나 인상파의 그림처럼 남다른 정경으로 비쳤고, 그것이 예민한 감성의 박용래에게 배어들었을 것이다.

강경의 아름다운 자연경관은 강만으로 이루어진 것이 아니다. 휘어진 강줄기에 적당한 높이의 산들이 드넓은 평야와 조화를 이루며 솟아 있어 아기자기한 면모를 완성시킨다. 강경의 산들은 모두가 구릉이라고 할 정도로 그다지 높지 않다. 대표적인 것이 옥녀봉과 채운산이다. 옥녀봉은 강경의 북쪽에, 채운산은 강경의 남쪽에 자리잡아 강경의 남과 북을 수호신처럼 지키고 있다.

해발 47미터의 옥녀봉은 강경의 대표적인 명소로, 옥녀봉 정상에 오르면 강경 일대의 아름다운 경치가 파노라마처럼 펼쳐진다. 바로 아래로 강경포구를 지나 뻗어나가는 아름답고 장대한 강줄기가 시원하게 눈에 들어오고, 그 반대편으로는 강경을 감싸고 있는 논산천과 강경천, 그리고 그 너머로 드넓게 펼쳐진 논산평야가 보는 이의 시야를 한없이 평화롭게 해준다. 남쪽으로 등을 돌리면 오밀조밀한 집들이 서로 지붕을 걸고 다정하게 앉아 있는 강경 읍내의 정겨운 풍경이 눈에 들어오고, 저멀리 채운산 구릉이 아늑하게 펼쳐져 있다. 강줄기와 산, 평야와 마을, 그리고 포구까지, 이 모든 경관을 한눈에 볼 수 있는 곳이 바로 옥녀봉이다.

채운산 역시 해발 57미터의 낮은 산이다. '여러 빛깔의 고운 구름'이란 뜻의 이름이 신선이 노는 곳이라는 상상을 하게 만든다. 이곳 정상에서도 강경 주변 일대가 한눈에 들어온다. 옥녀봉처럼 시원한 시야는 아니지만, 아름답게 휘어진 금강의 강줄기와 옥녀봉, 강경 읍내와 외곽의 논강평야까지 한눈에 들어오고, 동남쪽으로는 멀리 익산의 미륵산성까지 보인다.

박용래는 유년 시절 집에서 그리 멀지 않은 채운산에 자주 놀러갔다. 채운산에는 성황당이 있어 박용래의 시선을 끌었다. 성황당은 보통 마을로 들어가는 입구나 고갯마루에 돌무덤이나 커다란 나무, 또는 당집의 형태로 지어졌으며, 헝겊 조각이나 신랑 신부의 뜯어진 옷조각, 짚신, 부엌의 조그만 물건 등을 걸어놓고 마을의 안녕을 빌었다. 그 독특한 분위기의 성황당을 보며 박용래는 새롭고 신기한 세상을 느끼곤 했다. 그는 「마을」이라는 시에서 그 채운산과 성황당을 자기 삶의 근원으로 응시하고 있다.

난
채운산彩雲山
민둥산
돌담 아래

손 짚고

섰는

성황당

허수아비

댕기풀이

허수아비

난.

—「곡曲 5편篇 —마을」 전문

유년 시절

1933년 4월 1일.

박용래는 집에서 가까운 곳에 있는 강경공립보통학교에 입학하였다. 1905년 이 년제 사립 보명학교로 개교하여 1907년 강경공립보통학교로 이름을 바꾼 이 학교는 1938년 다시 강경중정공립심상소학교로 개명하였으며, 박용래는 1939년에 개명된 교명으로 졸업하였다. 이 학교는 그후 다시 강경중앙초등학교로 이름을 바꾸어 오늘날까지 강경의 유서 깊은 초등학교로 역사를 이어오고 있다.

강경보통학교 시절 박용래의 생활기록부는 모두 유실되어 그의 학교생활을 구체적으로 알려주는 기록은 찾을 수 없다. 그러나 다행스럽게도 유족들이 이때의 유품 일부를 간직하고 있다. 3, 4, 5학년 때 급장을 맡았던 임명장, 작문 대회에서 우승한 상장과 우등상장 등을 보면 그가 초등학교 시절부터 우등생이었고 글짓기를 잘했으며, 연

달아 급장을 할 정도로 리더십이 뛰어났음을 알 수 있다.

  박용래의 유년 시절에 대해서는 그의 산문 「호박잎에 모이는 빗소리 2」[1]에 짤막하게 소개되어 있다. 이 글에 의하면 박용래는 마을에 조직되어 있던 일종의 심신 단련 단체인 수양단의 일원으로 활동하였다. 수양단에서는 여름마다 옥녀봉에서 조기회를 개최하여 북소리에 맞춰 체조도 하고 유희도 하고 노래도 불렀다고 박용래는 회상한다. 수양단의 단장은 읍에서 어물 가게를 하고 있었는데 생선이 늘 신선해 인기가 있었고, 언제나 웃음을 띤 사십대 동안의 인물이라고 묘사되어 있어 수양단이 마을 사람들의 호응을 얻고 있었음을 짐작게 한다. 박용래는 이 수양단에서 가장 나이가 어린 단원이었는데, 이로 미루어 그가 유년 시절 쾌활하며 활동적인 성격의 소유자였음을 알 수 있다.

  주목되는 점은 박용래가 그 무렵 단장이 불었던 소라고둥 나팔에 대한 기억을 강하게 간직하고 있다는 사실이다. 당시 수양단 단장은 조기회가 열리는 이른 아침에 집합 신호로 소라고둥을 불었는데, 박용래는 그로부터 사십 년 가까이 지난 시점에서 어린 시절의 추억을 소리에 대한 기억으로 떠올리고 있다. 소리는 그가 과거를 회상하는 중요한 감각이어서, 그는 이 글에서 '풍금 소리'를 통해 해방 직후의 어수선한 시절을 회상하기도 한다. 경험을 소리로 추억하는 감각은 그의 시쓰기에도 반영되어 있다. 회화 지향이 강한 그의 시에 종종 삽입되어 있는 소리의 감각은 기존의 회화시와는 다른 미적 특성을 드

---

1) 박용래, 「호박잎에 모이는 빗소리 2 ―풍금 소리」, 『현대시학』 1971년 10월호.

러내는 것이기도 하다.

박용래는 이 시절 처음으로 이성에 대한 마음을 속으로 품게 된다. 유년 시절의 아이들이 가질 법한, 이성을 향한 수줍고 풋풋한 연정이었다. 그 여자아이는 같은 동네에 사는 '숙이'라는 소녀였다.

조기회를 마치고 돌아오는 길에는 으레 그 집 앞을 지났었다. 울안에 대나무 숲이 푸르던 고가古家. 늘 같은 시간에 나팔꽃 울타리 저쪽에서 보조개 짓던 숙이네 집. 물방울무늬의 치마.

내게 맨 먼저 편지의 꿈을 안겨준 오래도록 나의 가슴 둘레를 태운 얼굴.

나팔꽃 무늬는 오래전 지워버린 얼굴을 다시 떠오르게 한다.[2]

울타리 안에 대나무 숲이 있는 오래된 집이라면 뜰이 꽤 넓은 커다란 기와집일 것이니, 숙이네는 강경에서도 부유한 집이었을 것으로 보인다. 박용래는 늘 같은 시간에 나팔꽃 덩굴로 수놓인 울타리 너머로 보조개 웃음을 짓는 숙이를 보고 가슴이 설레었다. 숙이에 대한 연모의 마음은 그로 하여금 난생처음 이성에게 보내는 편지를 쓰게 하였다. 인용한 대목은 박용래가 훗날 한 어린이가 습자지에 나팔꽃 무늬를 찍어내는 모습을 보고 어린 시절 나팔꽃 덩굴 너머로 숙이를 보았던 일을 떠올리는 부분이다. 박용래는 산문에서 가장 좋아하는 색

---

2) 같은 글, 49쪽. 잡지에 처음 발표할 때는 '소녀'로 썼던 것을 시인이 소장한 문예지에 '숙이'로 수정하였다.

깔로 황톳빛과 함께 보랏빛을 꼽고 있다. 황톳빛은 고향 대지의 색깔이기에 좋아하는 것이고, 보랏빛은 그 색감 자체가 좋았던 것이다. 그래서 그는 꽃 중에서도 제비꽃과 각시붓꽃 같은 보랏빛 꽃을 특히 좋아했다. 그것은 어쩌면 어린 시절 숙이에 대한 연정과 연관된 나팔꽃의 기억에서 비롯된 것인지도 모른다. 그의 초기 대표작 중 하나로 꼽히는 「울타리 밖」이라는 시도 숙이에 대한 연모를 바탕으로 한 것으로 추정된다.

> 머리가 마늘쪽같이 생긴 고향의 소녀少女와
> 한여름을 알몸으로 사는 고향의 소년少年과
> 같이 낯이 설어도 사랑스러운 들길이 있다
>
> ─「울타리 밖」중에서

한편 부유했던 박용래의 집안은 첫째 형 봉래와 둘째 형 학래의 뒷바라지 때문에 어려움을 겪기 시작한다. 맏형인 박봉래가 일본 도쿄의 와세다대학으로 유학을 떠나 유학비가 많이 들었는데, 여기에 박학래가 오토바이에 치여 크게 다치는 사고가 겹친 것이다. 박학래는 사고 후유증으로 척추염을 앓았다. 의료 기술이 일천했던 시절 척추염은 쉽게 고칠 수 있는 병이 아니었다. 그럼에도 불구하고 아버지 박원태는 박학래의 병을 고치기 위해 계속해서 의원을 불렀다. 치료비가 얼마나 많이 들었는지 의원이 집으로 와서 진료를 하고 돌아갈 때마다 이불 속에 묻어두었던 돈다발을 다발째 건네주었을 정도였다. 그야말로 밑 빠진 독에 물 붓듯이 치료비가 들어간 것이다. 첫째의 유학과 둘째의 치료로 인해 가세는 점점 기울어갔다. 박원태는 결국 집을 팔고 강경 변두리로 이사했다. 옮긴 주소는 충남 논산군 강경읍 북정(현 북옥리) 180-1번지로, 옥녀봉 기슭에 위치한 곳이다.[3] 읍내 한복판에 살다 산동네로 이사를 간 것이다. 지적도와 토지대장을 통해 확인한바 이곳의 면적은 48평이다. 읍내 중앙의 96평 되는 곳에 살다 산기슭의 48평으로 옮긴 것이니 가세가 얼마나 기울었는지 한눈에 알 수 있다. 하지만 이것이 끝이 아니었다. 박용래의 집안은 이곳에서 한번 더 집을 옮긴다. 새로 이사한 곳의 주소는 강경읍 북정(현 북옥리) 138번지이다.[4] 토지대장을 통해 확인한 이곳의 면적은 70평으로, 이전 집보다는 조금 넓어졌지만 옥녀봉 정상 가까이 더 올라간 곳이고, 지형도 나빠서 위치는 훨씬 좋지 않았다. 박용래의 집안은 경제적인 어려움으로 인해 옥녀봉 산동네의 가파른 끝자락까지 내몰리게 된 것이다.[5]

---

3) 현재 이 주소는 북옥리 139-2번지로 통합되었다. 이곳에는 지금 '강경산 소금문학관'이 들어서 있는데, 건물 앞쪽 잔디가 심어져 있는 빈 공간이 박용래가 살았던 집의 대지인 180-1번지의 옛 필지이다.

4) 강경중앙초등학교 졸업대장엔 박용래의 주소가 '강경읍 북정'으로, 강경상업학교 학적부엔 '강경읍 북정 180-1번지'로 적혀 있는데, 아버지 주소란에는 이 주소가 수정 표시와 함께 138번지로 수정되어 있다. 이 점으로 미루어 박용래는 강경상업학교 입학 당시에는 북정 180-1번지에 살고 있었고 재학중에 138번지로 이사한 것으로 보인다. 북정 138번지는 현재 빈터이다.

5) 박원태가 정성을 기울인 끝에 둘째 박학래는 결국 완쾌된다. 그는 훗날 이발소를 차려서 생계를 꾸려갔고, 첫째 박봉래는 일본 유학을 마치고 돌아와 해방 후 도청에서 근무했다. 아버지의 정성어린 뒷바라지로 첫째와 둘째 모두 반듯하게 자립하게 된 것이다.

강경상업학교 입학

1939년 4월 1일.

박용래는 강경상업학교(현 강경상업고등학교)에 진학하였다. 어려운 집안 형편에도 불구하고 학업에 매진하여 강경 일대의 최고 학교이자 전국에서 손꼽히는 명문 학교에 합격한 것이다.

상업의 요충지인 강경은 근대적 상업학교의 필요성이 매우 컸던 곳이어서 일찍이 1920년 5월 25일 이 년제 강경공립상업학교가 세워졌다. 개교 당시에는 강경보통학교 교사 일부를 빌려 사용하였으나, 1921년 삼 년제로 전환한 후 근처 남교동 1번지에 부지를 매입하고 본관 신축 공사를 시작해 1923년 12월 5일 이전했다. 그후 강경상업학교는 그 자리에 별관과 관사, 미술관, 도서관 등을 신축하면서 명실공히 전국 최고의 상업학교로 자리매김했고, 지금까지 백 년이 넘는 역사를 이어오며 숱한 인재들을 배출해냈다.

1925년 개정 교육령에 따라 강경상업학교가 오 년제 갑종 상업학교로 승격되면서, 그 이후에 입학한 학생들은 이전과 구분해 '갑종 1기'로 불렸다. 박용래는 강경상업학교가 최고의 명성을 자랑하던 1939년에 갑종 15기로 입학했다. 입학 동기인 나상우의 회고에 의하면 당시 강경상업학교의 갑종 15기 입시 경쟁률은 일본인이 4 대 1, 한국인이 15 대 1이었다고 한다.[1] 이는 당시로서는 매우 높은 경쟁률이었다. 갑종 15기 입학생은 총 91명으로 이중 한국인은 56명, 일본인은 35명이었다. 당시 공납금은 5엔이었는데, 그중 1엔은 일본 수학여행 적립금이었다. 당시 쌀 한 말이 60전이었으니 상당히 비싼 금액이다.[2]

강경상업학교의 양호한 교육 환경은 박용래의 삶에 큰 영향을 미쳤다. 그는 훗날 이 학교 교정의 모습을 다음과 같이 회상했다.

잔디로 다듬어진 철쭉꽃 스탠드, 등나무 시렁이 있는 기숙사, 테니스 코트, 팽나무 언덕, 아치형의 벽돌 현관, 뾰족한 지붕, 새벽 휑그런 강당에서 엇갈리는 죽도竹刀의 반향.[3]

강경상업학교 본관은 빨간 이층 벽돌 건물에 뾰족한 지붕을 얹었

---

1) 강경상업고등학교 70년사 편찬위원회, 『강상 70년사』, 강경상업고등학교동창회, 1990, 110쪽.
2) 같은 책, 78쪽.
3) 박용래, 「호박잎에 모이는 빗소리 8 — 모교」, 『현대시학』 1972년 4월호, 77쪽.

고, 중앙 현관은 아치형이었다. 박용래의 기억 속에 또렷이 남아 있는 이 건물은 지금은 그 자취가 사라져 아쉬움을 준다. 당시 건물 가운데 지금까지 보존되고 있는 것은 1931년에 세워진 교장 관사뿐이다. 조형미를 지닌 건물과 잘 조성된 조경, 그리고 적절하게 구비된 운동 시설 속에서 그는 마음껏 운동을 하고, 예술적 심성을 키워나갔다. 그는 이 시절 테니스에 빠져 살았고, 검도에도 출중한 실력을 나타냈다. 운동뿐만 아니라 문학에도 심취한 그는 앞서 인용한 산문에서 이 시절 학교의 이층 창가에 앉아 『탁목시집』[4] 『부활』 『죄와 벌』 등을 읽었던 기억을 떠올리기도 한다. 그가 학교를 다닌 1939년부터 1943년까지는 중일전쟁이 치러지던 일제강점기 말이어서 교정에서는 교관의 명령에 따라 전투 훈련이 이루어졌고, 그 속에서 박용래는 망국의 한을 느꼈다. 그래도 그는 강경상업학교가 자신에게 '꿈을 키워준 요람'이었다고 술회하고 있다.

강경상업학교 교정에서 빼놓을 수 없는 것은 '팽나무 언덕'이다. 본관 건물 바로 뒤편으로 난 운치 있는 오솔길을 따라 올라가면 야트막한 언덕이 나오는데, 그 언덕 한가운데에 수령이 오래된 팽나무가 서 있다. 그래서 이곳을 '팽나무 언덕'이라고 부른다.[5] 강경상업학교

---

4) 일본 시인 이시카와 다쿠보쿠(石川啄木)의 시집.

5) 기호엽 전 강경상고 교장에 따르면, 2003년 9월 태풍 매미로 인해 이 팽나무가 벼락을 맞아 쓰러져 큰 팽나무를 새로 심었다고 한다. 원래 있던 팽나무는 밑동을 잘라 현재 강경상고 역사박물관에 보관하고 있다. 팽나무는 강경상고를 상징하는 존재이며 강경상고 교지의 제목 역시 '팽나무'로, 박용래는 1971년 이 지면에 시「삼동(三冬)」을 실은 바 있다.

교정이 다소 높은 곳에 자리한 덕분에 언덕 위에 올라서면 바로 아래에 그가 다녔던 강경중앙초등학교가 보이고, 저멀리 옥녀봉이 눈에 들어오며, 왼편으로는 광활한 논산평야가 펼쳐진다. 팽나무 언덕은 주위에 나무가 빼곡히 심어져 있어 조용하고 쾌적한 분위기를 자아낸다. 박용래는 강경이 굽어보이는 이곳 언덕에 앉아, 강경의 아들로 태어나 이 학교를 다니는 것에 자부심을 느끼며 미래에 대한 꿈을 키워나갔을 것이다.

강경상업학교에는 박용래의 주소와 성적과 발달 상황이 상세하게 기록된 학적부가 지금까지 잘 보존되어 있어 그의 학창시절을 생생하게 엿볼 수 있다. 그의 성적은 1, 2학년 때는 전체 1등이었으며 3~5학년 때는 10등 내외였다. 3학년 때부터 성적이 다소 떨어진 것은 바로 위 누이인 박홍래의 급작스러운 죽음 때문이다. 이에 대해서는 다음 장에서 상세히 기술할 것이다.

성격란을 보면 1~3학년 때는 '승기'라고 기술되어 있고, 4학년 때는 '온화, 열심, 면밀, 기경氣輕', 5학년 때에는 '온화, 면밀, 열심, 쾌활, 감상적'이라고 적혀 있다. '승기'란 기상이 뛰어나다는 뜻이다. 유년 시절 수양단에서 가장 어린 단원으로 활동했던 씩씩한 성격이 강경상업학교에 들어가서도 여전했고, 학년이 오르면서 온화, 성실, 면밀, 소탈한 면모를 갖춰 내면적으로 성숙해간 것을 알 수 있다. 마지막 5학년에 접어들어 감상적인 면이 더해진 것 역시 성격의 성숙을 보여주는데, 여기에도 홍래 누이의 죽음이 큰 영향을 미친 것으로 보인다.

취미란에는 1학년 때는 원예와 독서, 2, 3학년 때는 정구, 4, 5학년 때는 정구와 탁구라고 기재되어 있다. 또한 특기란에는 검도 3급이라고 적혀 있으며, 4, 5학년 때 '경기반競技班'의 간사를, 5학년 때에는 경기반과 '상미반商美班'의 간사를 맡았다고 적혀 있다. '경기반'은 정구와 검도와 탁구 같은 운동경기반을, '상미반'은 강경상업학교의 미술반을 가리키는 것으로 보이며, '간사'는 현재의 반장에 해당한다. 이를 통해 그가 학교에서 우수한 성적을 유지했을 뿐만 아니라 체육과 미술에도 뛰어난 기량을 보였음을 알 수 있다. 그는 4학년과 5학년 때 학교의 부급장을 맡고 대대장 역할을 수행하기도 했는데, 일본인 교장 아래에서 일본인 학생들을 제치고 전체 학년을 대표하는 대대장을 맡은 것은 그가 학교에서 얼마나 큰 리더십을 보여주었는지를 짐작하게 한다.

교과 성적과 체육, 미술 모두에서 두각을 나타내고 뛰어난 리더십을 지닌 박용래는 당시 동급생들의 우상이었다. 1970년대에 일본에 거주하던 강경상업학교 일본인 동기생들이 한국을 방문한 적이 있는데, 그때 그들이 가장 먼저 찾은 사람이 박용래였다고 한다. 그들은 재계의 거물이 되어 있을 것으로 짐작하던 박용래가 시인으로 가난하게 생활하고 있는 것을 보고는 "우리의 히어로가 어떻게 이렇게 되었나" 하고 눈물을 글썽였다고 한다.

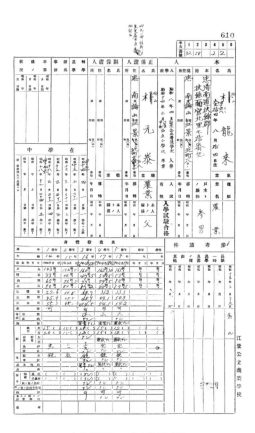

강경상업학교 시절의 학적부.

홍래 누이의 죽음

박용래는 강경상업학교 재학중 그의 삶에 결정적인 영향을 끼친 가족의 비극을 겪는다. 바로 위 누이인 박홍래의 급작스러운 죽음이 그것이다. 슬픔은 1940년, 박용래가 강경상업학교 2학년이던 해의 끝 무렵에 일어났다.

박홍래는 1915년 4월 1일생으로 박용래와는 열 살 터울이었다. 바로 위로 연년생인 누나 봉래가 있었지만 그가 태어나기도 전에 사망했기 때문에 박용래에게는 홍래 누이가 유일한 누나였다. 박용래는 늦둥이로 태어난 탓에 거의 홍래 누이의 손에 자랐다. 홍래 누이는 그에게 누나이면서 엄마 같은 존재였다. 박용래는 어렸을 때 몸이 허약해 여름이면 입맛을 잃고 자주 앓았는데, 그때마다 홍래 누이가 익모초를 따다 즙을 내어 먹이고 박하 잎을 따서 정성껏 차를 끓여주어 한여름을 잘 견뎌냈다. 또 홍래 누이는 어린 용래의 손을 잡고 금강 변의 갈대숲을 걸으며 노래를 불러주곤 했다. 바람에 사운대는 갈대숲에서 울려퍼지는 홍래 누님의 노랫소리는 하늘 위로 올라가 별똥별이 되어 떨어졌다. 밤마다 홍래 누님의 등에 업혀 바라보던 옥수수밭 위의 달덩이는 포근하고 아름다웠다. 금강 변의 아름다운 경관은 홍래 누이가 곁에 있었기에 그의 마음속에 더욱 사무치는 풍경으로 새겨졌다. 어린 박용래는 홍래 누이와 한방을 썼는데, 다른 방의 불이 모두 꺼진 뒤에도 둘은 촛불을 밝힌 채 밤새도록 이야기꽃을 피웠다. 박용래가 학교에 다닐 때 도시락을 챙겨준 것도 홍래 누이였다. 박용래는 산문에서 보통학교에서부터 내내 우수한 성적을 유지했던 것은 모두 홍래 누님의 덕분이라고 쓰기도 했다.

유소년 시절 박용래의 삶의 전부를 차지했던 박홍래는 1940년 3월 초 스물여섯의 나이로 시집을 가게 되었다. 당시로서는 만혼이었는데, 그동안 집안의 가세가 기울어가던 탓에 혼기를 놓친 것이었다. 박용래의 부모는 첫째의 일본 유학비와 둘째의 병원 치료비, 거기에다 박용래의 학비까지 더해져 셋째 홍래의 결혼에 신경쓸 겨를이 없었다. 신랑은 금강 건너편 마을인 부여군 세도면 청송리에 사는 조광구였다. 박용래는 홍래 누이가 시집가던 장면을 산문에서 다음과 같이 떠올리고 있다.

누님은 만혼이었다.
스물여덟이던가, 아홉, 선창가 비 뿌리던 날, 강 건너 마을로 시집 갔다. 목선을 타고.

목선에 오동나무 의걸이 싣고 그 무렵 유행이던 하이힐 신고 눈썹만 그리고 갔다.

눈썹만 그려야 할 누님에게 무슨 흠이 있었던 것은 아니다. 오히려 창포 모습이었다.[1]

지금은 금강을 가로지르는 황산대교가 놓여 있지만, 당시 강경읍에서 부여군 세도면으로 가려면 황산나루에서 배를 타고 강을 건너야 했다. 홍래 누이가 시집가던 날은 비가 내렸던 모양이다. 비가 흩날리면 아늑하고 평화롭던 물가는 산만해진다. 사람들이 배를 오르내리는 선창가는 더 질척이고 어수선해져 가난한 시집행을 더욱 애처롭게 만들었을 것이다. 가세가 기울어 최소한의 혼수인 의걸이장과 당시 유행하던 하이힐로 겨우 구색만 갖춘 채 목선에 몸을 싣고 강을 건너는 홍래 누이의 모습은 깊은 연민을 자아낸다. 그래도 박용래는 그때 누님의 모습이 창포같이 청초하고 아름다웠다고 회상한다. 박용래가 당시 홍래 누이의 나이를 스물여덟아홉으로 생각한 것은 기억의 오류이다. 제적등본과 박용래의 학적부를 종합해볼 때 당시 박홍래의 나이는 스물여섯이었다. 아마도 누님의 결혼이 만혼이라 생각해서 그렇게 기억했을 것으로 보인다. 박용래가 산문에서 밝히고 있지는 않지만, 박홍래의 남편인 조광구는 나이 어린 사 남매를 둔 서른넷의 재혼남이었다. 이는 박용래와 공동시집 『청와집』을 펴내

---

1) 박용래, 「호박잎에 모이는 빗소리 3 —홍래 누님」, 94쪽.

고 말년까지 그와 무척 가까이 지냈던 후배 시인 조남익의 글을 통해 밝혀진 사실이다. 조남익은 이 사실을 박홍래의 남편인 조광구의 첫째 아들 조남두를 통해 들었다. 조남익과 조남두는 세도국민학교 동기였는데, 조남두가 자신의 새엄마, 즉 박용래의 누이에 대한 이야기를 친구인 조남익에게 전했던 것이다.[2]

초혼인 홍래 누이가 사 남매가 딸린 남자에게 시집가는 것을 바라보는 박용래의 가슴은 찢어졌을 것이다. 하지만 그것은 슬픔의 시작에 불과했다. 진짜 비극은 그로부터 몇 달 뒤에 찾아왔다. 홍래 누이가 시집간 지 열 달이 채 안 된 그해 12월에 여아를 낳다 심한 출혈로 인해 그만 사망하고 만 것이다. 야심한 밤, 강 건너 마을에서 날아온 비보를 듣고 어머니는 가슴을 치며 길길이 뛰다 기절하고, 아버지는 온 울안을 대낮처럼 등불로 밝히고 혹시나 하는 기적을 기다리며 밤을 새웠다고 박용래는 그날의 슬픔을 회상하고 있다.

당시 일곱 살이던 조남두는 새어머니가 얼굴이 둥글넓적한 편이고 무척 인자하셨다고 기억하고 있다. 언젠가 혼자 강경 외가에 갔을 때 외조부모님이 자상하게 반겨주셨던 기억이 있고, 대전사범학교에 다닐 때에는 큰외삼촌인 박봉래의 집에서 하숙을 했다고 한다. 박용래의 부모와 형제들이 홍래 누이 남편의 전처의 자식들에게도 잘 대해주었고 홍래 누이가 죽은 후에도 그들을 잘 보살펴주었음을 알 수 있다. 홍래 누이가 낳은 아이는 태어난 지 두 달 만에 사망하고, 조광구

---

2) 조남익, 「박용래의 '홍래 누님' 이야기」, 『시와 유혹』, 86~87쪽.

는 6·25 때 우익으로 몰려 학살당했다고 한다.[3]

홍래 누이의 죽음 이후 박용래는 성적이 떨어지고 성격도 바뀐다. 앞 장에서 언급한 것처럼 강경상업학교 학적부에 이듬해인 3학년 때부터 성적이 다소 떨어진 것으로 기록되어 있고 5학년 때 성격란에 이전까지 볼 수 없었던 '감상적'이란 말이 적혀 있는 것은 모두 홍래 누이의 죽음에서 비롯된 것이다. 박용래는 강경상업학교 재학 시절 전교 웅변대회에서 첫마디를 '행복'이란 말로 시작해 별명이 '행복'이 된 적이 있을 정도로 충만한 청소년기를 보내고 있었다.[4] 그랬던 그에게 '슬픔'과 '절망'이라는 감정을 갖게 한 것이 바로 홍래 누이의 죽음이었던 것이다. 그날 이후 그는 틈만 나면 집 근처 옥녀봉 정상에 올라 금강 건너편을 바라보았다. 옥녀봉 정상에 서면 홍래 누님 시댁이 있는 금강 너머 마을이 손에 잡힐 듯이 가깝게 보였다. 그곳에서 누님이 아이를 낳다 목숨을 잃은 것을 생각하면서 박용래는 하염없이 눈물을 흘렸다. 옥녀봉 아래에서 아름답게 굽이치는 금강은 박용래의 눈물이 어린 슬픔의 강이 되어 애절하게 흘러갔다.

박홍래의 산소는 부여군 세도면 동사리에 위치한 시댁의 선산에 마련되었다. 동사리는 그녀의 시댁인 청송리 바로 옆 마을이다. 박용래는 금강을 바라보며 울다 지치면 강 건너 동사리로 달려가 홍래 누님의 무덤가에 앉아 죽은 누님의 체온을 느끼며 다시 흐느끼곤 하였다. 그렇게 넋이 나간 듯 지내던 어느 날, 홍래 누이의 무덤가에 누워

---

3) 같은 곳. 필자가 조남두와 직접 통화하여 확인한 사실이다.

4) 박용래, 「백지와의 대화―왜 시를 쓰는가」, 『현대시학』 1978년 4월호, 84쪽.

있던 박용래는 그날따라 하늘이 더없이 파랗게 보였다. 그가 난생처음 '시 비슷한 습작'을 노트에 적어본 것이 그 순간이었다.

> 뒷산 느티나무 밑에 앉아
> 풀을 쓰다듬었다.
> 보리싹처럼 돋아나는
> 풀을 쓰다듬어보았다
> 누이 죽고 삼 년
> 산까치 나뭇가지 물고 날아드는
> 이른봄 아침[5]

홍래 누이의 죽음은 그의 삶에 큰 외상을 남겼다. 그는 죽는 날까지 홍래 누이의 죽음을 단 한순간도 잊은 적이 없었다. 그가 술을 마시면 어김없이 눈물을 흘리고, 평소에도 종종 눈물을 보인 것은 대개 홍래 누이에 대한 아름답고 서러운 기억 때문이었다. 박용래를 문단의 '울보 시인'으로 만든 것은 바로 홍래 누이였던 것이다.

> 쌀 씻는 소리에
> 눈물 머금는 미명未明

---

5) 박용래, 「벗어라, 옷을 벗어라—나는 왜 문학을 선택했는가」, 『한국문학』 1977년 3월호, 246쪽.

봉선화야

기껍던 일
그 저런 일.

—「모일某日」 중에서

오동梧桐꽃 우러르면 함부로 노怒한 일 뉘우쳐진다.
잊었던 무덤 생각난다.
검정 치마, 흰 저고리, 옆가르마, 젊어 죽은 홍래鴻來 누이 생각도
난다.
오동梧桐꽃 우러르면 담장에 떠는 아슴한 대낮.
발등에 지는 더디고 느린 원뢰遠雷.

—「담장」 전문

「모일」의 시적 대상은 홍래 누이이다. 박용래는 이 시를 두고 "유
두분면에 섬섬옥수여야 할 누님은 갑자기 기운 가세에 꼭두새벽부터
찬물에 손을 적셔야 했다"[6]며 홍래 누이에 대한 안쓰러운 마음이 이
시를 잉태시켰음을 밝힌 바 있다. 「담장」에서도 시인은 오동꽃을 보
며 죽은 홍래 누이를 떠올린다. 「모일」은 1964년, 「담장」은 1970년
에 발표된 작품이다. 홍래 누이는 박용래의 시적 원형질이 되어 그의

---

6) 박용래, 「잠 못 이루는 밤의 시―겨울밤, 모일(某日), 서산(西山)」, 『현대시학』 1975
년 1월호, 41쪽.

전 생애에 걸쳐 영향을 미쳤다.

1940년 강경상업학교 재학 시절의 박용래 시인.

군산의 바다

　　박용래는 홍래 누이의 죽음으로 인한 슬픔을 간직한 채 강경상업
학교를 졸업한다. 크나큰 마음의 상처 때문에 3학년 때부터 성적이
흔들리기는 했지만, 그는 여전히 우등생이었다. 그는 졸업 후 조선은
행에 입사하기로 마음먹었다. 어려워진 집안 형편 때문에 곧장 직장
을 구해야 하는 상황에서 당대 명문 상업학교의 우등생이 조선은행
으로 진로를 정한 것은 자연스러운 일이었지만, 그에게는 또다른 특
별한 이유가 있었다. 그는 산문에서 상업학교 시절 대륙에 대한 꿈이
있어 상하이나 베이징에 가고 싶었기 때문에 은행원이 되었다고 술
회한 바 있다.[1] 그가 조선은행에 지원한 1943년 말 기준으로 조선은
행은 상하이와 베이징을 포함해 중국 내에 총 31개, 만주 지역에 총

---

[1] 박용래, 「반의반쯤만 창틀을 열고─문학적 자전」, 『문학사상』 1980년 2월호,
　315쪽.

27개의 지점과 출장소, 파출소를 갖추고 있었고, 그 이듬해까지 중국에만 총 40개의 지점을 구축했다. 반면 국내에는 경성 본점 외에 22개의 지점과 출장소를 갖추고 있었다. 국내보다는 오히려 중국 지역에 더 광범위한 영업망을 구축하고 있었던 것이다.[2]

박용래는 강경에서 가까운 조선은행 군산 지점으로 면접을 보러 갔다. 군산 지점은 전국 곳곳에 포진하였던 조선은행의 지점 가운데서도 매우 이른 시기에 문을 연 곳으로, 조선은행이 경성에 본점을 개업한 1909년 11월 24일부터 군산에 출장소를 개설해 영업하였고 1916년 지점으로 승격되었다. 같은 시기에 조선은행 지점은 인천, 평양, 원산, 대구, 진남포, 목포, 부산, 군산 등 여덟 곳에 있었다. 군산은 그만큼 경제적으로 요지였던 것이다.

박용래는 강경 황산나루에서 똑딱선을 타고 금강을 따라 군산으로 갔다. 1990년 군산에 금강하굿둑이 세워져 뱃길이 막히기 전까지는 강경에서 군산항까지 배가 정기적으로 오갔다. 강경 나루에서 군산항까지의 뱃길은 대략 80킬로미터로, 서해에서 강경을 지나 부여까지 들고 나는 밀물과 썰물을 이용했기 때문에 다른 뱃길보다 훨씬 빠르게 이동할 수 있었다.

군산은 대처였다. 조선은행 군산 지점은 부둣가에 인접해 있었는데, 당시 이 지역은 군산의 중심이었다. 그 한가운데에 조선은행 군산 지점이 우뚝 솟아 있었다. 조선은행 군산 지점은 1909년 군산부 본정

---

2) 조선은행사연구회 엮음, 『조선은행사』, 동양경제신문사, 1987, 850~852쪽.

통 47번지에 위치한 제일은행 군산출장소를 인수해 사용하다 1916년 지점으로 승격되면서 그곳에서 사백 미터 떨어진 본정통 23번지에 부지를 매입하여 건물을 신축했다.[3] 빨간색 벽돌로 세운 이층 건물은 지붕을 2단으로 높이 올렸고, 정면 중앙에 화강암 테두리를 두른 출입구가 돌출해 있어 웅장한 느낌을 준다. 이 건물은 건립 당시 군산에서 가장 높은 건물 중 하나였다.[4] 군산의 부둣가 앞에 우뚝 솟아 있는 일본 제국주의의 위압적인 근대식 은행 건물은 졸업을 앞둔 청년 박용래의 눈을 압도했을 것이다.

조선은행 군산 지점에서 멀지 않은 곳에는 도립 군산병원이 자리 잡고 있었다. 이곳은 1922년 2월 관립 군산 자혜의원으로 개원하여 1925년 4월 전라북도 도립 군산병원으로 개칭되었는데, 역시 빨간색 벽돌의 이층 건물로 지붕이 높고 좌우로 꽤 길어 조선은행 군산 지점보다 훨씬 규모가 컸다. 이 근대식 병원 건물 역시 박용래의 눈에 인상 깊게 다가왔을 것이다. 조선은행 군산 지점 건물은 현재는 군산 근대건축관으로 사용되고 있는데, 당시의 도립 군산병원 건물은 아쉽게도 헐려서 지금은 볼 수 없다.

조선은행 바로 맞은편에는 1932년 1월에 문을 연 미곡취인소가 있었다. 미두장으로도 불리던 이곳은 쌀, 콩 등의 곡물에 대한 선물거래

---

3) 조선은행 군산 지점 건물은 1920년 12월에 상량식을 하여 1922년 7월에 완공된 것으로 추정된다. 임유미, 「일제강점기 조선은행 군산 지점의 역사와 그 활용」, 군산대학교 석사학위논문, 2012, 5~8쪽.

4) 같은 글, 9쪽.

가 이루어지던 곳으로, 전북 일원의 미곡 가격이 이곳에서 결정되었다. 이 건물도 해방 후에 헐려 지금은 찾아볼 수 없다.

조선은행에서 북서쪽으로 쭉 올라가면 월명공원이 있다. 그 정상에 오르면 군산 앞바다가 한눈에 들어온다. 고향 강경에서 굽이쳐 흐르는 금강을 보며 자란 박용래는 군산 월명공원에 올라서서 금강의 끝에 장대하게 펼쳐진 망망대해를 바라보았고, 그 너머에 그가 꿈꾸는 대륙이 펼쳐져 있음을 온몸으로 실감하였다.

그는 강경상업학교 재학 시절 여름방학을 맞아 귀성하는 일본인 선생의 초청으로 그와 함께 가고시마로 가기 위해 여수항까지 간 적이 있었다. 그것이 박용래가 처음으로 본 바다였고, 그가 어렴풋이 그린 최초의 바다 건너 세상이었다. 하지만 도항 증명서가 없는 반도인은 배에 오를 수 없다는 통보에 그는 발걸음을 돌려야 했다.[5] 그 최초의 바다는 그에게 치욕을 안겨주었지만, 이번은 달랐다. 그는 자신의 의지와 노력으로 고향 강경에서부터 금강 줄기를 따라 그 끝에 이르렀고, 그 너머로 가기 위해 바다 앞에 섰다. 강경상업학교의 우등생으로 당당히 면접관 앞에 선 것이다.

면접과 심사 절차가 모두 끝나고 그의 입사가 결정되었다. 사실 명문 상업학교를 우수한 성적으로 졸업한 그에게 면접은 형식상의 절차나 마찬가지였다. 그는 경성 본점으로 발령을 받았고, 대륙을 향한 꿈에 성큼 다가서게 되었다. 박용래는 이때의 군산 경험을 훗날 다음

---

5) 박용래, 「호박잎에 모이는 빗소리—풍선의 바다」, 『문학사상』 1976년 10월호, 260~261쪽.

과 같이 시로 옮겼다.

　　선창에 기댄 뾰족지붕의 은행銀行, 그 정문을 돌아 구舊 도립병원 뒷
길을 더듬으면 해구海溝로 슬리는 돌담, 돌 틈에 회상 짓는 30년대의
미두米豆

　　오늘, 내 불시不時 나그네 되어 빈손 찌르고 망대에 올라 멀리 갈매
기 행방을 좇으면 곶岬은 굽이치는 탁류, 채만식蔡萬植

　　금강錦江을 거슬러 만국기 단 똑딱선 타고 처음 보던 수평선, 바다를
넘던 욕망, 소금기뿐인 군산항群山港

　　저무는 대안의 제련소 연기 없는 굴뚝, 빛바랜 필름의 흑백黑白.
　　　　　　　　　　　　　　　　　　　　　　—「군산항群山港」 전문

　　"선창에 기댄 뾰족지붕의 은행"은 조선은행 군산 지점을, "구 도립
병원"은 앞에서 언급한 도립 군산병원을 가리키며 "돌 틈에 회상 짓
는 30년대의 미두"는 미곡취인소에 대한 기억을 환기한다. 또 "저무
는 대안의 제련소"는 1936년 서천군 장항읍에 세워진 장항제련소를
가리키는데, 군산항의 금강 건너편에 자리해 있어 월명공원에 올라
서면 공장 전경이 한눈에 들어온다.
　　이 시는 시인이 51세이던 1976년 『심상』 7월호에 발표한 작품이

다. 쉰이 넘은 시인은 강경상업학교 졸업을 앞둔 젊디젊은 시절 조선
은행 면접을 보기 위해 군산에 가서 바라본 풍경을 회상하고 있다. 삼
십여 년 전, 바다를 건너 대륙으로 가는 꿈을 꾸며 바라보던 그때의
풍경이 빛바랜 흑백필름처럼 아득하게 시인의 눈에 스쳤던 것이다.

조선은행 경성 본점

1944년 1월 10일.

박용래는 조선은행 본점에서 근무를 시작했다.[1] 조선의 중심인 경성, 그중에서도 경제의 중심인 조선은행 본점에서 사회인으로서 첫발을 내디딘 것이다. 일제강점기 조선의 중앙은행이던 조선은행의 신입 행원 환영회는 명월관에서 성대하게 치러졌다. 1909년에 문을 연 조선 최초의 요릿집인 명월관은 고관대작과 부잣집 자제들, 신문화를 경험한 유학생과 언론인, 문인들이 자주 드나들던 곳으로, "땅을 팔아서라도 명월관 기생 노래를 들으며 취해봤으면 여한이 없겠

---

1) 그의 자필 이력서에 한국은행(조선은행의 후신) 입사일이 1944년 1월 10일로 쓰여 있으며, 한국은행에 보관된 당시 조선은행 행원 명부에도 그의 입사일이 이 날짜로 되어 있다.

다"라는 농담이 돌 정도로 유명한 곳이었다.[2] 명월관에서 열린 환영식은 강경에서 갓 상경한 스무 살 청년 박용래에게는 낯설기만 했다. 비싼 술과 안주가 교자상에 차려지고, 기생들이 들어오고 장구 소리가 울려퍼졌다. 박용래는 후일 화려한 환영회 자리에서 교자상만 바라보고 있던 자신의 모습이 마치 장날에 나온 시골 닭 같았다고 회상한다.[3]

조선은행 본점은 경성 한복판에 위치해 있었다. 맞은편에는 미쓰코시백화점이 있고, 조금만 걸어가면 조지야백화점이, 거기서 한 블록 건너에는 육층짜리 고층 빌딩으로 유명한 화신백화점이 있어 화려한 외관과 세련된 상품을 자랑했다. 주변에는 곳곳에 카페들이 자리해 있고, 멀지 않은 거리에 있는 창경원의 벚꽃이 유명세를 타고 있었다. 조선은행 경성 본점은 근대화된 도시의 볼거리와 즐길 거리를 가장 가까이에서 경험할 수 있는 곳이었다.

그러나 은행 업무는 그런 근사한 외양과는 딴판이었다. 신입 행원인 그가 처음 맡은 일은 소각장으로 사라지는 돈을 세는 것이었다. 그는 석 달 동안 그 일만 하다 예금계로 발령을 받았고, 그곳에서 두세 명이 해야 할 일을 혼자 맡아 처리하느라 거의 매일 막차를 타고 퇴근해야 했다. 그가 조선은행에 입사한 1944년은 태평양전쟁 말기였기

---

2) 이난향, 「명월관」, 서은숙 외, 『남기고 싶은 이야기들』, 중앙일보사, 1973, 123~126쪽.

3) 박용래, 「호박잎에 모이는 빗소리 ─염소·해바라기」, 『문학사상』 1976년 9월호, 282쪽.

때문에 불안한 정세 속에서 본국으로 돌아가는 일본인이 많았고, 은행도 마찬가지여서 일손이 크게 달렸던 것이다.

괴중한 업무량보다 그를 더 힘들게 한 것은 보람을 느끼기 어려운 일의 성격이었다. 그는 산문에서 당시 자신이 하는 일이 모두 남의 일만 같았다고 술회한다. 조선은행은 중앙은행과 상업은행의 역할을 겸하고 있었고 일반인을 대상으로 한 예금 업무의 비중도 매우 높았다.[4] 당시 조선은행의 고객은 상당수가 일본인이었을 것이니, 그가 말한 '남의 일'이란 말에는 일본인을 위한 일이라는 뜻도 포함되어 있었을 것이다. 직장에서 느끼는 고독감도 그를 힘들게 했다. 그는 전화를 받다가도, 장부를 기록하다가도 문득문득 눈에 고향이 삼삼해 막연했다고 당시의 심정을 적고 있다. 그의 향수에는 낯선 도시 생활에 대한 반감과 더불어 직장에서 겪는 외로움이 크게 작용한 것으로 보인다. 이어지는 글에서 그는 '병든 서울이 단순하게만 자란, 그래도 조금은 행복한 나에게 처음 고독을 알게 했다'고 술회하고 있다.

박용래가 직장에서 겪은 외로움은 당시 조선은행의 인력 구성과도 연관되어 있었다. 『조선은행사』에 실린 1941년 당시의 직원 명단에는 출신 학교와 나이가 상세히 명기되어 있는데, 삼백이십 명[5] 정도인 경성 본점의 직원들은 일본 대학 출신의 비중이 높았으며 상업

---

4) 『조선은행사』에 수록된 1941년 1월 1일 기준 경성점 부서별 행원 명단을 보면 영업부에 상당히 많은 인원이 배치되어 있었던 것을 알 수 있다. 『조선은행사』, 984~989쪽 참조.

5) 서무와 업무 보조, 타이피스트 직원까지 포함한 직원 수는 420명가량이었다.

학교 중에서는 경성의 선린상업학교 출신이 여러 명 있으나 강경상업학교 출신은 한 명도 없었다. 강경상업학교 출신은 전국 지점을 통틀어 군산과 나진, 함흥 지점에 각 한 명씩으로 총 세 명이었다. 강경상업학교가 당대의 명문 학교였다고는 해도 조선은행 내에서는 매우 소수였던 셈이다. 서먹하고 낯설기 마련인 서울, 일본인들로 가득한 큰 직장에서 의지할 만한 고향 사람이라고는 한 명도 없이 사회생활을 시작한 박용래가 느낀 외로움이 얼마나 컸을지는 쉽게 짐작할 수 있다.

태평양전쟁이 막바지로 치닫던 당시는 물자 부족이 갈수록 심해져 기본적인 일상생활에 불편을 겪어야 했다. 남산 상공으로 B29 폭격기의 꼬리가 까마득하게 보이던 무렵, 점심시간이면 남산 밑에 있는 식당에 길게 줄을 서야만 했고 그나마도 도중에 재료가 떨어지면 발길을 돌리곤 했다고 박용래는 회상한다.[6] 전시 상황에서 식민지 국고를 관리하던 조선은행의 분위기 역시 평온할 리 없었을 것이다. 박용래의 자제들이 소장하고 있는 많은 사진 가운데 유독 조선은행 시절의 것만은 찾아볼 수 없는데, 근무 기간이 짧은 탓도 있지만 그만큼 당시 상황이 편안하지 못했다는 방증이기도 할 것이다. 일제 말의 위태롭고 스산한 전시체제 속에서 조선은행 직원으로 근무하던 박용래는 위축되고 우울한 마음으로 하루하루를 힘겹게 보냈던 것이다.

---

6) 박용래, 「호박잎에 모이는 빗소리―염소·해바라기」, 282쪽.

북방의 설경과 유이민의 초상

앞에서 언급했듯이 조선은행은 당시 전국에 22개의 지점을 두고 있었다. 조선은행의 지점은 부산과 목포에서부터 청진, 나진, 신의주까지 전국 곳곳에 포진해 있었고, 이들 지점에 조선은행권을 전달하는 것이 조선은행 경성 본점의 업무 가운데 하나였다. 보통 두세 명이 한 조가 되어 현금을 담은 상자를 열차로 수송했는데, 박용래도 간혹 그 임무를 맡아 한번은 청진 지점을 다녀오기도 했다. 조선은행 청진 지점은 1920년 3월 원산 지점에 이어 함경 지역에서 두번째로 개설된 지점인 만큼 경제적, 군사적인 요지에 위치해 있었고, 나진과 함께 조선은행 지점 가운데 가장 북쪽에 위치한 곳이기도 했다. 대륙에 대한 꿈으로 조선은행에 입사했던 박용래에게 한반도 북단의 청진행은 그 꿈의 절반을 이루는 일이었다. 더구나 경성 본점에서 외롭고 무의미한 나날을 보내던 그에게는 잠시나마 그곳을 벗어날 수 있는 삶의 돌파구이기도 했다.

그는 경성역에서 목단강행 열차에 현금 상자를 겹겹이 싣고 청진으로 향했다. 열차는 경원선을 따라 원산까지 간 다음 그곳에서 함경선을 따라 영흥, 함흥, 북청, 성진을 거쳐 청진으로 갔다. 이 열차는 회령에 이르러 그곳에서 국경을 넘어 목단강으로 연결된다.[1] 남쪽 강경에서 성장한 그에게 북방행은 난생처음이었다. 그가 이 여정에서 본 열차 안팎의 낯선 풍경들은 그의 삶과 문학에 적지 않은 영향을 끼쳤다. 무엇보다 그의 눈을 강렬하게 사로잡은 것은 북방에 내리는 엄청난 눈이었다. 박용래와 가깝게 지냈던 이문구의 소설 「관촌수필」에는 다음과 같은 장면이 나온다.

그러게, 눈발이 희뜩거리던 겨울 어느 날 이른 아침, 갑자기 내가 보고 싶어져 무턱대고 새벽 첫차로 상경했노라며, 내가 출근하기 전부터 내 근무처 건물의 지하 다방에서 기다리고 있었던 박용래씨만 해도, 그가 정과 한에 어혈이 든 눈물의 시인이라는 사실을 깨닫게 된 것은 실로 그날 아침의 일이었다.

아침 9시부터 백제 유민 박씨와 나는 난로에 후끈한 식탁에 늘어붙

[1] 전광용의 자전소설 「목단강행 열차」에 당시의 목단강행 함경선 열차에 관한 내용이 등장한다. 갑자기 닥친 분단으로 인해 어머니가 계신 고향 북청으로 돌아갈 수 없게 된 주인공 '그'는 목단강행 열차를 타고 서울에서 고향을 오가던 지난 시절을 떠올린다. 소설에는 북청의 벌판 동편 산기슭으로 나 있는 '목단강으로 가는 함경선' 열차의 철길 풍경이 자세히 묘사되어 있다. 함경선의 노선과 정차역에 대해서는 『한국철도 100년사』, 94쪽 참고.

어 창밖에 쏟아지는 함박눈을 내다보며 고량주를 마셨다. 하늘의 선심 같은 푸짐한 눈발 때문이었겠지만, 씨는 불쑥 밑둥 없는 말을 내놓았다.

"왜정 때, 내가 조선은행(한국은행)에 댕길 적에 말여……"

씨는 전재민같이 야윈 손가락으로 고량주 잔을 삼키고 나서 말했다.

"조선은행권 현찰을 곳간차에 가득 싣고 경원선을 달리는디, 블라디보스톡까지 논스톱으루 달리는디 말여……"

"경비원으루 묻어갔었다 ─ 그 말이라……"

"야, 너 웨 그러네? 웨 그려? 이래봬두 무장 경호원이 본인을 경호하던 시절이 있어야. 현찰 운송 책임을 내가 자원해서 했던 거여. 너참 이상해졌다야. 웨 그려? 오 ─ 그 눈…… 그 눈송이…… 그 두만강……"

"……"

"이까짓 눈두 눈인 중 아내? 눈인 중 알어? 너두 한심허구나야……원산역을 지날 때 눈발이 비치더니, 청진을 지나니께 정신없이 쏟아지는디, 아…… 그런 눈은 처음이었었어…… 아 ─ 그 눈…… 그 눈……"

그는 이미 떨리는 음성이었고 두 눈시울에는 벌써 삼수갑산 저문 산자락에 붐비던 눈송이가 녹으며 모여 토담 부엌 두멍처럼 넘실거리고 있었다.

"차가 두만강 철교를 근너가는디…… 오! 두만강…… 오오 두만강!…… 내 눈에는 무엇이 보였겠네? 눈! 그저 눈! 쌓인 눈, 쌓이는 눈…… 아무것도 안 보이고 눈 천지더라. 그 눈을 쳐다보는 내 마음은 위땠겠네? 이 내 심정이 어땠겠어?"

"위땠는지 내가 봤으야 알지유."

"그러냐, 야, 너두 되게 한심허구나야. 그래가지구 무슨 문학을 헌다구, 나는…… 나는 울었다. 그냥 울었다, 두만강 눈송이를 바라보며 한없이 한없이 그냥 울었단 말여……"[2]

이 이야기 속에서는 박용래가 블라디보스토크까지 논스톱으로 달렸다고 하는데, 실제 박용래는 자서전에서 청진행이라고 밝히고 있다. 블라디보스토크행은 이문구가 픽션을 가미한 것이거나, 박용래가 사실과 달리 과장을 섞어 말한 것으로 짐작된다. 블라디보스토크에도 조선은행 지점이 있기는 했지만, 1919년 12월에 개설되어 1931년 7월에 폐쇄되었기 때문에 박용래가 조선은행 본점에 근무하던 1944년 무렵에는 운영되고 있지 않았다.[3] 두만강에 대해서도 마찬가지로, 박용래가 두만강을 건너 간도 지역에 갔다는 기록은 찾아볼 수 없다. 그는 자신의 북방 체험과 그곳에서 본 폭설의 장관을 극적으로 전하기 위해 블라디보스토크와 두만강 철교의 이미지를 활용했을 것이다. 이 북방의 눈 이야기는 신경림 시인이 박용래와의 만남을 회상한 글에도 똑같이 등장한다. 박용래가 보통 사람은 하기 힘든 특별한 체험을 한 사실을 여러 문인들에게 자랑 삼아 자주 이야기한

2) 이문구, 『관촌수필』, 문학과지성사, 1991, 146~147쪽.

3) 『조선은행사』, 851쪽.

것으로 보인다.

이때의 체험으로 인해 눈은 그의 무의식 속에 깊이 자리잡았다. 그의 첫 시집 『싸락눈』의 제목도 그렇거니와, 그의 시에는 눈이 유나히 많이 등장한다. 그의 초기 시 가운데 명작으로 꼽히는 「눈」과 「설야」, 그리고 그의 이름을 널리 알린 시 「저녁눈」이 모두 눈을 소재로 한 작품이다.

눈과 함께 그의 뇌리에 새겨진 또하나의 북방 풍경은 승객들의 모습이었다. 목단강행 열차의 승객들 중에는 간도로 이민을 떠나는 사람들이 많았다. 북방의 눈이 차창 밖의 놀라운 풍경이라면, 그것은 차창 안에서 펼쳐진 또하나의 낯설고 기막힌 풍경이었다. 그는 북방행 열차에서 목격한 유이민들의 모습에 대해 다음과 같이 썼다.

현금을 싣고 청진 가는 도중의 목단강행 이민 열차 안에서 내가 읽어낼 수 있었던 엽초葉草 연기 자욱한 표정 잃은 군상들.

방파제를 넘치던 블라디보스토크의 물보라.

청진 부둣가를 거닐며 안으로 안으로 울었다. 회색 바다가 내려다보이는 호텔의 레스토랑에서 씹던 쓰디쓴 도토리빵.

유약한 성격은 사람이 셋만 모여도 말을 못하였다. 선 채로 증기처럼 증발하고 싶었다. 나뭇가지에 앉은 새가 부럽고 이슬 머금은 들꽃들의 황토가 한없이 부러웠다. 발목에 감겨오던 목탄차의 검은 연기.[4]

그의 산문들이 모두 그렇듯이, 이 글에서도 그는 당시의 체험을 간

72

략하지만 함축적으로 그리고 있다. "엽초 연기 자욱한 표정 잃은 군상들"이라는 표현 속에는 오랜 삶의 터전을 떠나 간도로 이주해가는 일제강점기 유이민들의 자포자기한 삶의 모습이 짙게 배어 있다.

이어지는 "방파제를 넘치던 블라디보스토크의 물보라"의 이미지는 그가 한반도의 북단이자 이 땅의 경계선에 서 있음을 여실히 보여준다. 이용악의 시 「우라지오 가까운 항구에서」도 청진 부근의 바다를 우라지오, 즉 블라디보스토크의 바다라고 표현하고 있다. 청진에 도착해 부둣가를 거닐던 박용래는 열차 안에서 만난 유이민들의 모습을 떠올리며 자신과 조선의 서글픈 처지를 생각했다. 유약한 성격의 그는 그저 속으로 한없이 울음을 삼킬 뿐이었다. 그 자리에서 증기처럼 흔적도 없이 사라져버리고 싶었고, 새와 들꽃과 황토가 한없이 부러웠다. 그는 자연이 있는 고향을 그리워하고 있었다.

현금 수송 임무를 마치고 경성으로 복귀한 박용래는 다시 보람 없는 은행 일로 돌아갔다. 청진에서 나라 잃은 유이민들의 실상을 목격한 후 조선은행에서의 업무는 그에게 더 큰 고역으로 다가왔다. 고달픔과 외로움에 시달리던 그는 서울에 살고 있던 고향 친구인 S를 찾아간다. S는 서울에서 거의 유일한 고향의 이성 친구였지만 워낙 숫기가 없어 만나볼 생각을 하지 못하고 있던 터였다. 그는 용기를 내어 S의 집을 찾아간 그날의 정황을 자서전에서 다음과 같이 적고 있다.

---

4) 박용래, 「호박잎에 모이는 빗소리 9 ─ 목탄차」, 『현대시학』 1972년 5월호, 85쪽.

죽마지우인 S는 광화문 쪽에 살고 있었다. 하루는 용기를 내어 회중전등을 비치며 일대를 샅샅이 누벼 가까스로 번지수만은 찾았으나 차마 대문을 두드릴 용기는 없어 골목을 서성이다가 마침 지나는 소녀를 시켜, 등화관제에 흐릿한 전신주 밑에서 만난 기억, 미당의 『화사집』에서 나오는 샤를 보들레르처럼 괴로운 서울 여자. 솔직히 S를 만난 후에 더욱 서울이 싫어졌는지도 모른다.

나의 잠재적인 열등감일까. 비단 S의 경우만은 아니래도 나는 여자 앞에서 열등감을 느낀 성싶지만.[5]

이 글에서 "죽마지우인 S"는 그가 고향 강경에서 처음으로 이성을 향한 편지를 쓰게 했던 '숙이'를 가리키는 것으로 보인다. 어렸을 때에도 쑥스러워 그 소녀에게 말을 잘 건네지 못했던 박용래는 조선은행에 다니는 당당한 스무 살 청년이 되어서도 여전히 그녀 앞에서 쭈뼛거렸다. 그는 천성적으로 이성에게 부끄러움을 많이 탔다. 어렵게 찾아간 그녀에게 거절당한 그는 크게 상심했고, 그래서 서울살이가 더 싫어졌을 것이다.

'숙이'는 여러 정황으로 보아 훗날 박인환 시인의 부인이 된 이정숙으로 짐작된다. 이정숙은 서울 출생으로 어렸을 때 몇 년간 강경에서 지낸 적이 있다. 박인환의 장남인 박세형씨의 회고에 따르면 이정숙의 아버지가 강경에서 은행장으로 근무한 적이 있다고 한다. 박용

---

5) 박용래, 「호박잎에 모이는 빗소리 — 염소·해바라기」, 282~283쪽.

래가 어렸을 때 고향 강경에서 보았던 '울안에 대나무 숲이 푸르던 고가古家', 그 울타리 안에서 어린 박용래의 가슴을 태웠던 '보조개 짓던 숙이'는 소녀 이정숙이었던 것이다. 이정숙은 1948년 봄 덕수궁 석조전에서 여러 하객들의 축하를 받으며 박인환과 결혼식을 올렸다. 그런데 팔 년 만인 1956년 3월 20일, 박인환이 서른한 살의 나이로 급사하고 만다. 당시 이정숙은 서른 살이었고 2남 1녀의 어린 자녀들이 있었다. 박용래의 자제들이 어머니 이태준 여사에게서 들은 이야기에 따르면, 그 소식을 접한 박용래는 '우리 정숙이가 불쌍해서 어떡하나'며 커다란 슬픔과 걱정을 표했다고 한다. 당시는 박용래와 이태준 여사가 결혼한 지 석 달 정도 된 때였는데, 아무리 소꿉친구라고는 해도 이성 친구에 대한 특별한 감정을 신혼의 부인에게 드러내는 남편을 흉보는 어투가 이태준 여사의 목소리에 묻어 있었다고 박용래의 자제들은 기억한다. 한편으로 자식들에게 이런 일화를 있는 그대로 전한다는 것은 그만큼 박용래 부부의 금슬이 좋았음을 드러내는 일이기도 할 것이다.

조선은행 대전 지점

1944년 5월, 조선은행 대전 지점이 신설되었다. 일제강점기 조선은행이 마지막으로 개설한 지점이었다. 경성 본점에서는 대전 지점 신설을 앞두고 그곳에서 근무할 인력을 선발하는 작업에 들어갔다. 서울 생활이 싫었던 박용래에게는 그곳을 벗어날 수 있는 절호의 기회가 온 것이었다. 더구나 대전은 그의 고향인 강경에서 멀지 않은 곳이었다. 그는 설레는 마음을 감출 수 없었다. 하지만 당시의 관례에 따르면 지점의 인력은 중견 행원 중에서 선발하거나 현지에서 채용하는 것이 일반적이었다. 입사한 지 사 개월이 채 안 된 신입 행원이었던 박용래가 기웃거릴 수 있는 자리는 아니었다. 박용래에게 대전 지점은 먼 희망사항일 뿐이었다.

그런데 그때 애타게 고향으로 돌아가고 싶어하는 박용래의 마음을 안 행원 한 사람이 적극적으로 그를 도왔고, 덕분에 그는 당시의 인사

관행을 깨고 대전 지점으로 발령을 받게 되었다. 박용래는 자서전에서 그를 "Q"라고만 밝히고 있다.[1] 그는 산문에서 좀처럼 타인의 실명을 밝히지 않고 영문 이니셜이나 이름 끝 자만을 쓰곤 했는데, 이는 자신과 관련된 타인의 삶이 의도치 않게 드러나는 것을 막으려는 배려라고 할 수 있다. 반면 그는 자신과 가까운 시인과 예술가에 대해서는 실명으로 그들을 기리는 시를 여러 편 발표한 바 있다. 그만큼 그는 공과 사의 구분이 분명하고 예의범절을 중요시했다. 그의 자제들은 남의 집에 방문할 때에는 절대로 빈손으로 가면 안 된다는 말을 어려서부터 아버지에게 누누이 들었다고 전한다. 앞서 박용래가 자신의 부친이 '뒷간에 가실 때도 꼭 대님을 매시곤 했다'는 일화를 전한데서도 엿보이듯이, 예의범절을 각별히 중시하는 그의 태도는 그의 부친으로부터 물려받은 것이라고 할 수 있다.

그의 송별식은 조선은행 근처에 있는 아서원에서 열렸다. 아서원은 당시 경성에서 이름난 고급 중화요리점이었다. 경성에서의 직장 생활은 외형만으로 보면 그곳을 떠나는 마지막까지도 화려하고 근사하기만 했다.

조선은행 대전 지점의 정확한 위치는 지금으로서는 확인되지 않는다. 한국은행이 보유한 사료 가운데 1946년 조선은행 대전 지점 앞에서 직원들이 찍은 기념사진이 있으나 건물의 일부만 보여 장소를 특정하기 어렵다. 다만 해방 무렵의 직원 명부가 남아 있는데, 여기에는

---

1) 박용래, 「호박잎에 모이는 빗소리—염소·해바라기」, 283쪽.

당시 대전 지점의 직원 수가 17명으로 기록되어 있다. 이로 미루어 대전 지점은 소규모였을 것으로 보이며, 더구나 일제강점기 말 전시 체제하의 물자 부족을 고려하면 중앙은행의 위용을 자랑할 큰 규모의 건물을 신축하기는 어려웠을 것으로 짐작된다. 추정컨대 일본인들이 많이 거주하던 선화동 부근의 건물을 임대하여 운영했을 수도 있을 것이다. 박용래의 산문에도 당시 조선은행 대전 지점 주변이 왜색 일변도였다는 회상이 등장한다.

하지만 대전에는 대전천이 있어 박용래에게 위안이 되었다. 물이 맑고 물새들이 평화롭게 노닐던 대전천은 비록 강경의 금강과 비교할 수는 없지만 박용래에게 고향의 느낌을 어느 정도 충족시켜주었다. 또 근교에는 전원의 느낌을 물씬 풍기는 유성온천이 자리잡고 있어 박용래는 그곳의 들길을 거닐며 향기로운 흙냄새를 맡고 청초한 들꽃의 아름다움에 젖었다. 그런가 하면 조선은행 대전 지점 근처에는 시립 도서관이 있었다. 박용래는 근무를 마치면 자주 도서관을 드나들며 책으로 마음을 달래고 문학에 대한 꿈을 키워나갔다. 대전에서도 서울과 마찬가지로 친지라곤 없었던 그에게 도서관에서의 독서는 외로움을 달래는 방법이기도 했다. 한적한 도서관 벤치에 앉아 홀로 사색하는 평화로운 시간은 주판알 튕기는 소리와 돈다발 세는 일에 지친 그의 마음을 위무해주었다. 대전 지점의 업무량도 경성에 비하면 많지 않았다. 대전 지점은 경성 본점의 20분의 1 규모에 불과했고 본점이 아닌 지점이었기 때문에 상대적으로 한가한 편이었다.

그러던 어느 날, 그에게 입영을 위한 징병검사 통지서가 날아들었다. 일제는 1943년 3월 법률을 개정하여 병역의무를 조선인에게까지 확대하였다. 그리고 이를 근거로 이듬해인 1944년 4월부터 8월까지 제1회 징병검사를 실시하였고, 이듬해인 1945년 1월부터 5월까지 제2회 징병검사를 실시하였다.[2] 1945년에 만 20세가 된 박용래는 제2회 대상자에 해당되어 징병검사를 받고 1945년 7월 초에 군에 입대하였다. 태평양전쟁이 막바지를 향해 치닫던 시기, 그는 극도의 불안과 공포를 느꼈다. 그리고 한 달 뒤 갑작스러운 해방을 맞았다. 불과 한 달 사이에 깊은 나락으로 떨어졌다가 다시 주체할 수 없는 환희를 경험하는 극적인 운명의 변화를 경험한 것이다. 그가 강제 입영 기간 동안 어떤 일을 했는지에 대해서는 남아 있는 기록이 없다. 기간이 워낙 짧았기 때문에 아마도 전장에 투입되어 직접적인 전투 경험을 하는 일은 없었을 것이다. 그러나 당시의 극단적인 상황 변화는 그에게 잊을 수 없는 기억으로 남았다. 그는 해방 당시의 정황을 산문에서 다음과 같이 압축적으로 적고 있다.

그런 어느 날, 나는 야간 군용열차를 타야 했다. 나의 연령은 그들이 실시한 징병에 소위 제2기생에 해당되었다.

공습이 무서워 모조리 불빛을 죽인 칠흑의 역, 홈, 무언의 분노에 일그러진 부형들이 비춰주는 횃불 속을 가야 했던 우리들의 행진이야말로 사지로 향하는 피의 행진.

---

2) 최유리, 「일제 말기(1938년~45년) "내선일체"론과 전시동원체제」, 이화여자대학교 박사학위논문, 1995, 145~150쪽.

부끄러운 8·15는 용산역두에서 맞았다. 불과 한 달 남짓한 그들의 사역병이었던 우리를 무슨 애국자인 양 군중들은 얼싸안고 환호성, 박수의 세례, 나는 부끄럽고 죄스럽기 짝이 없었다.[3]

---

3) 박용래, 「호박잎에 모이는 빗소리 ─ 염소·해바라기」, 283쪽.

해방과 『동백』 창간

해방이 되자 조선은행에서 근무하던 일본인들은 일본으로 돌아갔다. 롤런드 스미스 미 해군 소령이 조선은행의 새 총재로 임명되었고, 은행의 실질적인 운영은 조선은행에 근무하던 구용서, 백두진, 천병규, 신판국 등 일본 유학파 엘리트들이 맡게 되었다. 그들이 꾸린 자치위원회가 해방 직후 조선은행의 인사, 조직, 예산 등을 지휘하였는데, 미 군정청이 그들의 자치 운영을 상당 수준 인정해주었다. 다만 그들의 권한은 내부 경영에 국한되었고, 대출 업무는 미 군정청이 강하게 개입하였다.[1]

박용래는 해방 이후에도 과도기의 조선은행에 계속 몸담고 있었지만, 그의 마음은 이미 은행을 떠나 문학에 가 있었다. 두꺼운 장부 밑

---

1) 차현진, 『중앙은행별곡』, 인물과사상사, 2016, 249~251쪽.

에 문학책을 감춘 채로 주판알을 튕기던 시절이었다. 그러던 어느 날 박용래는 대전천 목척교 옆에 있던 고서점에서 우연히 정훈 시인을 만나게 된다. 해방 직후의 혼란한 시기에 시집을 펼쳐 읽고 있는 박용래를 본 정훈 시인이 반가운 마음에 그에게 말을 걸어온 것이다. 그후로 정훈과 급속히 가까워진 박용래는 그의 집을 드나들면서 점점 깊은 문학 이야기를 나누게 되었다. 박용래는 산문에서 그 시절 『님의 침묵』『백록담』『나 사는 곳』『태양의 풍속』 등의 책을 처음 접하고 벼이삭을 줍듯이 시를 배워나가기 시작했다고 술회하고 있다.[2]

정훈은 1911년 충남 논산 태생의 시인으로,[3] 서울 휘문고보를 다니던 중 그곳에서 교편을 잡고 있던 정지용 시인의 도움으로 1935년 『가톨릭청년』 4월호에 시 「6월 하늘」을 정갑수라는 본명으로 발표하였고, 1937년 『자오선』 창간호에 「6월 하늘」을 개작한 시 「유월공六月空」을 발표했다. 그는 일본의 메이지대학을 다니다가 중퇴하고 고향으로 돌아온 후 서울과 대전을 오가며 지내다 해방과 함께 대전에서 의욕적으로 사회 활동을 펼치고 있었다.[4] 정훈과의 만남을 계기로 박용래는 그의 활동에 직간접적으로 참여하게 된다.

---

2) 박용래, 「벼이삭을 줍듯이 ― 나의 시적 편력」, 『시문학』 1972년 5월호, 14쪽.

3) 최문희, 「대전문단이면사 1 ― 대전문단 60년을 회고하며」(『대전문학』 2008년 여름호)에는 정훈이 1913년 3월 16일 지금의 논산시 양촌면 인내리에서 태어난 것으로 소개되어 있다.

4) 홍희표, 「머들령의 산조 ― 정훈론」, 『목원어문학』 12집, 1993, 8쪽; 박명용, 「정훈과 '머들령'」, 『문학과 삶의 언어』, 푸른사상사, 2002, 26~32쪽; 한창수, 「정훈 시 연구 ― 시기별 특성을 중심으로」, 공주대학교 교육대학원 석사학위논문, 2011, 10~13쪽.

해방과 더불어 정훈이 가장 먼저 시작한 것은 교육 사업이었다. 그는 해방 열흘 후인 1945년 8월 25일 계룡의숙을 설립하여 학생을 모집했고, 9월 5일 주야간 50명을 전형하여 학교를 개교했다. 계룡의숙은 그후 대전학원, 계룡학숙, 계룡학관 등으로 이름을 바꾸고 장소를 옮겨가며 학생들을 확충해나갔고, 그 노력은 1948년 10월 31일 호서민중대학 설립으로 이어졌다. 그러나 문교부로부터 정식 인가를 얻으려던 참에 6·25가 발발해 교사가 폭격으로 사라지고 구성원들도 뿔뿔이 흩어져 대학 설립의 꿈은 좌절되고 말았다.[5] 박용래의 자필 이력서에는 그가 1948년 9월 1일부터 호서중학교에서 근무하며 국어와 상업을 가르친 것으로 쓰여 있는데, 호서중학교는 바로 계룡학관을 가리키는 것으로 보인다. 당시 박용래에게 국어 수업을 들은 적이 있는 대전의 향토사학자이자 시인인 최문희에 따르면 그가 국어 시간을 시 낭독으로만 채우자 학생들이 불만을 제기했는데, 그가 아랑곳하지 않고 낭독을 이어가며 "시가 국어야"라고 하자 그제야 학생들이 고개를 끄덕였고, 그후 "시가 국어야"라는 말이 유행어가 되었다고 한다.[6]

정훈은 계룡의숙을 본거지로 하여 문학과 문화 활동을 펼쳐나갔다. 그는 '향토시가회'를 결성하여 일주일에 한 번씩 합평회를 열었

---

5) 호서민중대학의 설립 과정에 대해서는 『호서학보』 창간호, 1949, 137~139쪽; 정훈, 「나의 시작 반세기」, 『호서문학』 9집, 1983, 23쪽; 최문희, 「대전문단이면사 1」, 39쪽 참조.

6) 최문희, 「대전문단이면사 1」, 41쪽.

는데, 박용래도 이 모임에 참여하여 그들과 어울리며 시를 향한 꿈을 키워나갔다. 향토시가회 회원으로는 정훈과 박용래 외에 원영한, 정혜병, 송석홍, 최영자, 하유상, 이재복 등이 있었다. 한편 원영한, 정혜붕, 송석홍 등은 정훈, 지헌영 등을 모시고 신라 화랑도의 현대화를 표방하며 민족의 자결, 자주, 독립 정신을 기치로 내건 '종랑도宗郎徒'라는 단체를 발족하고 1945년 10월 기관지 『향토』를 창간했다. 『향토』 창간호는 필경 프린트로 만든 국판 30쪽 분량의 종합지였는데 정훈, 최영자, 이교택 등의 문학작품도 게재되었다. 종랑도는 지헌영과 송석홍 등이 개인적인 사정으로 떠난 후 자금이 뒷받침되지 못하여 얼마 후 해체되었는데, 이후 향토시가회가 『향토』지를 이어받아 2집까지 발간했다. 『향토』지는 해방 이후 충청 지역 최초의 문학지로서 귀중한 사료적 가치를 지니지만 현재 원본을 확인할 수 없어 아쉬움을 준다.[7]

향토시가회 회원 가운데 박용래에게 큰 영향을 끼친 인물은 박희선 시인이다. 박용래는 정훈의 소개로 박희선을 알게 되었다. 박희선은 1923년 충남 강경 출생으로 강경보통학교와 전주사범학교, 고마자와대학 불교학과에서 수학하였다. 그는 보통학교 시절 조선인을 비하하고 차별하는 일본인 교사에게 반발해 수업 거부를 주동하여

---

7) 『향토』에 대해서는 송석홍, 「호서문학회 소사」, 『호서시선 속』 부록, 오광인쇄사, 1974; 박명용, 「충청 최초의 문학지 『향토』」, 『문학과 삶의 언어』, 33~34쪽; 원영한, 「목척다리통신」, 『호서문학』 16집, 1990, 182~183쪽; 원영한, 「목척다리통신 2」, 『호서문학』 17집, 1991, 243~245쪽; 최문희, 「대전문단이면사 1」, 37~39쪽 참조. 송석홍과 최문희는 『향토』가 3집까지, 박명용은 2집까지 발간되었다고 기술하고 있다.

퇴학 처분을 받았고, 일제 말 학도병으로 징집당한 후 탈영해 충청에서 창설된 독립군에 합류하였다가 체포되어 마포형무소에서 복역하던 중 해방을 맞았다.[8] 그는 사범학교 시절 학내 문학 회람지에 「부엉이」라는 시를 발표한 바 있으며, 해방 후에는 대전에 머물며 이재복, 박영식 등과 함께 불교종합지 『백상』을 창간하고 여기에 「백상송」이란 시를 발표하였다. 『백상』은 『향토』보다 이십여 일 늦게 발간되었다.[9] 그는 박용래와 비슷한 나이에 고향도 같았지만 기질적으로는 크게 달랐다. 박용래가 섬세하고 수줍은 성격의 소유자라면 박희선은 선이 굵고 저돌적인 인물이었다. 박용래는 대전서 처음 본 박희선을 두고 "기막힌 문학열을 안고 흡사 돌개바람처럼 나타났다"고 술회한 반면,[10] 박희선은 박용래에 대해 초승달처럼 아릿한 품성과 샛별과 같은 시재를 지닌 사람이라고 말한 바 있다.[11]

두 사람은 첫 만남부터 서로에게 이질적인 느낌을 받았지만 문학에 대한 열정만은 같았고, 그것이 둘을 하나로 묶었다. 그리하여 두 사람은 정훈 선생을 모시고 '동백시회'를 결성하고 1946년 2월 『동백 桶柏』지를 창간하였다.[12] 이 시지를 주재하고 창간사를 쓴 사람은 정

---

8) 이선환, 「박희선 시 문학 연구」, 충남대학교 교육대학원 석사학위논문, 2014, 11~12쪽.

9) 박명용, 「불교지 『백상』과 문학」, 『문학과 삶의 언어』, 35~37쪽.

10) 박용래, 「벼이삭을 줍듯이―나의 시적 편력」, 14쪽.

11) 박희선, 「중도문단소사」, 『중도문학』 창간호, 1995, 65~66쪽.

12) 『동백』 창간호에는 출간 일자가 표시되어 있지 않아 창간일을 1946년 5월과 7월로 적은 논문과 책들도 있다. 『동백』의 창간 일자는 구전으로 전해진 것으로 보인다.

훈이지만 시지 발간을 실질적으로 도맡은 사람은 박희선이었다. '동백'이라는 제호는 '상록수이고 남방적인 이미지를 지닌 동백이 좋겠다'는 박용래의 제안에 따라 결정된 것으로 전한다.[13] 한편 '동백'의 한자 표기는 '冬柏'인데 당시에는 일본식 표기로 '柊柏'으로 쓴 것으로 보인다. 백석의 시 「통영」 원본에도 '柊柏'이라는 표기가 쓰였다.

『동백』창간호에는 정훈의 시 한 편, 박희선의 시 두 편과 산문 한 편, 그리고 박용래의 시 두 편이 실려 있다. 박용래의 시 두 편 중 「6월 노래」에는 '박룡래',[14] 「새벽」에는 '朴龍來'로 이름이 달리 표기되어 있는데, 이는 단 세 사람이 지면을 꾸밈으로써 발생하는 편집상의 단조로움을 피하기 위한 방편으로 짐작된다. 세 편의 작품을 발표한 박희선도 시에는 한자로, 산문에는 한글로 이름이 표기되어 있다.

6월六月은

아츰항구港口 띠인꽃배

남담홍淡紅에 무친

백일홍百日紅 '엿트'

접시 접시 꽃은

---

13) 박명용, 「첫 순수시지 『동백』」, 『문학과 삶의 언어』, 38쪽.
14) 1954년 날짜의 충남 도지사 직인이 찍힌 박용래의 '중앙철도고등기술학교 교원증'에도 그의 이름이 '박룡래'라고 표기되어 있다.

하얀 돛대 달고

파리화花에 이별離別의 정情을 시러
난초蘭草 맵시고은 유객遊客이여

동근관冠 해바라기꽃무역선貿易船
초초楚楚이도 치장한백합호百合号

장미는 외국外國배
초월한 표정表情이여

말리화茉莉花에 넘치는선실船室
풍령鈴날리듯 낮버레악사樂師들

횟바람 행진곡行進曲에
야릇한 핀뎅이

감폭 바람품은
지자枳子울 삼각범三角帆

은銀빛 옥玉수수대
출범出帆의 패적貝笛을 부러

운수雲水의행려行旅인 노란나비
밀 밭동산에 궁구러오다

바다색色 하늘가에
흐르는 자마리떼

6월六月은
파랑항구港口 세계항로世界航路

만국기萬國旗 나부끼는
출범전出帆前에 꽃선단船団

—「6월 노래」 전문

　두 편 중에서 앞쪽에 배치한 이 시는 우선 길이가 긴 것이 눈에 띈
다. 많은 것을 보여주고 싶은 문청 특유의 의욕이 나타난 것이라고 할
수 있다. 박용래는 생애 첫 발표작에서 비유의 연쇄로 한 편의 시를
빚어낸다. 그는 6월을 푸른 바다로 상상하고 6월에 핀 다채로운 꽃들
을 항구에 뜬 꽃 선단에 빗댄다. 백일홍은 남당홍의 요트이고 접시꽃
은 하얀 돛대를 단 배이며, 해바라기는 둥근 관冠을 단 무역선, 장미
는 외국 배이다. 그리고 말리화, 즉 재스민꽃은 배의 선실에 빗대져
있다. 꽃들의 항구에는 세계 각국의 꽃이 피어나므로 6월은 세계의

항로가 되고, 풍뎅이와 나비들도 항구에 날아와 6월의 자연을 아름답게 수놓고 있다. 다소 작위적인 비유이기는 하지만 싱그러운 감각이 돋보이고 시의 구조가 비교적 잘 짜여 있다. 이 첫 작품에서 우리는 박용래가 시의 기본 요소로 비유와 이미지를 중시하였으며, 비유의 구조를 통해 완결된 시의 형식을 갖추는 방법을 터득하고 있었음을 알 수 있다. 이 시는 길이는 길지만 매 연의 진술은 군더더기 없이 압축되어 있다. 그가 첫 작품에서 선보인 이러한 기본적인 시적 태도는 그후 본격적으로 전개되는 그의 시작 과정에서도 일관되게 견지된다.

이 시는 또 그가 사망하기 몇 달 전 병상에서 쓴 시 「먼 바다」와 겹쳐 읽힌다.

돛을 올려라

어디메, 막 피는
접시꽃
새하얀 매디마다

감빛 돛을 올려라

오늘의 아픔
아픔의

먼 바다에.

―「먼 바다」 중에서

이 시에서 '바다'는 「6월 노래」에서처럼 비유로 쓰인 것이 아니라 실재하는 바다를 가리킨다. 그런데 그 바다에 떠 있는 배를 시인은 하얀 접시꽃으로 상상하고 있다. 「6월 노래」에서 구사된 이미지와 동일한 상상이다. 차이가 있다면, 『동백』을 간행하던 스물두 살의 청년이 그 바다를 6월의 싱그러운 계절로 바라보았다면 쉰여섯의 시인은 그곳을 아픔의 먼 바다로 생각한다는 점이다. 병상의 그는 아픈 몸을 이끌며 자신의 시작의 근원으로 돌아가고 있었던 것이다. 어쩌면 이미 시인의 몸과 마음은 미구에 닥쳐올 자신의 죽음을 예감하고 있었는지도 모른다.

『동백』 창간호 말미에는 동백시회가 매월 30일에 열린다는 짤막한 광고가 실려 있다. 박용래는 동백시회 회원들과 함께 매달 시를 쓰고 합평회를 하며 습작을 늘려나갔다. 최문희의 회고에 의하면 당시 계룡학관의 교문 안쪽에 동백시회 간판이 걸려 있었다고 한다.[15] 계룡학관은 당시 대전 문인들의 아지트였던 셈이다. 『동백』 창간 이후 이재복, 원영한, 정해붕, 하유상, 송석홍 등이 동백시회에 합류해 작품을 발표했다. 『동백』은 창간으로부터 일 년 반이 지난 1947년 9월 8집을 끝으로 종간했다. 박용래는 3집에 「성자聖者와 제자弟子」, 종간호인

---

15) 최문희, 「대전문단이면사 1」, 39쪽.

8집에 「달밤에 가랑닢」을 발표했다고 하는데, 해당 『동백』지가 남아 있지 않아 작품을 확인할 길은 없다.[16] 현재 『동백』지는 창간호만 남아 있다.

　『동백』 창간호는 석판인쇄에다 좌우 한 면으로만 된 낱장짜리의 아주 단출한 출간물이지만, 해방 후 충남 지역에서 간행된 최초의 시지로서 중요한 의미를 지닌다. 박명용은 『동백』을 1946년에 탄생한 서울의 『백파동인』 『예술부락』 『시탑』, 대구의 『죽순』, 진주의 『영남문학』 등과 함께 해방 이후 한국문단 형성에 초석이 되었다고 평가하고 있다.[17]

---

16) 송석홍, 「호서문학회 소사」, 7쪽. 한편 줄곧 『동백』의 편집을 맡았던 박희선은 『동백』이 7집까지 나왔다고 기술하고 있다. 박희선, 「중도문단소사」, 66~68쪽.

17) 박명용, 「첫 순수시지 『동백』」, 42쪽.

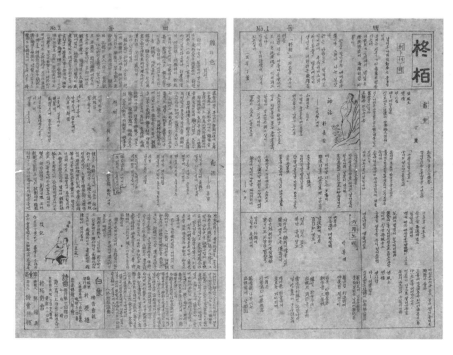

『동백』창간호.

김소운을 찾아서

해방은 모국어와 출판의 자유를 되찾은 날이었다. 일제 말 동아일보와 조선일보, 그리고 『문장』을 비롯한 여러 문예지와 잡지가 강제 폐간되어 우리말로 된 문학작품을 자유롭게 발표하지 못하던 암흑의 터널을 벗어나 이제 우리말과 글을 마음껏 읽고 쓸 수 있게 된 것이다. 그리하여 해방 이후 1949년까지 새로운 잡지가 속속 간행되고 기존의 잡지들이 복간되었으며, 시집 출간도 활발하게 이루어졌다. 그중에서도 1946년은 특별히 기억될 만하다. 이해에 우리 문학사에 지울 수 없는 자취를 남긴 명시집들이 많이 출간되었기 때문이다. 1946년 4월에 김기림의 『바다와 나비』, 6월에 정지용의 『지용 시선』, 같은 달에 박목월, 박두진, 조지훈의 『청록집』이 출간되었으며, 7월에 오장환의 『병든 서울』, 10월에는 이육사의 유고시집인 『육사 시집』이 출간되었다.

이와 같은 시집들의 간행 소식을 박용래는 여러 매체를 통해 접했고, 또 시집을 구해서 읽기도 했을 것이다. 박용래의 시를 보면 이 시집들이 그의 시에 직간접적으로 영향을 끼쳤음을 감지할 수 있다. 특히 정지용과 박목월은 그가 존경의 대상으로 삼은 시인이다. 주옥 같은 시집들의 세례 속에서 시인의 꿈을 키워나가던 그해 어느 날, 『동백』지 창간 동인인 박희선이 박용래가 근무하던 조선은행 숙직실로 찾아왔다. 그의 손에는 서울에서 발행하는 '예술신문'이 들려 있었다. 박용래는 거기서 '김소운 시인이 동래에서 문인 부락을 세울 예정인바 뜻있는 청년의 연락을 기다린다'는 내용의 기사를 보게 된다. 그는 이 짧은 기사에 눈이 번쩍 뜨였다.

그는 평소 김소운 시인을 마음속으로 존경해왔다. 동백시회의 일원으로 박용래와 가까이 지낸 하유상의 실명 소설 「인생은 눈물겹습니다」에 이 무렵 박용래의 일상이 상세히 그려져 있는데, 당시 박희선, 박용래, 하유상 세 사람이 모두 그림을 좋아해 대전중학교 미술 교사인 백양의 아틀리에에 자주 놀러가 그림과 문학에 대한 얘기를 나누었고,[1] 그때 박용래가 김소운을 대단한 애국자로 칭송했다는 이야기가 등장한다. 김소운이 일본에서 일어로 펴낸 『조선동요선』에서 왜장을 버젓이 '왜장'으로 썼기 때문이었다.[2]

---

1) 백양은 피아니스트 백건우의 부친이다. 소설에는 당시 백양의 아틀리에 한쪽 벽에 마티스의 그림이 서너 점 걸려 있었는데, 박용래가 이 그림을 무척 좋아했다고 쓰여 있다.

2) 하유상, 「인생은 눈물겹습니다」, 『한국문학』 1983년 12월호, 114~117쪽.

박용래는 기사를 본 바로 다음날 김소운을 만나기 위해 부산으로 향했다. 그는 훗날 『현대시학』에서 마련한 공동시집 『청와집』 발간 기념 좌담에서 시작 동기를 묻는 질문에 "나는 처음부터 아주 시를 너무 신성시했던 것 같아요. 존경의 대상이지 자신이 시를 쓰겠다는 생각은 엄두도 못했거든요. 시인이 사는 고장에 가서 시 얘기를 들으며 살 수만 있다면 하는 염원을 가지고 있었습니다. 그 무렵 동래에 계시던 김소운 선생님도 찾고, 대구에 계시던 박목월 선생님도 찾고, 방랑도 하고 그러다가 그만……"3)이라고 대답한 바 있다. 해방 직후 스물두 살의 문학청년 박용래는 책으로만 접하던 마음속 동경의 시인을 직접 만나 이야기를 나누는 것만으로도 생의 의미와 보람을 찾을 수 있을 듯했던 것이다.

박용래는 유리창도 없는 허름한 열차에 몸을 싣고 열두 시간을 달려 부산에 도착했다. 부산역에서 내리자 캄캄한 밤이었다. 박용래는 우선 여인숙에서 하룻밤을 묵었다. 벽 여기저기에 빈대 핏자국이 그어져 있는 음습한 방이었지만, 이십대 초반의 열혈 문학청년인 박용래에게는 그조차 낭만적으로 여겨졌다. 다음날 박용래는 동래로 가 김소운 선생 댁을 수소문했다. 시인은 대나무 숲이나 솔밭머리 같은 곳에 살고 있으리라는 치기 어린 생각으로 그런 동네를 누비고 다녔지만 헛수고였다. 다시 부산으로 돌아간 박용래는 부산일보에 문의해 비로소 동래여고 뒤편에 있는 김소운 선생 댁을 찾았다. 그는 선생

---

3) 박용래 외, 「대전시인협회 좌담─순수한 모순」, 『현대시학』 1972년 2월호, 126쪽.

을 만나자마자 그 앞에서 무릎을 꿇고 선생이 쓴 『조선동요선』의 서문을 암송하며 눈물을 뚝뚝 흘렸다. 김소운은 낯선 청년의 비장한 모습을 바라보며 일제강점기인 1933년 도쿄에서 그 글을 쓰던 당시의 기억이 떠올라 눈시울이 뜨거워졌다. 이때의 일을 김소운은 훗날 다음과 같이 적었다.

해방 이듬해, 부산 동래에서 원예 초년생 노릇을 하고 있을 무렵이었다. 하루는 어깨에 륙색을 짊어진 웬 청년 하나가 찾아와서 인사 한마디 없이 내 앞에 무릎을 꿇더니, 일문日文으로 쓴 이와나미岩波 문고 『조선동요선』의 서문을 경이나 읽듯이 줄줄 외어가다가 그만 두 눈에서 굵다란 눈물방울을 뚝뚝 떨어뜨렸다. '조선의 어린 벗들에게―'라고 소제를 붙인 그 서문을 해방을 13년 앞두고 동경 히가시나카노東中野의 아파트 1실에서 나도 눈시울을 적시며 쓴 글이었다. 그날의 그 륙색을 메고 온 청년이 바로 P군이다.[4]

1933년 일본 이와나미서점에서 나온 『조선동요선』은 김소운이 같은 해에 펴낸 『조선구전민요집』에 실린 민요 가운데 동요를 간추려 일본어로 번역한 것이다. 이 시집의 서문에는 '조선의 어린이들에게'라는 부제가 붙어 있다. 일제강점기 일본 도쿄의 숙소에서 일본인들에게 우리 동요를 소개하는 서문을 써나가던 그의 마음은 비통하고도

---

4) 김소운, 「도로아미타불의 복식인생」, 『김소운 수필선집 5』, 아성출판사, 1978, 334쪽.

비장했을 것이다. 마침내 해방이 되어 어느 날 갑자기 찾아온 청년 박용래가 자신의 앞에서 그 글을 암송하며 눈물을 보이자, 김소운 역시 그때의 감정이 북받쳐오며 자신을 알아주는 그에게 감격한 것이다. 박용래가 암송한 그 서문의 일부를 한국어로 옮기면 다음과 같다.

고향의 어린아이들, 이 자그마한 선물을 핑계삼아 진심어린 신애信愛를 너희들에게 보낸다.

조금 감상에 빠지는 것을 용서해다오. 향토를 떠난 지 십여 년, 뜻하지 않게 너희들과는 먼 길을 사이에 두고 지내왔다. 향수의 낡은 이끼도 이제는 나를 슬프게 하지는 않는다. 예술에 있어서도 민족문화에 있어서도 세계주의에 서는 것을 떳떳하게 여기지 않는 나도 실제 삶에 있어서는 이 말을 거부할 수 없는 한 사람이 되어버렸다.

그래도 나는 나 자신의 오직 하나의 긍지를 잊지 않는다.

너희들과 향국鄕國을 같이하여 태어났다는 것은 얼마나 다행인 우연이었을까. 아니, 이것은 우연이 아니다. 수학은 하나에서 시작한다. 너희들과 나의 인연은 전통의 하나의 단위에서 시작하고 있다. 너희들이 호흡하는 숨결은, 그것은 나의 숨결이다. 너희들의 울고 찡그린 얼굴, 그것은 나의 얼굴인 것이다. 너희들의 동경, 너희들의 환상, 너희들의 환호, 너희들의 의욕, 심지어는 오체에 고동치는 너희들의 피마저 모두 그대로 내 것이 아닌가. 누가 이 뿌리깊은 약속을 막을 수 있으랴.

게다가 이 약속은 너희들 한 사람 한 사람의 것이기도 하다. 너희들

'한 사람'은 동시에 너희들의 '전체'인 것이다. 하나의 큰 그물코가 되어 천만으로 너희들은 연결되어 있다. 너희들의 마음은 하나다. 그 한 마음이 너희들이 노래를 낳고 너희들이 정신을 만들어냈다.

*

너희들의 노래는 무엇보다 힘찬 너희들의 정신의 표현이다. 너희들은 해가 그늘졌을 때 하늘을 우러러보며 말한다.

> 해야 해야 붉은 해야
> 김칫국에다가 밥 먹고
> 장구 치면서 나오너라

모두 말하기도 전에 구름 사이로 달아오른 둥근 얼굴을 내밀어 해는 너희들에게 웃어 보인다. 너희들은 해의 붉은 얼굴을 보고 술에 취한 사람의 얼굴이 생각난다. 그때 연상되는 것은 장구다. 그 신나게 떠드는 즐거운 음색…… 그리고 김치에다가 밥을 먹는다는 것은 너희들이 많이 놀다가 그만 배가 고파 집으로 뛰어들어 급하게 밥을 먹는 그때의 심경이다. 구름 사이로 해가 숨은 것은 아마도 배가 고파서 그렇게 한 것이 틀림없다. 그래서 너희들은 바깥 노지에 따돌림 당한 신세가 되어 해더러 빨리 나오라고 재촉한다. 유유히 진수성찬 따위를 먹고 있다면 큰일이다. 김칫국에다가 두세 숟가락 들이켜면 다시 급히

98

뛰어나오라…… 두세 줄의 이 짧은 노랫말에 너희들의 생생한 삶이 그대로 드러나 있지 않은가. 너희들을 울보며 게으름뱅이라고 말하는 사람에게 나는 도리머리를 치며 "아니다"라고 말한다. 너희들의 이 발랄한 정신을 너무나도 잘 알고 있기 때문이다. (……)

*

너희들의 노래는 너희들이 전통의 계승자로서 조상 시대로부터 한결같이 이어받은 것이다. 너희들에게는 소중한 계도가 되기도 하여 여기에는 너희들이 다다르게 된 '정신'의 기록이 적혀 있다. 그러나 너희들은 언제까지나 '어제의 아이'가 아니다. 여기에 번역된 동요도 약간의 예외를 제외하면 대부분은 잊어버렸을 것이다. 그것은 괜찮다. 나도 너희들에게 과거장을 되풀이하여 읽게 할 생각은 없다. 다만 걱정되는 것은 낡은 껍데기를 버리는 데 급해서 전통의 정신마저 너희들이 몰각하고 있지 않나 하는 것이다. '어제'를 잊고 성립하는 '내일'은 없다. 낡은 초석 위에 새로운 '오늘'을 건설하는 일은 너희들에게 허락된 장엄한 권리이기도 하다. 문화의 정신에서 미아가 되지 마라. 기형아라는 소리를 듣지 마라. 너희들에게 전하는 절실한 나의 희구는 이것이다.

세기는 열린다. 너희들의 배후에는 암담한 역사가 이어졌다. 지금이야말로 너희들의 손으로, 너희들의 곡괭이로 새로운 광명을 열어가는 것이다. 황폐해진 폐옥을 나서서 '빛의 세기'로 출발하는 것이다.

너희들의 사명은 무겁다.

아침 산들바람이 너희들을 부른다. 푸른 하늘은 너희들 위에 있다.[5]

김소운은 자신을 찾아온 생면부지의 박용래를 극진하게 대했다. 이틀 동안 김소운의 집에 머문 박용래는 대전으로 돌아와 곧장 조선은행에 사직서를 냈다. 그가 조선은행에 제출한 사직서는 지금도 한국은행에 보관되어 있다. 그의 친필 사직서에는 사직 신청 날짜가 1947년 1월 16일로, 사직이 처리된 날짜가 1947년 1월 31일로 기록되어 있다.

이제 자신의 삶을 오로지 문학에 바치고자 결심한 박용래는 동백시회 회원들과 어울리며 시쓰기에 전념한다. 정훈이 운영하던 계룡학관에서 틈틈이 국어와 상업을 가르치기도 했지만, 그의 몸과 마음은 온통 문학에 가 있었다. 그러던 어느 날 박용래는 대구에서 김소운 선생이 상화시비 건립을 추진하고 있다는 소식을 들었다. 그는 또다시 무작정 대구로 달려갔다.

상화시비는 해방 후 우리나라에 건립된 최초의 시비이다. 김소운은 생전에 이상화를 딱 한 번 본 적이 있을 뿐 특별히 친분이 있었던 것은 아니었다. 그럼에도 불구하고 그가 사재를 털어 시비 건립에 나선 것은 오로지 민족정신을 되살리기 위한 충정에서 비롯된 일이었다. 그와 마찬가지로 박용래의 대구행 역시 시에 대한 맹목적인 애정

---

5) 金素雲, 「序に代へて―朝鮮の兒童たちに」, 『朝鮮童謠選』, 岩波書店, 1933. 번역은 동 서울대학교 교양학부 히로 다카시(廣剛) 교수.

에서 비롯된 일이었다. 박용래에게 시와 관련된 행사는 다른 어떤 일
보다 가치 있는 일이었던 것이다. 상화시비 제막식은 1948년 3월 14
일 대구 달성공원에서 열렸다.[6]

6) 오양호, 「내 문학 기억공간의 전설—시인 이상화에게」, 『상화』창간호, 이상화기념
사업회, 2019, 19~28쪽.

辭職願

今般家庭事情에依하야辭職하고저하오니
許容하야주시옵기를仰望하나이다

西紀一九四七年一月十六日

大田支店行員

朴龍來

1411

박용래 시인이
조선은행 대전 지점에 제출한 사직서.

목월과의 만남

　이 무렵 박용래는 자신의 문학과 인생에 가장 큰 영향을 끼친 인물을 만나게 된다. 바로 박목월 시인이다. 박용래는 자신이 문학의 길에 들어선 데에 결정적인 계기가 된 사람으로 김소운, 박목월, 박두진 세 명을 꼽은 바 있다.[1] 박두진은 박용래가 『현대문학』에 시를 응모했을 때 그를 추천한 심사위원이었다.

　박용래가 박목월을 처음 만난 것은 동래에서 김소운을 만나고 얼마 되지 않은 때였다. 이 무렵 박목월은 『청록집』을 간행하고 자신의 이름을 문단에 널리 알리고 있었다. 용무차 대전에 들른 박목월을 여러 사람들과 함께 대면한 박용래는 당시의 정황과 심정을 산문에 다음과 같이 적었다.

---

1) 박용래, 「벗어라, 옷을 벗어라—나는 왜 문학을 선택했는가」, 246쪽.

시에의 날개도 꺾이고 생활도 잃고 번민하고 있을 때 목월 선생을 알게 된 것은 구원이었다. 무슨 일론가 선생이 대전에 오신 적이 있다. 처음 보는 우리에게 시를 낭독해주시던 선생의 음성은 오늘도 생생하다. 갓 『청록집』이 세상에 나왔을 땔까. 무명 토시를 낀 한복 차림이 잘 어울려서 말갛게 비치는 인상이었다. 소운 선생을 뵈었을 때와는 또다른 감동에 나는 몸서리쳤다.[2]

문학을 위해 과감하게 사직서를 던졌지만, 안정된 직장을 그만둔 이후의 미래에 대한 불안은 어쩔 수 없었을 것이다. 동백시회에서 시를 쓰고 발표하며 『동백』지를 발간하고 있었지만, 시쓰기는 지난하고 막막하고 외로운 일이었다. 박용래는 그때 박목월과의 만남이 구원과도 같았다고 쓰고 있다. 그가 박목월을 만난 곳은 대전의 낙동그릴 이층이었고, 그날 자리를 같이한 이들은 아마 동백시회 회원들이었을 것이다. 박목월은 그 자리에서 시를 몇 편 낭독하고 그들과 담소를 나누었다. 해방 후 문단의 주역 가운데 한 사람을 눈앞에서 보고 그와 대화를 나누며 시의 숨결을 느끼는 일은 그에게 김소운을 만났을 때와는 또다른 감동으로 다가왔을 것이다. 또 김소운이 박용래보다 열여덟 살 위였던 데 반해 박목월은 1915년생으로 열 살 연상이었기 때문에, 학자적 면모를 지닌 김소운이 어려운 스승과 같은 느낌이었다

2) 박용래, 「벼이삭을 줍듯이 ─나의 시적 편력」, 15쪽.

면 현역 시인인 박목월은 박용래에게 다정한 큰형님과 같은 느낌을 주었을 것이다.

박용래는 얼마 후 박목월과 한번 더 동석할 기회를 갖게 된다. 이번은 김소운, 박목월, 박용래 단 세 사람의 만남이었다. 당시 목월은 부이사로 근무하던 경주의 동부금융조합을 사직하고 모교인 대구 계성학교에서 교사 생활을 하고 있었는데, 김소운이 상화시비 건립을 위해 대구에 머무르는 동안 그를 집으로 초대한 것이었다. 그 자리에 끼게 된 박용래는 그때의 일을 아래와 같이 회상하고 있다.

선생님.

그때가 생각이 납니다. 8·15 직후의 혼란기였습니다.

『청록집』이 세상에 나와 얼마 되지 않던 때로 기억합니다.

선생님은 대구에 계셨고 마침 동래 김소운 선생님이 달성공원에 필생의 사업으로 '상화시비'를 세우고자 대구에 머물고 계셨습니다.

하루 저녁은 선생님이 소운 선생님을 댁으로 모신 일이 있습니다. 저는 우연히 그 자리에 동석할 수 있었습니다.

그날 두 분 선생님의 의견은 참으로 팽팽하였습니다.

선생님은 향리를 떠나 서울로 가시겠다는 결의였고 소운 선생님은 '목월의 이미지'를 위해 시국이 시국인 만큼 떠나지 말라고 만류하며 계셨습니다. 그때는 그런 시절이었나봅니다. 8·15 해방 직후였으니까요.

"시골에 있으면 평생 시골 시인일 수밖에 없고……"

선생님의 이유였지요.

'시골에 있더라도 일 년에 몇 권의 책은 책임지고 출판해주겠다'는
것이 소운 선생님의 대안이었습니다. 선생님은 끝내 응하시지를 않았
습니다. 그 자리는 마냥 진지하기만 하였습니다.

저는 그만 소운 선생님의 순수한 정과 선생님의 투지에 감동이 되
어 자리를 비켜 몰래 울었습니다.[3]

박목월과의 추억을 선생에게 드리는 편지 형식으로 쓴 글의 일부
이다. 김소운은 목월의 서울행을 만류하면서 시국의 어려움을 우려
하고 있는데, 여기에는 해방 직후의 혼란한 문단 상황이 가로놓여 있
었다. 당시 서울 문단에서는 좌익측의 조선문학가동맹과 그 뒤를 이
은 조선문화단체총연맹이 큰 세력을 형성하고 있었고, 우익측이 그
에 맞서기 위해 전조선문필가협회를 결성한 데 이어 김동리, 조연현,
조지훈 등 젊은 문인들이 중심이 되어 조선청년문학가협회를 만들어
문학의 순수성을 주창했다. 이는 이듬해 전국문화단체총연합회 결성
으로 이어졌다. 이런 우익측의 문학 단체 결성과 그들의 문학관에 대
해 좌익측은 조소적인 반응을 보였고, 여기에 김동리가 다시 적극적
으로 대응해나갔다.[4] 박목월은 조선청년문학가협회 준비위원에 이
름을 올렸고 결성대회에도 참석하였는데, 김동리와 조지훈 등은 그

---

3) 박용래, 「물쑥―박목월 선생님께」, 『월간문학』 1971년 5월호, 301쪽.
4) 신형기, 『해방직후의 문학운동론』, 화다, 1988, 144~145쪽.

가 서울로 올라와 자신들과 함께 적극적으로 활동해주기를 바랐다.[5] 하지만 김소운은 해방 직후 이념적 대립으로 혼란한 문단 상황 속에서 박목월이 자칫 희생되지 않을까 염려했다. 이에 박용래는 정치적 격변 속에서 소중한 시인을 지키려는 김소운의 애틋한 마음과 문학의 꿈을 펼쳐나가려는 박목월의 투지를 동시에 느끼고 감격의 울음을 삼켰던 것이다.

박목월은 몇 해 뒤인 1949년 봄 대구 계성학교에서 서울 이화여자고등학교로 자리를 옮기고 그해 12월에 결성된 한국문학가협회의 사무국장을 맡았으며, 출판사 산아방을 경영하고 1950년 6월 『시문학』을 창간하는 등 불철주야 문단의 최일선에서 일에 매진하였다.[6]

박목월의 첫째 아들인 국문학자 박동규의 회고에 따르면 그 무렵 박용래가 그의 집에서 몇 개월가량 기숙한 적이 있다고 한다. 박목월의 집은 원효로의 전차 종점 근처에 있었는데, 당시 박용래가 서울에 있는 학교에서 잠시 교사로 일하면서 초등학생이던 자신의 방에서 같이 지냈고, 학교 일을 그만둔 뒤에도 몇 개월을 더 머물렀다는 것이다. 청년 시절 박용래가 시인의 숨결을 느끼고자 하는 마음이 얼마나 컸었는지, 박용래에 대한 박목월의 애정이 어떠했는지를 확인할 수 있는 일화이다.

---

5) 이형기 엮음, 『박목월 평전·시선집 ―자하선 청노루』, 문학세계사, 1986, 57쪽.

6) 같은 책, 57~58쪽.

대전 문학의 현장

조선은행을 사직한 박용래는 김소운과 박목월을 만나고 시쓰기에 전념하며 대전에서 간행되는 여러 매체에 시를 발표한다. 앞서 본 것처럼 1947년 9월 『동백』 종간호에 시를 발표한 그는 같은 달 문화종합지 『현대』 9월호에도 「몽양선생영전夢陽先生靈前에」라는 시를 발표했다. 1947년 7월 19일 몽양 여운형이 암살당했다는 비보를 듣고 인간적 슬픔과 정중한 애도를 표한 작품이다. 해방 이후 격동의 시기에 중요한 정치적 인물의 죽음을 애도하는 시를 잡지에 실은 점이 눈길을 끈다.

해방 이후 대전 지역에서는 앞서 언급한 『향토』 『백상』 『동백』 외에도 『세풍』 『백제』 『현대』 『신성』 등의 잡지가 간행되었다. 이중 『백제』 『현대』 『신성』은 좌익계 필자들이 많이 참여한 잡지였다. 『현대』 1947년 9월호의 판권란에는 이 잡지의 발행인 겸 편집인이 김종태로 되어 있는데, 해당 호 '문화 소식'란에 게재된 문학가동맹 대전 지부 명단에 그의 이름이 부위원장으로 명기되어 있는 것을 볼 수 있다. 또 상무위원으로 박희선과 이병권 등의 이름이 올라 있는데, 이병권은 박희선 시인의 전주사범학교 후배로 고향에서 좌익 청년운동을 한 인물로 알려져 있다.[1] 해당 호에는 문학가동맹의 일원인 김태준과 김 남천의 산문도 게재되어 있어 이 잡지의 성격을 잘 보여주고 있다.

『동백』을 시작으로 문학의 예술성을 중시하며 순수시를 추구하던 박용래가 『현대』에 작품을 실은 데는 대전 지역에서의 인간관계가 작용한 것으로 보인다. 당시 박용래는 좌우를 막론하고 여러 문인들과 두루 교류했다. 그는 체질적으로 특정한 이념이나 단체와는 거리를 두었지만, 문학적 만남과 인간적 교류에는 진영을 가리지 않았다. 대전 지역의 다른 문인들도 그런 성향이 강했던 터라, 박용래도 그런 친교적인 분위기 속에서 『현대』에 작품을 실은 것이 아닌가 짐작된다. 물론 『동백』을 출범시키며 가까이 지냈던 박희선과의 인연도 적지 않은 역할을 했을 것이다. 박희선 역시 『현대』 9월호에 박용래와 나란히 시를 실었다.

한편으로 『현대』의 현대적인 외양도 박용래가 이 잡지에 작품을 실은 또하나의 요인으로 짐작된다. 『현대』에 대해 학술적으로 분석한 바 있는 송기섭은 이 잡지를 『향토』나 『동백』과는 달리 근대적 활판 인쇄를 이용하여 제대로 된 판형으로 발행된 이 지역의 첫 문학지로

---

1) 최문희, 「대전문단이면사 1」, 42쪽.

평가한다.[2] 『현대』 9월호는 총 103쪽에 이르는 두툼한 분량으로 발행되었다.

박용래는 이 년 뒤인 1949년 11월 18일 동방신문에 「우유꽃 언덕」을 발표했으며, 이어 같은 해 12월 8일에 「그 무렵의 바다」를, 이듬해 3월 12일에 「까마귀처럼」을, 같은 해 5월 20일에 「물오리에……」를 싣는다. 동방신문은 해방 전 충남의 유일한 일본어 신문이었던 중선일보의 시설을 이용하여 당시 영업부장이었던 곽철수가 발행한 대전 최초의 신문이다. 중선일보는 해방 후 적산 관리권 분쟁으로 중앙일보, 인민일보, 동방신문으로 제호가 바뀌었는데 미 군정청이 접수하여 다시 중선일보로 바뀌었다가 곽철수가 불하받아 다시 동방신문으로 바꾸어 발행하였다. 동방신문의 1면은 서울발 기사와 외신, 2면은 경제 소식과 기고문, 대전을 비롯한 지역 기사로 편성되었으며, 특별한 정치색 없이 사실 보도에 치중했다.[3] 동방신문은 『현대』와 『신성』이 폐간된 이후 1949년부터 1950년 6·25전쟁 발발 전까지 대전에서 문학작품을 발표할 수 있는 거의 유일한 매체였다.[4] 동방신문은 총 2면의 단출한 구성이었지만 2면에 시를 종종 실었고 문화란도 마

---

2) 송기섭, 「문화지 『현대』와 대전문학」, 『인문학연구』 86호, 충남대학교 인문과학연구소, 2012, 108쪽.

3) 윤덕영, 「해방 직후 신문자료 현황」, 『역사와 현실』 16호, 한국역사연구회, 1995, 368쪽. 국립중앙도서관 아카이브의 김시용(민족문제연구소 선임연구원) 감수.

4) 최문희는 이 무렵 일간신문인 충청매일과 주간지인 호서신문이 있었지만 문화면이 허술했다고 회고하고 있다. 최문희, 「대전문단이면사 2」, 『대전문학』 2008년 가을호, 34쪽.

런하였다.

　『현대』에 게재한 「몽양선생영전에」가 추모시인 점을 고려하면, 박용래에게는 동방신문에 실은 「우유꽃 언덕」 등 네 편의 시가 『동백』에 이어 공식적인 지면을 통해 발표한 본격적인 시 작품이라 할 수 있다. 『동백』 창간호 이후로 삼 년여의 시간이 지난 만큼 시의 성격도 미세하게 변화를 보인다. 『동백』에서는 예리한 비유의 구사로 대상을 묘사하는 데 집중했다면, 동방신문 발표작들에서는 시적 대상에서 내면의 깊은 정서를 길어올리며 세계에 대한 자기만의 시적 인식을 드러내기 시작하여 한 단계 성숙해진 시적 역량을 보여주고 있다.

　　우유꽃 언덕에
　　팔려온 망아지가 운다

　　망아지는
　　귀가커서 외로웠다

　　아침에 하늘빛 푸르든 강물이
　　어디매 마을로 소낙비 지났다

　　뒷산 길처럼
　　붉은 황토黃土빛이다

　　　　　　　　　　　　　　　　　　—「우유꽃 언덕」 전문

「우유꽃 언덕」은 팔려온 망아지가 울고 있는 모습을 그린 시이다. 『동백』에 발표한 「6월 노래」와 마찬가지로 이 시에도 꽃이 배경으로 등장하지만, 이 시의 '우유꽃'은 「6월 노래」의 백일홍과 해바라기, 장미처럼 원색적인 빛을 발하는 꽃은 아니다. '우유꽃'이 환기하는 흰색은 소박하고 은은한 느낌을 준다. 더 주목되는 것은 그 꽃을 바라보는 시인의 시선이다. 꽃들의 모습에서 싱그러운 바다와 요트를 상상하던 「6월 노래」에서와 달리 구체적인 삶의 세부로 성큼 다가선 시인은 우유꽃 언덕에 팔려와 울고 있는 망아지의 선한 외모를 그리며 외로움의 감정을 전한다. 비가 내려 온통 붉은 황톳빛으로 물든 주변 풍경은 시의 화폭에 질감과 색감을 더하며 척박하고도 강렬한 향토적 정서를 환기한다. 황토빛의 우유꽃 언덕에 팔려와 울고 있는 선한 망아지의 모습은 시인의 초상이라고도 할 수 있다. 훗날 그는 「황토黃土길」이란 시로 중앙 문단에 데뷔하는바, 그 시의 씨앗이 여기서 잉태되었다고 할 수 있는 것이다.

한편으로 이 시는 백석의 시 「노루」와도 겹쳐 읽힌다.

산골사람은 막베등거리 막베잠방둥에를 입고
노루새끼를 닮았다
노루새끼 등을 쓸며
터 앞에 당콩순을 다 먹었다 하고
서른닷냥 값을 부른다

노루새끼는 다문다문 흰 점이 백이고 배 안의 털을 너슬너슬 벗고
산골사람을 닮었다

산골사람의 손을 핥으며
약자에 쓴다는 흥정 소리를 듣는 듯이
새까만 눈에 하이얀 것이 가랑가랑한다

―백석, 「노루」 중에서

백석의 「노루」는 팔려온 노루의 슬픈 모습을 그린 시이다. 「우유꽃
언덕」과 「노루」 모두 인간에 의해 팔려온 동물의 모습을 시적 대상으
로 삼고 있지만, 백석의 시가 연약하고 순수한 노루와 세속적인 인간
의 대비를 드러내는 데 반해 박용래의 시는 망아지의 모습에 초점을
두고 그 배경에 황톳빛을 더해 회화적인 풍경을 만들어내는 점에 차
이가 있다. 박용래의 다른 시에도 백석 시와의 연관성이 드러난다. 그
의 명작 중 하나인 「그 봄비」라는 시가 그것이다.

오는 봄비는 겨우내 묻혔던 김칫독 자리에 모여 운다

오는 봄비는 헛간에 엮어 단 시래기 줄에 모여 운다

하루를 섬섬히 버들눈처럼 모여 서서 우는 봄비여

모스러진 돌절구 바닥에도 고여 넘치는 이 비천함이여.

　　　　　　　　　　　　　　　　　　　　　—「그 봄비」 전문

흙담벽에 볕이 따사하니
아이들은 물코를 흘리며 무감자를 먹었다

돌덜구에 천상수天上水가 차게
복숭아나무에 시라리타래가 말러갔다

　　　　　　　　　　　　　　—백석, 「초동일初冬日」 전문

「그 봄비」는 전통가옥의 궁핍한 세간에 추적추적 내리는 봄비의
모습을 통해 우리네 살림살이의 속살을 애잔하게 그려낸 작품이다.
「그 봄비」는 봄, 「초동일」은 초겨울이 배경으로 두 시의 계절감은 서
로 다르다. 하지만「그 봄비」에서 헛간에 엮어 단 시래기 줄과 돌절구
에 고인 빗물의 이미지는 백석이 「초동일」에서 구사한 이미지와 겹쳐
읽히는 바가 있다. 「우유꽃 언덕」에 백석의 시가 축쇄되어 녹아 있다
면, 「그 봄비」에서는 백석 시가 보다 확장되고 독창적으로 재창조되
어 한 편의 명작으로 승화되고 있다고 할 수 있다.
　뿐만 아니라 박용래의 산문 「호박잎에 모이는 빗소리」에는 백석의
시가 거의 그대로 인유되는 대목이 등장한다.

　저승에서도 비는 올 것이다. 버들꽃은 흩날리고 아카시아도 빠끔히

폈으리라. 저승의 아카시아꽃에서도 개비린내는 날까, 물큰.[5]

이 대목은 백석의 시 「비」와 거의 겹쳐 읽힌다.

　아카시아들이 언제 흰 두레방석을 깔었나
　어데서 물큰 개비린내가 온다

　　　　　　　　　　　　　　　　　—백석, 「비」 전문

　이와 같은 사례로 볼 때 박용래가 백석 시의 애독자였고 그의 문학에서 많은 영향을 받았음은 분명하다고 할 수 있다. 비록 박용래가 백석의 시집 『사슴』을 읽었다고 명시적으로 밝힌 적은 없지만, 이에 관해서는 백석의 시가 공식적으로 해금된 것이 박용래가 세상을 뜬 이후인 1988년이었다는 사정을 고려해야 할 것이다. 백석의 『사슴』은 공식적인 해금과는 별개로 그 이전에도 여러 시인들에게 읽히며 영향을 미쳤다.
　동방신문에 실린 다른 시 「까마귀처럼」은 또다른 측면에서 주목되는 작품이다. 이 시에서 시인은 거리에 나서면 언제나 지줄대며 지나가는 발자국, 가슴을 펴고 똑바로 걸어가는 발자국이 있지만 자신의 발자국은 찾을 길이 없다고 한탄하며, 그런 자신의 모습을 하늘을 나는 까마귀에 빗대고 있다. 이 시 역시 외롭게 내몰린 이의 초상을 그

---

5) 박용래, 「호박잎에 모이는 빗소리—휘파람·가마·독백·초록 비」, 『문학사상』 1976년 7월호, 255쪽.

린 「우유꽃 언덕」의 연장선상에 놓여 있지만, 「까마귀처럼」에서는 좀 더 구체적으로 방향감각과 존재감을 상실한 자신을 통렬하게 돌아보고 있는 점이 눈에 띈다. 어기에는 해방 정국에서부터 정부 수립에 이르기까지 저마다 목청을 높이며 거리를 활보하던 당대의 사회정치적 상황도 깔려 있다.

두 달 뒤에 발표한 시 「물오리에……」는 1952년 9월 『호서문학』 창간호에 실린 원영한 시인의 산문 「시에 부치는 글」에 전문이 소개되어 있는데, 여기에 이 작품이 1950년 5월 20일 동방신문에 발표된 것으로 명기되어 있다. 이 시에서 박용래는 흐르는 물가에 가만히 멈추어 선 물오리를 보며 그의 내면을 궁금해하고, 깊은 생각에 잠긴 듯한 그 모습에서 외로움을 느낀다. 이 시에 나타나는 외로움은 우유꽃 언덕에 팔려온 망아지의 외로움과 다르지 않지만, 물오리의 모습에서 그 내면의 꿈을 읽어내고자 하는 태도는 이전의 시와는 다른 면모를 보여준다. 그 꿈은 곧 어지럽고 위태로운 시대에 조용히 자신의 내면을 들여다보며 오직 시인을 꿈꾸던 박용래의 꿈일 것이다.

원영한은 동방신문에 실린 이 시의 원문이 "횡서로 쓰여져 있어 새로운 감각과 수법을 나타내려는 의도를 보여준다"[6]고 언급하고 있다. 세로쓰기 방식이 완고하던 시절 가로쓰기로 시를 쓴 것은 매우 혁신적인 시도라고 하지 않을 수 없다. 이는 박용래가 시작 초기부터 시의 형태를 매우 중시하고 형태 실험을 과감하게 시도했음을 보여준

---

6) 원영한, 「시에 부치는 글」, 『호서문학』 창간호, 1952, 16쪽.

다. 세로쓰기로 편집된 『호서문학』에 인용된 시는 가로로 긴 직사각형을 이루고 있는데, 따라서 동방신문에 처음 발표되었을 때는 세로로 긴 형태였을 것이다. 박용래는 이러한 시 형태를 통해 물가에 정지한 오리의 내면을 드러내려 한 것이다. 이러한 형태 실험은 훗날 시 「강아지풀」로 이어진다.

한편, 박용래는 1950년 1월 31일 충청남도 국민학교 채용 시험에 응시하여 합격증을 받는다. 조선은행을 사직한 뒤로 시에 전념하는 가운데에도 장차 교사직에 나아가기 위해 교사자격증을 취득한 것이다.

6·25전쟁과『호서문학』

1950년 6월 25일 새벽, 북한군이 38선을 넘어 기습 남침을 감행하여 6·25전쟁이 발발하였다. 서울이 삼 일 만에 함락되자 대전에 임시 수도가 세워졌고, 서울의 많은 문인들도 대전으로 내려왔다. 정훈이 세운 호서민중대학은 피난민 수용소가 되었다. 그러나 대전도 오래 버티지 못했다. 7월 17일 대전에 소개령이 내려지자 서울에서 온 문인들은 다시 부산으로, 대구로, 광주로 내려갔다. 대전에 사는 여러 문인들도 피난길에 올랐다. 자신의 집과 학교를 피난처로 내어준 정훈은 부산으로 피난했고, 대전 시내는 폭격으로 초토화되었다.

최문희에 따르면 당시『동백』동인인 송석홍, 지헌영 등은 대전에 남아 있다가 인공 치하에서 곤욕을 치르고 나서 간신히 피신하였는데, 박용래도 처음에는 이들처럼 피난길에 오르지 않고 태연히 대전 거리를 걸어다녔다고 한다. 그러다가 어느날 문학가동맹 대전 지부 위원장이던 염인수와 마주쳐 문학가동맹에 가입하라는 집요한 독촉을 받게 되자 몰래 대전을 빠져나가 논산으로 피신했다.[1] 이문구가 작성한 박용래의 연보에는 박용래가 논산에 있는 김학중씨의 과수원으로 피신해 지냈으며 인근에 사는 하유상씨 집에도 자주 머무른 것으로 쓰여 있다.[2] 박용래는 산문에서 자신이 6·25 때 피난을 가지 못했다고 밝히고 있는데,[3] 이는 다른 도시로 떠나지 못하고 대전과 인근 논산에서 지낸 것을 말하는 것으로 짐작된다.

인천 상륙작전의 성공으로 9월에 대전이 수복되자 피난 가 있던 문인들도 하나둘씩 대전으로 돌아왔다. 폐허가 된 적막한 시내에 조금씩 온기가 돌고, 사람들은 삼삼오오 모여 피난길의 고생담을 나누고 북쪽 전선의 전황과 나라의 앞날에 대한 걱정을 주고받았다. 문인들은 주로 대전극장 뒤쪽에 있는 희망다방에 모였다. 희망다방은 양계업으로 재산을 모은 오종록씨가 운영하던 곳으로, 그는 특히 문학을 좋아하였다고 한다. 이곳에 모여 문학을 이야기하던 문인들은 대전 문학의 구심점을 마련해야 한다는 데 뜻을 모았고, 그리하여 1951년 11월 11일 희망다방에서 정훈을 회장으로 한 호서문학회 발간인 대회를 열었다. '호서문학'은 정훈이 세운 호서민중대학에서 따온 이름

---

1) 최문희, 「대전문단이면사 3」, 『대전문학』 2008년 겨울호, 21~24쪽.

2) 「연보」, 『먼 바다』, 275~276쪽.

3) 박용래, 「상처 속의 미(美)―무엇을 쓰고 있는가?」, 『한국문학』 1974년 7월호, 75쪽.

이다.[4] 호서문학회는 이듬해인 1952년 9월 1일 천주교 대전 교구 오기선 신부의 재정적 도움으로 『호서문학』 창간호를 발간하였다.[5]

『호서문학』 창간호 말미에는 호서문학회 회원 일람이 부기되어 있어 호서문학회의 성격과 규모를 알 수 있게 해준다. 회장, 부회장, 시부, 소설부, 희곡부, 평론부, 고전문학부, 외국문학부, 아동문학부로 나누어 총 42명의 회원이 등재되어 있는데,[6] 시부에는 박용래, 한성기, 정해붕, 원영한, 임강빈, 이종학, 정훈 등 총 15명의 이름이 올라 있다. 편집후기에 해당하는 '편집여백'은 '영한'이 쓴 것으로 되어 있어 이 책의 편집에 원영한이 주도적인 역할을 했음을 알 수 있다. 책의 크기는 사륙배판, 분량은 30쪽이었다.

『호서문학』 창간호에는 정훈, 홍성규, 한성기, 한영진, 임강빈, 김소정 여섯 명의 시와 양기철, 권선근, 김병구 세 명의 소설 외에도 수필, 시조, 콩트, 산문과 평론 등이 실려 있다. 눈길을 끄는 것은 원영한의 「시에 부치는 글」이라는 글이다. 이 글은 시의 본질과 성격에 대한 견해를 피력한 평론인데, 부기로 앞서 언급한 「박용래의 '물오리에'를 읽고서」라는 글이 덧붙어 있다. 원영한은 이 글이 전쟁 전

---

4) 박명용, 「순수 종합문예지 『호서문학』의 탄생」, 『문학과 삶의 언어』, 59~60쪽. 한편 1949년 11월 호서민중대학에서 간행한 『호서학보』에 호서민중대학에 주소지를 둔 '호서문학회' 광고문이 실려 있어 이때 동명의 문학회가 결성된 적이 있음을 알 수 있는데, 이 문학회가 실제로 활동을 했는지는 확인되지 않는다.

5) 원영한, 「목척다리통신 2」, 245쪽.

6) 회장 정훈, 부회장 송영헌이 각각 시부와 평론부에 중복 등재되어 있어 전체 명단은 44명이다.

에 쓴 것임을 밝히고 있는데, 동방신문 1950년 5월 20일자에 「물오리에……」가 발표된 직후 감상평을 썼으나 곧바로 6·25가 발발해 발표할 기회를 잃었다가 이 년 뒤 『호서문학』 창간호에 싣게 된 것이다. 동방신문의 해당 지면은 현재 찾아볼 수 없어 이 시가 실린 『호서문학』 창간호는 박용래 시의 귀중한 자료가 되었다. 원영한은 이 글에서 박용래를 "우리 한밭의 자랑"이라고 지칭하고 있어, 박용래가 이 무렵부터 대전 문인들 사이에서 호평받는 시인이었음을 알 수 있게 한다. 박용래 역시 호서문학회 창립 회원이었지만 『호서문학』 창간호에 시를 싣지 않았는데, 그것은 원영한의 산문에 「물오리에……」 전문이 실렸기 때문으로 보인다. 원영한은 이 잡지의 책임편집자였기 때문에 창간호의 구성에 대해 박용래와 미리 상의했으리라 짐작된다.

『호서문학』 창간호에서 또하나 눈길을 끄는 사실은 강소천의 동시 「소라」가 실린 것이다. 강소천은 이 시기에 부산에 기거하고 있었는데, 그의 작품이 대전에서 발간된 잡지에 실린 데는 그의 특별한 삶의 여정이 작용했다. 1915년 함남 고원에서 태어난 그는 함흥 영생고보를 다니면서 그곳에 영어 교사로 있던 백석과 각별하게 지냈고, 1941년 2월 동시집 『호박꽃 초롱』을 펴내 우리말로 된 매체가 강제로 폐간되어가던 일제강점기 말의 엄혹한 시기에 우리 시의 아름다움을 뚜렷이 새겼다. 그는 해방 후 청진제일고급중학교에서 교사 생활을 하다 1950년 12월 흥남 철수 때 단신으로 월남하여 부산에 머물렀는데, 얼마 후 육군 정훈부대인 772부대의 문관으로 대전에서 근무하게 되면서 호서문학회 문인들과 교류했다.[7] 최문희는 강소천이 호서문학회 회원 가운데 같은 이북 출신인 한성기와 특히 가깝게 지냈다고 전한다. 강소천의 고향인 함남 고원은 한성기의 고향인 함남 정평과 가까운 거리에 있었다.[8] 강소천은 이후 다시 부산으로 돌아가 1952년 9월 아동잡지인 월간 『어린이 다이제스트』를 창간하고 동화집 『조그만 사진첩』을 간행하였다. 따라서 동시 「소라」는 강소천이 대전에 머물던 시기 한성기나 원영한에게 전달한 것으로 보인다. 잡지에는 이 작품이 '기고' 형식으로 실려 호서문학회 바깥에서 온 것임을 밝히고 있다. 강소천 시인의 동시 게재는 『호서문학』의 문단적 정체성을 뚜렷하게 하고 문예지의 이미지를 지역 바깥으로 확대하는 데 일조했다.

1952년 9월이면 서울 북쪽 전선에서 치열한 전투가 벌어지던 때였다. 그런 전란의 와중에 대전에서 간행된 『호서문학』은 이 지역 문인들의 문학적 열망이 얼마나 컸는지를 잘 보여준다. 또 당시 동아일보, 조선일보 등 주요 일간지와 『문예』 『신천지』 등의 주요 문예지가 임시 수도인 부산에서 간행되었던 점을 고려하면, 대전에서 창간된 『호서문학』은 전쟁 시기 우리 문학의 용적을 늘리고 다양성을 높인 의미 있는 성과라고 할 수 있다.

---

7) 박덕규, 『강소천 평전 ─ 아동문학의 마르지 않는 샘』, 교학사, 2015, 199~204쪽.
8) 최문희, 「대전문단이면사 6」, 『대전문학』 2009년 가을호, 70쪽.

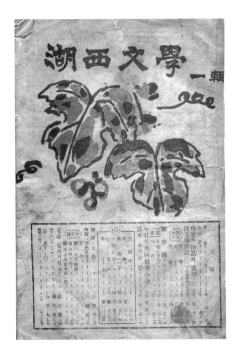

『호서문학』창간호 표지.

대전의 문화예술인들

　박용래는 호서문학회 창립 멤버들 중에서도 한성기, 이종학 시인과 특히 가깝게 지냈다. 세 사람은 모두 문학적 재능이 뛰어나고 타고난 예술적 기질을 지니고 있었다. 이중 한성기는 사회참여적이고 불교에 관심이 많은 반면 박용래는 오직 순수예술로서의 시를 종교처럼 여겨 서로 삶과 예술에 대한 철학이 달랐지만, 예술을 사랑하는 사람 특유의 생각과 행동이 둘을 하나로 묶었다.

　한성기는 1923년 함남 정평에서 태어나 함흥사범학교를 졸업하고 1942년 충남 당진군 합덕면의 신촌국민학교로 발령받아 충남 지역에 처음 발을 들여놓았고, 1947년 대전사범학교에서 서예 담당 교사로 근무하면서부터 대전에서 생활했다. 그는 함흥사범학교 시절부터 시를 쓴 문학청년으로 1952년과 1953년 『문예』에 시가 추천되어 일찍부터 중앙 문단에 자신의 존재를 알렸다. 그는 대전사범학교에 다른 두 명의 교사와 함께 부임했는데, 이들 모두 범상치 않은 예술가였다. 한 사람은 음악 교사인 구두회이고 또 한 사람은 미술 교사인 이동훈이었는데, 당시 대전사범학교 교장인 정인택이 교육에 대한 혜안을 지닌 인물이어서 뛰어난 예술가 교사 세 명을 초빙한 것이다. 구두회는 1921년 충남 공주에서 태어나 동경제국고등음악학교 작곡과를 졸업하고 대전사범학교에 부임했으며, 훗날 미국 보스턴 음악대학과 대학원 작곡과를 졸업하고 숙명여대 교수로 재직하며 작곡가로 활약했다.[1] 이동훈은 1903년 평북 태천에서 태어나 신의주에 있는 평북사범학교를 졸업하고 용암포보통학교 교사로 근무하던 중 1928년 제7회 조선미술전람회에 입선하였으며, 일본에서 잠시 서양화를 공부하고 귀국하여 연속해서 전람회에 당선하며 화가로 이름을 떨쳤다.[2] 그는 해방 후 대전공업학교 교사로 재직하다 1947년 대전사범학교로 부임하였다. 이동훈의 둘째 사위는 문인들의 사진집인 『문인의 초상』으로 잘 알려진 사진작가 육명심인데, 그는 대전사범학교 시절 이동훈의 제자였다. 『문인의 초상』에는 박용래의 사진도 수록되어 있다. 박용래는 한성기를 통해 이 두 사람과도 친분을 쌓았다. 1903년생인 이동훈은 박용래와 나이 차이가 많이 났지만 구두회는 비슷한 연배여서 한성기와 함께 박용래와 자주 어울렸다.

또 한 명의 절친한 문우인 이종학은 1925년 충남 당진에서 태어나 서울대 서양화과를 졸업하고 대전중학교에서 미술 교사로 근무하며

1) 한국예술종합학교 한국예술연구소 엮음, 『한국 작곡가 사전』, 시공사, 1999, 42쪽.
2) 김경연, 『이동훈 평전』, 열화당, 2012, 268~293쪽.

1950년부터 삼 년가량 대전에서 생활했다. 그는 박용래와 동갑인데다 미술 전공자이면서 시를 잘 써 박용래와 특히 마음이 잘 맞았다. 박용래 역시 강경상업학교 시절 미술반 반장을 맡을 정도로 그림을 좋아했다. 이종학도 한성기와 함께 1952년과 1953년『문예』에 시가 추천되어 일찍 시재를 뽐냈다. 그의 첫 추천작인 「미루나무」는 같은 자리에 붙박여 있는 미루나무를 늘 '경이'의 창을 바라보며 그리워하는 자신의 처지에 빗댄 작품인데, 풋풋한 감성과 예리한 감각이 돋보인다.

박용래와 한성기, 구두회, 이종학의 만남에는 늘 문학과 미술과 음악이 동행했다. 이십대 후반의 청년 네 사람은 암울하고 어두운 시기에 세상을 한탄하며 술을 마시고 시와 그림과 음악을 이야기하고 서로 어깨를 겯고 대전 거리를 다녔다. 결혼 삼 년 만에 아내를 병으로 잃는 커다란 슬픔을 겪은 한성기 시인은 그 무렵 매일같이 아내의 묘지를 찾아 무덤 앞에서 통곡하곤 했는데, 하루는 박용래와 구두회, 이종학이 동행해 박용래가 즉석에서 조시를 쓰고, 그 시에 구두회가 즉석에서 작곡을 하여 함께 노래를 부르고 한성기를 위로했다고 한다.

이 청년 예술가들과 이 시기에 인연을 맺은 또 한 명의 예비 예술가가 훗날 조각으로 일가를 이룬 최종태이다. 그는 1932년 대전에서 태어나 대전사범학교를 다녔는데, 그가 2학년일 때 한성기, 구두회, 이동훈 선생이 부임해온 것이다. 그는 이후 서울대 조소과를 졸업하고 공주교대, 이화여대 교수를 거쳐 서울대 조소과 교수로 재직했다. 그가 조각가로 대성한 데에는 서울대에서 만난 스승인 김종영과 장

욱진의 영향이 컸지만, 그 바탕에는 대전사범학교 시절 만난 세 명의 예술가 스승, 그중에서도 자신을 미술의 길로 이끈 이동훈 선생의 영향이 있었다. 최종태는 대전사범학교를 졸업한 후에도 세 스승을 종종 만났고, 그러면서 박용래와도 알게 되었다. 최종태는 사범학교 시절 문학을 좋아하여 동인 활동을 하기도 했는데, 앞서 언급한 육명심이 같은 동인이었다.

최종태가 필자에게 전한 박용래와의 일화는 두 사람의 예술적인 기질과 멋을 잘 보여준다. 최종태가 사범학교를 졸업한 뒤의 어느 여름날이었다. 가족들과 소를 팔러 우시장에 간 최종태는 어른들이 먼저 귀가한 뒤 소값을 받아 집으로 가게 되었는데, 도중에 헌책방에 들르기 위해 목척교 방향으로 갔다. 그때 반대편에서 박용래가 목척교를 건너 걸어오고 있었다. 저녁 무렵, 최종태는 서쪽을 향해 걷고 있었는데, 멀리서 그를 발견한 박용래가 갑자기 환성을 지르며 쏜살같이 달려오는 것이었다. 알고 보니 최종태의 이마에 저녁 햇살이 강렬히 반사되는 모습을 보고 감격한 것이었다. 이는 박용래의 감성적인 천성을 잘 보여주는 일화이지만, 그 감성이 촉발된 계기가 '저녁 햇살'이었다는 점은 주목할 만하다. 그것이 그의 명작에 자주 등장하는 석양의 이미지를 떠올리게 하기 때문이다. 그 이미지는 앞에서 살펴보았듯이 고향 강경의 깊고 두터운 석양에서 비롯된 것이다.

노을 아래에서 감격의 포옹을 나눈 박용래와 최종태는 그길로 술집으로 가 늦은 시간까지 잔을 주고받았는데, 술집에서도 박용래는 석양의 감격을 계속 이어갔다. 밤이 되어도 최종태가 돌아오지 않자

집에서는 그가 소 판 돈을 챙겨서 도망친 줄 알고 난리가 났었다고 한다. 이렇게 시작된 박용래와 최종태의 만남은 그후 평생 동안 지속되었다. 두 사람은 시와 조각에서 가자 일가를 이루어나가면서 서로의 작품에 대해 사랑과 존경을 표하고 삶의 희로애락을 나누는 단짝이 되어 한세상을 함께 건너가게 되었다.

한편 『호서문학』은 창간호를 낸 이후로 후속 작업에 어려움을 겪는다. 전쟁 시기여서 경비를 충당하고 원고를 모으는 데 어려움이 따를 수밖에 없었던데다, 여기에 회원들 간의 의견 차이가 더해졌다. 호서문학회 회원들 가운데는 중앙 문단으로 진출하여 지역 문학의 외연을 확장해야 한다고 생각하는 사람들이 있었고, 반대로 지역 문학을 고수해야 지역 문학의 정체성을 살리고 유지해나갈 수 있다고 생각하는 사람들도 있었다. 이는 지역의 문학회가 지닐 수밖에 없는 숙명적인 갈등이기도 할 것이다. 회원들 사이의 의견 차이는 결국 집행부 구성에까지 파급되어 중앙 진출을 주장하는 그룹이 회장인 정훈을 밀어내고 그 자리에 전형 시인을 앉히는 일이 일어났다. 이에 박용래는 원영한, 한덕희 등과 함께 이 일을 문단 정치로 간주하고 호서문학회를 탈퇴하였다.[3]

---

3) 박명용, 「전형과 대전문단 초창기」, 『문학과 삶의 언어』, 24쪽; 최문희, 「대전문단 이면사 3」, 41쪽.

습작

　박용래의 자필 이력서에는 그가 1953년 1월 31일부터 일 년간 서울에 있는 출판사 창조사의 편집부에서 일한 것으로 쓰여 있다. 그의 서울행은 호서문학회 탈퇴 이전에 이루어진 것으로서, 그와는 무관한 직업적인 선택이었다. 학교가 아닌 서울의 출판사를 택한 것은 문학 출판의 현장에서 일하면서 습작을 이어가기 위해서였을 것이다. 그는 이 시절 많은 작품을 써냈다. 그의 자제들이 보관하고 있는 그의 첫 시집 『싸락눈』에는 작품 말미에 연필로 창작 연월이 적혀 있는데, 그가 불러준 것을 당시 초등학생이었던 둘째 박연이 받아 적은 것이다. 여기에 시 「겨울밤」과 「설야雪夜」가 모두 1953년 12월이라고 적혀 있어, 그의 초기 시를 대표하는 수작들이 이때 쓰인 것임을 알 수 있다. 「겨울밤」은 『싸락눈』에 처음 실렸고, 「설야」는 『현대문학』 1957년 11월호에 발표되었다.

1953년 11월 6일, 박용래의 부친 박원태가 71세를 일기로 사망하였다. 그리고 한 달 후인 12월 15일 모친인 김정자가 70세를 일기로 사망하였다. 당시 박용래의 부모는 온양에 있었다. 박용래의 큰형 박봉래가 해방 후 도청에서 근무하다 사직하고 온양에서 사업을 꾸리면서 부모를 모시고 있었던 것이다.

　1954년 4월 5일, 박용래는 대전으로 돌아와 덕소철도학교 국어 교사로 부임하였다.[1] 덕소철도학교는 1949년 10월 15일 경기도 양주군 와부면 덕소리에서 개교하였으나 이듬해 6·25전쟁이 일어나 철도 근무 요원의 필요성이 늘어남에 따라 대전에서 오 년제 중학교로 다시 문을 열었다. 그후 학제 개편에 따라 중학교와 고등학교가 나뉘면서 1952년에 중앙철도고등기술학교가 개교하고, 중학교 과정의 덕소철도학교는 1956년 덕소중학교가 되었다.[2] 박용래의 자제들이 보관하고 있는 교원증에는 교명이 중앙철도고등기술학교로 되어 있는데, 박용래의 자필이력서에는 덕소중학교에서 근무한 것으로 쓰여 있다. 아마 같은 재단의 두 학교를 오가며 강의를 했거나, 발령은 중앙철도고등기술학교로 되었지만 실제 근무는 덕소중학교(덕소철도학교)에서 한 것으로 짐작된다.[3]

---

1) 계룡학원 50년사 편찬위원회, 『계룡학원 50년사』, 학교법인 계룡학원, 1999, 442쪽.

2) 같은 책, 31~36쪽; 학교법인 계룡학원, 『학교법인 계룡학원 70년사』, 계룡디지텍고등학교, 2019, 68쪽.

3) 이 학교는 그후 중도공업고등학교와 계룡공업고등학교를 거쳐 현재는 계룡디지텍고등학교로 개명되었다.

1954년이면 전쟁이 끝나고 사회 각 분야에서 새로운 질서와 체제를 갖춰나가던 때였다. 그에 따라 박용래도 대전으로 돌아와 국어 교사로 자리를 잡고 사회생활을 해나간 것이다. 그러나 그는 교사 생활에만 안주하지 않았다. 낮에는 학교에서 일하고, 집에 돌아와서는 시 쓰기에 몰두하였다. 그의 자제들이 보관하고 있는 1950년대 초반의 습작 노트를 보면 그의 초기 습작의 수준과 양, 그리고 그의 창작과 개고 과정을 살필 수 있다.

우선 습작 노트에는 작품의 양이 아주 많다. 제목까지 명시되어 있는 완성작도 많고, 제목은 없이 시 본문만 적어놓은 것도, 비슷한 내용을 조금씩 수정해서 여러 편 쓴 것도 많다. 그가 작품의 완성도를 위해 얼마나 많은 수정을 거쳤는지를 잘 보여주는 대목이다. 그가 이때 쓴 습작품들은 훗날 그의 시의 중요한 자원이 되는데, 그의 등단작과 그후 문예지에 발표한 작품들의 대부분이 이때에 쓰인 것이다. 습작 노트에 적힌 작품이 훗날 어떻게 완성되어 정식으로 발표되었는지를 몇 편의 작품을 통해 살펴보자.

비슷비슷한 이름들이 짧은 솔밭자락
버섯처럼 모여서 산다
장독까지 치켜들은 나즉한 울타리
저녁에 이슬 품고 아침에 피는 꽃이여
보이지 않는데 누 잡어 흔드는가
비탈에 쏟아져 나리는 푸른 뽕닢. 비

어른들은 모다 들로 논으로 나가 없고

박아지. 미루나무. 쓰루래미 둥둥

구름이 지키다가는 마을.

보이지 않는데 누 잡어 흔드는가

비탈에 쏟아져 나리는 푸른 뽕닢. 비

—「마을」 전문

여섯 권의 습작 노트 중 한 권의 첫 페이지에 '마을'이라는 제목으로 적혀 있는 작품이다. 그의 고향 마을 풍경이 한 폭의 수채화처럼 아름답게 그려져 있다. 시골의 엇비슷한 초가집들이 만들어내는 풍경을 버섯에 비유한 표현이 인상적이고, 이어지는 '장독' '울타리' '바가지' '미루나무' 등의 시어가 이에 호응하며 자연 그대로인 시골의 정겹고 순박한 정서를 환기시킨다. 그리고 이 풍경에 빗소리, 쓰르라미 울음소리 등의 청각 이미지가 첨가되어 아련한 고향의 소리로 울려퍼지고 있다. 나무랄 데 없이 완결된 이 시는 그러나 그뒤 다음과 같은 작품으로 크게 변형되어 문예지에 발표된다.

비슷비슷한 이름들이

버섯처럼 모여 산다

울밑에서, 잿무덤 속에서,

모스러진 섬돌 장독까지

치켜든 대싸리 속에서
창지窓紙에서도
아, 한낮에
등을 들고 나오는가
옛사람들.

—「소묘素描 ―마을」 전문

　　이 시는 『현대문학』 1958년 3월호에 발표된 것으로, 습작 노트의
시에서 살아남은 것은 "비슷비슷한 이름들이/버섯처럼 모여 산다"라
는 구절뿐이다. 시인은 이 구절만 마음에 들었던 것이다. '장독' '울
타리' 등은 이미지만 살리고 구체적인 표현과 정황은 완전히 바꿔놓
았다. "어른들은 모다 들로 논으로 나가 없고"는 시골의 한적한 정황
을 생생히 드러낸 표현이지만, 이 구절을 뺀 것은 너무 산문적인 진술
이라고 생각했기 때문일 것이다. "보이지 않는데 누 잡어 흔드는가/
비탈에 쏟아져 나리는 푸른 뽕닢. 비"라는 구절도 푸른 뽕잎이 나무
에서 무수히 떨어지는 모습을 '뽕닢 비'로 표현한 인상적인 이미지인
데, 이것도 상황을 너무 산문적으로 드러내는 진술이라 생각해 뺀 것
으로 짐작된다. 문예지에 발표된 작품을 보면 '잿무덤' '모 스러진 섬
돌' '댑싸리' '창지' 등 고향의 이미지를 구체적이고 깊이 있게 보여주
는 시어들을 다양하게 첨가하고, 행위를 평이하게 서술한 표현은 모
두 삭제했음을 알 수 있다.

1
능금이
떨어지는
당신의
노을
아리는
기류타고
지친 모가지

2
넘쳐 흐르는
애련이
넘어 내리는 비린내
가슴으로 지닌
보리밭 까마귀떼
우울게
목이여
떨어지런다

3
마을은 노을 가루속에
왼통 노을 가루 속에 눈이

부신데 굴뚝 연기 피어진다
길은 정녕
밤으로 밤으로만 뚫어지는 것

　　　　　　　　　　　—「고흐에게」전문

　이 시는 제목에서 알 수 있듯 화가 고흐를 제재로 한 작품이다. 전체적으로 어떤 풍경을 묘사하고 있는데, 그것이 고흐의 〈까마귀가 나는 밀밭〉과 관련된 것임을 어렵지 않게 알아챌 수 있다. 이 그림은 고흐가 1890년 7월 권총으로 자살하기 며칠 전에 그린 작품으로 알려져 있다. 이 시에서 "당신의/노을"은 그림의 상단을 차지하는 먹구름의 모습을, "보리밭 까마귀떼"는 그림의 중심 대상인 밀밭과 까마귀떼의 모습을 변용한 것이다. 그리고 "지친 모가지" "목이여/떨어지련다"는 고흐의 자살에서 비롯된 이미지라고 할 수 있다. 박용래는 화가 중에서 특히 고흐를 좋아했는데, 그에 대한 애정이 이 시를 낳은 것이다.

　그런데 이 시의 2연은 진술이 산만하고 전후 맥락이 긴밀히 연결되지 않아 아직 완성된 것으로 보기 어렵다. 머릿속에 떠오른 이미지를 일단 나열하고 문장을 대강 연결시켜놓은 정도라고 할 수 있다. 습작 노트의 2연에는 여러 번 지우고 새로 고쳐 적은 구절이 많다. 이 초고는 훗날 수정을 거쳐 『현대문학』 1970년 6월호에 다음과 같이 발표된다.

능금이

떨어지는

당신의

노을

눈 아리는

기류氣流로

지친

모가지

벗은

가슴으로

지닌

한 자루

비수匕首

옥수수밭

까마귀떼

날며

울어라

몇 줄기

허망虛妄

꽃불로

지다.

—「고흐」 전문

감정이 노출되었거나 불필요한 서술을 모두 지우고 시가 단정하게
정리된 것이 눈에 띈다. 나아가 '비수'라는 이미지를 구사하여 고흐
의 자살을 날카롭게 드러내며, 마지막 대목에서 그 이미지를 구체적
으로 서술하고 있다.

그런데 이 시는 그뒤에 또다시 다음과 같은 시로 재탄생한다.

능금이
떨어지는
당신의
지평地平

아리는
기류氣流
타고
수수이랑
까마귀떼
날며
울어라

소용돌이
치는

두 개의

태양太陽.

—「액자 없는 그림」 전문

   고흐의 자살을 암시하는 대목은 완전히 삭제되고, 대신 〈까마귀가
나는 밀밭〉과 연관된 이미지를 추가해 고흐의 그림을 묘사하는 듯한
시로 완성되었다. 그래서 시의 제목도 '액자 없는 그림'이라고 붙였
다. 이 시는 「고흐」의 개작이지만, 전면적인 수정이어서 연작 시편이
라고 부를 만하다. 이 시는 『문예중앙』 1979년 겨울호에 발표되었다.
1950년대 초반 습작 노트에 쓴 작품이 그의 말년에까지 이어져 신작
의 재료로 사용된 것이다.

   한편 박목월 시인의 장남 박동규의 전언에 의하면 박용래는 1950
년대 초반에 박동규의 외삼촌 유태종과 클래식 다방을 운영했다고
한다. 유태종은 1924년 충남 공주 출신으로 서울대 농화학과를 졸업
하고 고려대 식품공학과 교수를 역임한 식품영양학자이다. 그는 이
무렵 충북대 농대에서 강의를 하고 있었는데, 문학을 좋아하고 시를
쓰던 문학청년이어서 박용래와도 잘 알게 되었다. 유태종은 당시에
LP판을 수백 장 소장하고 있었는데, 박용래는 유태종과 함께 클래식
다방에서 LP판을 틀고 잔도 나르면서 지냈다고 한다. 그의 1950년대
초반 습작 노트에는 그 경험을 토대로 쓴 작품도 눈에 띈다.

   쓰디쓴 커피

환이 조작造作한

나무 나무의 그림자

층층層層 집웅 그림자가

골자구니를

이루웠다

능금이 떨어진다

하얀 여자女子의 손수건이 떠러진다

검은 키쓰가

황홀한 푸른 달빛속에

즐거움 같이 떠러진다

오리온 성좌星座는

담복 짙어

꿈은 더욱 맑고

사랑의 동산

      * *

산산이 부스진 생활生活이여

여기는 이탈리아의
정원이 아니다

3, 5, 9 아무렇게나 쌓여진
빈 깡통
쓰다 버린
• • •
오렌지 껍줄.

백百원짜리 촛불이 하염없이 조는
차茶집의 부엌 창窓.

그 창窓을
밤 바다의 물결처럼 구비쳐 치는
빗발.
그속에서
시름을 씹으며
자연紫煙에서 흐르는
음악音樂을 씹으며
치디찬 차茶잔을
씻는다.

—「이탈리아의 정원庭園」 전문

이 시는 찻집의 내부를 소재로 한 작품이다. 시인은 실내 지붕과 나무의 그림자가 드리우고 부엌 창으로 촛불이 비치며, 담배 연기가 자욱하고 음악이 흐르는 찻집 안의 풍경을 이국적인 이탈리아 정원에 빗대어 묘사하고 있다. 찻집의 풍경과 정서를 다소 환상적인 이미지로 그리고 있는 점이 인상적이다. 일부 모호한 표현이 없지 않지만 분방하고 모던한 의식을 드러낸 작품이라고 할 수 있다.

덕소중학교 재직 시절의 박용래. 앞줄 왼쪽에서 두번째가 박용래 시인.

『현대문학』 신인 추천

　1955년 1월, 순수 종합문예지 『현대문학』이 창간되었다. 주간은 문학평론가 조연현, 편집장은 소설가 오영수가 맡았다. 『현대문학』은 창간사를 통해 민족과 국가의 존망에 가장 중요한 것이 문화이며 문화의 핵심은 문학에 있음을 역설하고, 『현대문학』이 한국 문단의 공기公器로서 문단의 총체적인 표현 기관이 되고자 성심을 다할 것이며, 무엇보다도 작품의 판단에 준열하고 작품의 가치를 최우선으로 삼겠다고 천명하였다.

　『현대문학』은 당시 우리 문단에 거의 유일한 순문예지였다. 해방 직후 우후죽순으로 창간된 수많은 잡지들은 6·25전쟁 이전에 대부분 폐간되었고, 종전까지 우리 문단의 중심 역할을 하던 순문예지 『문예』도 1954년 3월에 폐간되었으며, 해방 후의 대표적인 종합지로서 문학작품을 많이 실었던 『신천지』도 같은 해 9월에 폐간되었다.

1952년 11월에 『학원』이 창간되었지만 중고등학생을 위한 교양지였고, 1953년 4월에 『사상계』가 창간되어 지식인 사회에 큰 반향을 일으켰으나 어디까지나 종합지였다. 그리하여 순문예지인 『현대문학』은 전후 우리 문학의 재건이라는 중요한 임무를 떠안게 되었다.

문예지의 중요한 역할 가운데 하나는 신인의 등용이다. 『현대문학』은 신인 등용의 방법으로 『문장』과 『문예』의 추천 제도를 계승하였다. 시는 3회, 소설, 평론, 희곡은 2회 추천을 받은 작가에 대해 기성작가로 인정하기로 하였고, 심사는 장르별로 매월 한 사람의 심사위원이 윤번제로 맡기로 했다. 시 부문 심사위원은 서정주, 박두진, 유치환, 소설 부문은 박종화, 염상섭, 계용묵, 황순원, 김동리, 희곡 부문은 유치진, 오영진, 평론 부문은 곽종원, 백철, 조연현이 위촉되었다.

『현대문학』의 창간과 신인 추천 절차의 공표는 전후의 폐허 속에서 문학에 뜻을 둔 이들에게 구원의 손길과 같았다. 『현대문학』 창간호에 추천 원고 모집 안내가 게재된 이후 전국 각지에서 수많은 작품이 응모되었다. 그리하여 3월호에 최초로 시, 소설, 평론 부문에서 추천이 이루어졌고, 4월에 한성기가 시 「아이들」과 「꽃병」 두 편의 시로 추천되면서 『현대문학』의 추천 완료를 승인받았다. 그는 앞서 『문예』 1952년 5, 6월 합병호와 1953년 9월호에 각각 「역驛」과 「병후病後」라는 작품으로 두 번에 걸쳐 추천을 받은 바 있었고, 그 경력이 인정되어 『현대문학』 1회 추천으로 세 번의 추천 절차를 완료한 것이다. 이로써 한성기는 『현대문학』으로 등단한 최초의 시인이 되었다.

『동백』을 함께 창간한 이후 줄곧 가까이 지내온 한성기의 『현대문학』 추천 완료는 박용래에게 큰 자극이 되었다. 그는 그동안 시인으로 명성을 얻기 위해 노력하기보다는 그저 시를 쓰면서 사는 삶을 소중하게 여겨왔는데, 주위의 가까운 사람이 시인의 이름을 얻고 중앙 문단으로 진출하는 것을 보면서 자신의 위치를 돌아보지 않을 수 없었다. 한성기가 추천 완료되고 바로 다음달인 『현대문학』 5월호에는 박용래의 강경상고 후배인 김관식이 1회 추천을 받는다. 김관식은 해방 후인 1947년 입학생이니 박용래의 팔 년 후배이다.[1] 이제 더이상 기다릴 수 없게 된 박용래는 마침내 『현대문학』 신인 추천에 작품을 응모하기로 결심한다. 그는 『현대문학』 6월호 추천 원고 마감 마지막 날 작품을 접수하였다.

『현대문학』 6월호의 시 부문 심사를 맡은 박두진 시인은 수많은 응모작 가운데 박용래의 시 「가을의 노래」를 1회 추천작으로 선정했다. 그가 끝까지 고심하다 뒤로 미룬 응모작 중에는 황금찬의 작품도 있었다. 황금찬은 그뒤 10월에 추천되어 이듬해 박용래와 함께 3회 추천 완료된다. 박용래의 시에 대한 박두진의 추천 소감은 다음과 같았다.

박용래씨의 「가을의 노래」 전에 우연한 기회에 시보다 먼저 당신을 대했더니 어쩌면 이렇게 시와 그 인간이 빈틈없이 서로 어울립니까.

---

1) 김관식은 강경상고를 졸업하지는 않았다. 학적부에도 그의 입학 연도만 기록되어 있다.

상당한 경계를 가지면서도 나 자신이 이 지독한 당신의 감상感傷에 어쩔 수 없이 끌려듦을 하는 도리가 없습니다. 너무 지나치게 기교적인 것이 오히려 당신의 장래에 위구危懼를 갖게 합니다. 「눈」과 「코스모스」에서도 같은 느낌을 받았습니다.[2]

박용래가 「가을의 노래」 외에 「눈」과 「코스모스」도 같이 응모했으며, 그 가운데 「가을의 노래」가 추천된 것임을 알 수 있다. 추천작 「가을의 노래」의 전문은 다음과 같다.

깊은 밤 풀벌레 소리와 나 뿐이로다
시냇물은 흘러서 바다로 간다
어두움을 저어 시냇물처럼 저렇게 떨며 흐느끼는 풀벌레 소리……
쓸쓸한 마음을 몰고 간다
빗방울처럼 이었는 슬픔의 나라
후원後園을 돌아 가며 잦아지게 운다
오로지 하나의 길 위,
뉘가 밤을 절망絶望이라 하였나
맑긋 맑긋 푸른 별들의 눈짓
풀잎에 바람
살아 있기에

---

2) 박두진, 「시천후감 2」, 『현대문학』 1955년 6월호, 87쪽.

밤이 오고

동이 트고

하루가 오가는 다시 가을 밤

외로운 그림자는 서성거린다

찬 이슬 밭엔 찬 이슬에 젖고

언덕에 오르면 언덕

허전한 수풀 그늘에 앉는다

그리고 등불을 죽이고 침실寢室에 누워

호젓한 꿈 태양太陽처럼 지닌다

허술한

허술한

풀버레와 그림자와 아아 가을 밤.

―「가을의 노래」 전문

가을밤의 감상을 그린 이 시는 서정성이 매우 짙은 작품이다. 나태주 시인은 이 시의 "뉘가 밤을 절망이라 하였나"라는 구절이 조용필의 노래 〈창밖의 여자〉의 "누가 사랑을 아름답다 했는가"라는 가사에 접맥된 것이라고 하면서 시가 대중가요 가사에 좋은 영향을 미치는 예로 이 작품을 든 바 있다. 박용래의 둘째 자제인 박연은 조용필의 이 노래가 나왔을 때 박용래가 이 구절을 자주 흥얼거렸다고 전하고 있다.

「가을의 노래」와 함께 응모한 「눈」과 「코스모스」는 그의 자제들이 보관하고 있는 습작 노트에 있는 작품이다. 전문은 다음과 같다.

하늘과 언덕과 나무를 지우라

눈이 뿌린다

푸른 젊음과 쓸쓸한 흥분이 묻혀 있는

하루하루 낡어 가는 것 우에 눈이 뿌린다

스쳐가는 한점 바람도 없이

찬란히 송이눈 퍼붓는 날은

정말 하늘과 언덕과 나무의

한계限界는없다

다만 가난한 마음도 없이 이루어지는 하얀 지대地帶.

—「눈」 전문

곡마단曲馬團이

걸어간

허전한

자리는

코스모스의

지역地域

코스모스

먼

아라스카의 햇빛처럼

그렇게

슬픈

언저리

에워서

가는

생령生靈

참으로

내가

사랑한

일생一生도

그렇게

외로이

언저리

언저리로만

에워서

가는

위도緯度

코스모스는

또

영

돌아 오잖는

에리자의

지문指紋

　　　　　　　　　　—「코스모스」전문

　두 작품은『현대문학』1957년 11월호에 발표되면서 일부 구절이 수정되었다. 추천 완료 후 원고 청탁을 받고 응모작을 일부 수정해 송고한 것이다.

　박용래가 1회 추천을 받은 다음달『현대문학』7월호에는 가까운 문우인 이종학이「그림자」라는 작품으로 추천된다. 이종학도 한성기처럼『문예』에 두 번 추천된 바 있어 이 작품으로 추천이 완료된다. 이어 11월호에는 박재삼이「정적靜寂」이라는 작품으로 추천 완료된다. 그도 앞서『문예』에 추천된 바 있었다.

　한편 박용래의 자필 이력서에는 1955년 1월 25일에 중학교 국어과 준교사 자격증을 받은 사실이 '제(라)789'라는 교육부 자격증 번호와 함께 기재되어 있다. 당시 교사는 정교사, 준교사, 특수교사, 양호교사 등으로 나뉘어 있었는데, 이중 준교사 자격증은 고등학교 졸업자가 준교사 자격 검정에 합격해야 취득할 수 있었다. 정교사 자격증은 사범대학 졸업자에게만 부여되었는데, 전후에 사범대학 졸업자수가 많지 않아 교사가 부족했기 때문에 한시적으로 준교사 자격 제

도를 만든 것이었다. 박용래는 덕소철도학교에서 국어 교사로 근무
하며 중학교 준교사 자격증을 준비하는 한편으로 꾸준히 시 창작에
매진해 중앙 문단에서 시인으로 활동할 수 있는 첫 관문을 통과하였
으니, 갓 서른을 넘어 입신을 한 셈이었다.

이태준 여사

1955년 12월 24일.

박용래는 대전 출신의 간호사인 이태준李台俊과 결혼식을 올린다.
그해 벽두에 중학교 준교사 자격증을 취득하고, 6월에 『현대문학』의
1회 추천을 받았으며, 크리스마스이브에 결혼식을 올렸으니 그에게
1955년은 축복의 해였다.

신부 이태준은 아버지 이순칠과 어머니 김부년 사이에서 1남 3녀
중 둘째 딸로 태어났다. 아버지 이순칠은 전기기사였다. 일제강점기
때 만주 등을 다니며 전기공사를 할 정도로 활발하게 활동한 분이었
는데, 고혈압으로 40세의 이른 나이에 세상을 떠났다. 이태준의 호적
주소는 충남 대덕군 회덕면 읍내리(현 대덕구 읍내동) 323번지로 되
어 있다. 박용래의 자제들이 외가가 전부터 줄곧 이곳이었던 것으로
전해들었다고 하니 그녀의 집안은 대전 토박이였던 것이다. 이태준

은 1930년 5월 10일생으로 결혼 당시 스물여섯 살, 박용래와는 다섯 살 차이였다. 줄곧 대전에서 자란 그녀는 대전고등간호학교[1]를 졸업하고 도립 대전병원에서 근무하던 무렵 박용래를 만나게 되었다.

둘의 만남은 『향토』 『동백』 『호서문학』을 통해 박용래와 가깝게 지낸 문우인 원영한 시인이 주선하였다. 이태준은 당시 원영한과 같은 집의 셋방에 살고 있었는데, 원영한이 이웃한 셋방의 처자를 눈여겨 보았다가 박용래에게 소개해준 것이다. 박용래는 어린 시절 친구에게 이끌려 동네의 무녀에게 뜻하지 않게 점을 본 적이 있는데, 그때 무녀가 "당신의 색시는 네댓 살 손아래 여자라야 해요"[2]라고 명령하듯 말한 것이 머릿속을 따라다녔었고, 그래서 다섯 살 아래의 이태준을 소개받고는 이것이 운명이려니 생각하였다고 한다.

두 사람은 대전 보문산 기슭인 대사동에 조그만 셋방을 얻어 결혼 생활을 시작했다. 옆으로 개울이 흐르고 나무가 울창하며 주변에 집이 몇 채 없는 산자락의 한적한 집이었다. 운치 있긴 하지만 으슥한 곳이었다. 그러나 가난한 신혼살림으로선 최선의 선택이었다.

이태준은 유능하고 배려심이 깊으며 생활력이 강했다. 결혼 후에는 대전시 동구보건소에서 근무하였으며 후에 모자보건계 계장으로 승진하였는데, 여성으로서 보건소 계장을 맡은 것은 그녀가 최초였다고 한다. 그녀는 퇴근 후에는 조산원으로 부업을 하면서 쉴 틈 없이

---

1) 대전고등간호학교는 훗날 대전간호전문대학과 혜천대학을 거쳐 지금은 대전과학기술대학으로 바뀌었다.

2) 박용래, 「호박잎에 모이는 빗소리 ― 소리 · 파문」, 『문학사상』 1976년 8월호, 302쪽.

분주한 나날을 보냈다. 첫째 자제인 박노아는 어린 시절 어머니가 눈이 오나 비가 오나 한밤에도 문을 두드리며 어머니를 찾는 소리가 나면 밖으로 나가곤 했는데, 그때마다 어머니가 빨리 아이를 받고 무사히 집으로 돌아오길 기도하곤 했다고 회상한다.

둘째 자제인 박연도 어머니와 관련해 다음과 같은 일화를 전하고 있다. 대전 오류동에 정착하여 살 때였는데, 당시 집 앞 큰길 맞은편에 운포극장이라는 영화관이 있어 가족들이 종종 영화를 보러 가곤 했다. 하루는 어머니 이태준과 첫째 박노아, 둘째 박연 이렇게 세 모녀가 극장에서 영화를 보고 있는데 갑자기 이태준 여사를 찾는다는 방송이 흘러나왔다. 지금은 상상할 수 없는 1960년대의 풍경이다. 컴컴한 극장 안에서 울리는 느닷없는 방송에 가족들이 급히 밖으로 나와보니 박용래가 밖에서 서성이며 기다리고 있었다. 집에 있던 박용래가 조산원인 아내를 찾는 급한 전화를 받고는 극장으로 황급히 달려온 것이다. 세 모녀는 재미있게 보던 영화를 뒤로하고 곧장 집으로 돌아와야 했고, 이태준 여사는 임산부의 분만을 도우러 부리나케 달려갔다고 한다.

박용래가 학교를 그만두고 시에 전념할 때 그녀는 집안의 생계를 책임지다시피 하며 가장 역할을 맡았다. 생활비뿐 아니라 벽에 못을 박고 전구를 갈아끼우는 등의 집안일도 모두 그녀의 몫이었다. 하지만 집안 안팎으로 생활을 책임지면서도 그녀는 남편에게 한마디 불평도 하지 않았다고 한다. 그것은 그녀가 박용래의 문학을 깊이 이해했기 때문이다. 학창시절 문학소녀였던 그녀는 늘 책을 가까이했고,

출근할 때에도 가방 안에 늘 세계문학 전집이 한 권씩 들어 있었다고 한다. 그녀는 남편이 술을 많이 마셔서 종종 다투긴 했지만, 그가 일정한 소득 없이 문학에만 전념하는 것에는 한 번도 불만을 표한 적이 없었다. 그녀는 정년퇴직하면 글을 쓰겠다고 가족들에게 자주 말했다고 한다.

그녀는 친정집에서도 일찍 작고한 아버지를 대신해 소녀 가장 노릇을 했다. 특히 막내 남동생 이대길이 사진을 좋아해 사진관을 차려주었다가 번번이 망하곤 했는데, 그래도 매번 재기할 수 있도록 도와 사진관을 세 번이나 차려주었다고도 한다. 변변치 않은 형편에 친정집까지 돕느라 살림은 더 쪼들릴 수밖에 없었지만, 그래도 박용래는 친정집에 대한 아내의 경제적인 지원에 한마디도 불평한 적이 없었다.

박용래는 밖에서 술을 마시고 종종 일행을 집으로 데리고 오곤 했다. 집에 있는 시간이 많으니 가까운 문인들이 집으로 방문하는 일도 많았다. 그때마다 그녀는 담가놓은 과일주를 내오며 정성껏 손님들을 대접했다.

눈길을 털며 털며 지구地球를 몇바퀴 돌아온 새여
저 구름속까지도 헤매다 헤매다 돌아온 새여
연탄 한 장의 겨울밤이
한자루 촛불의 짧은 밤이
이토록 이토록 깊고 무서울 줄이야
생활이란 아슬한 횃대

흔들리는 흔들리는 횃대에

부리를 묻고 잠을 자는 에미새여

눈길을 털며 털며 지구地球를 몇바퀴

도는 꿈을 꾸는가

먹이를 찾아 먹이를 찾아

저 구름 속까지도 헤매다 헤매다

다시 돌아오는 꿈을 꾸는가.

　　박용래의 시작 노트에 적혀 있는 이 시는 제목이 붙어 있지 않은
미완의 유고작으로, 아내인 이태준의 삶을 그린 작품으로 보인다.
"눈길을 털며 털며 지구를 몇바퀴 돌아온 새" "흔들리는 흔들리는 횃
대에/부리를 묻고 잠을 자는 에미새"는 밖에서 하루종일 가족을 위해
고생하다 밤늦게 귀가해서는 가족들을 보듬으며 고단하게 잠을 청하
는 아내를 가리킨다. 박용래가 이 시에 제목을 붙여 발표하지 않은 것
은 아내에 대한 시를 내보이는 것이 쑥스러웠기 때문이 아닌가 짐작
된다. 이 시는 박용래가 고생하는 아내를 위해 혼자 울면서 쓰고 혼자
간직하고 있었던 것이다.

　　이태준 여사는 박용래가 세상을 떠나고 여덟 해가 더 지난 1989년
1월 4일 남편이 있는 저세상으로 떠났다. 그녀는 1월 1일 양력설에
손님을 크게 치르고 다음날 집안 대청소와 빨래를 마친 다음 목욕탕
에 갔다가 갑자기 숨이 막히는 고통을 느꼈다. 마침 옆에 있던 사람이
손을 따주어서 한숨 돌리기는 했는데, 집에 돌아와서도 가슴이 도끼

로 찍는 것처럼 아파왔다. 자주 다니던 동성의원에 가니 큰 병원으로
가보라 해서 대전성모병원에서 치료를 받다가 다시 충남대병원으로
옮겼지만 끝내 세상을 떠나고 말았다. 사인은 고혈압에 의한 심근경
색이었다. 그녀는 박용래와 마찬가지로 평소 고혈압이 있었는데, 혈
압약을 먹으면 머리가 아파 잘 먹지 않다가 과로가 겹쳐 큰일을 당한
것이다. 만으로 59세, 환갑을 채우지 못한 이른 죽음이었다. 아버지
박용래의 죽음에 이어 집안을 책임지던 어머니까지 일찍 세상을 떠
나자 남은 네 딸과 아들은 하늘이 무너지는 것 같았다. 그녀는 병원에
서 치료를 받으면서도 막내아들이 아직 대학에 진학하기 전이라 죽
으면 안 된다면서 걱정을 했다고 한다.

  이태준 여사는 대전의 천주교 공원묘지에 있는 박용래 시인의 묘
옆에 나란히 안장되어 영면하고 있다. 그녀가 세상을 떠난 후 평소 박
용래 내외와 각별하게 지냈던 홍희표 시인은 다음과 같은 시를 고인
에게 헌사하였다.

  딸 네엣에서
  큰 딸만 시집 보내고
  겨우 겨우 둔
  외아들
  고등학교에 다니는데
  박용래 백수 가장
  벌써 천당에 가서

지금도 술추렴 하고
계실까?
지금도 못다한 시 쓰고
계실까?
아니 그런 생각할
여유없지
서른 넘어가는
환쟁이 둘째딸
시집 보내야지
선생질하는 셋째딸
시집 보내야지
아참, 홍시인!
떡두꺼비 같은 신랑감
어디어디 없나요
하나밖에 없는
우리 아들 공부는……
하나밖에 없는
우리 남동생은……
그러다 그러다
늙으신 간호부
진눈깨비 휘날리는데
백수 가장 뒤따라

북망산천 찾아가네

어하아 어하아

어허이 어하오!

—「이태준 여사」 전문

결혼 전 대전 도립병원에서 근무할 무렵의
이태준 여사.

등단

박용래는 결혼 직후인 1956년 1월 『현대문학』에 시 「황토黃土길」로 2회 추천을 받는다. 추천 절차를 완료하기 위해 그동안 써온 시를 부단히 손질해온 그는 결혼을 앞두고 2회 추천작을 응모했고, 결혼 직후에 희소식을 듣게 된 것이다. 2회 추천작인 「황토길」과 박두진 시인의 2회째 추천 소감은 다음과 같다.

낙엽落葉진 오동나무 밑에서

우러러 보는 비늘 구름

한권卷 책冊도 없이

벗도 없이

저무는

황토黃土길.

맨 처음 이길로 누가 넘어 갔을가
맨 처음 이길로 누가 넘어 왔을가

쓸쓸한 흥분이 묻혀 있는 길
부서진 봉화대烽火台 보이는 길

그날사 미음들레 꽃은 피었으리
해바라기 만큼한

푸른 별은 또 미음들레 송이 위에서
꽃등처럼 주렁주렁 돋아 났으리

푸르다 못해 검던 밤 하늘
빗방울처럼 부서지며 꽃등처럼 밝아 오던 그 하늘

그날의 그날 별을 본 사람은
얼마나 놀랐으며 부시었으리

사면에 들리는 위엄威嚴도 없고
강江 언덕 갈대닢도 흔들리지 않았고

다만 먼 화산火山 터지는 소리

들리는 것 같아서

귀대이고 있었으리.

땅에 귀 대이고 있었으리.

—「황토길」 전문

박용래씨의 「황토길」은 그동안 좀더 나은 것이 오기를 기다려 보류해두었으나 새로 보내온 「눈」도 또다시 고쳐보면 제2의 「황토길」보다 오히려 이 먼젓것만 못하게 느껴졌다. 너무 지나치게 다듬은 흔적이 있어 앞뒤의 톤이 어긋난 감이 있으나 호흡이 짧은 이분의 시로서는 희귀하리만치 그 절실한 울림을 먼 시공에까지 넓혀보려는 노력이 엿보여 천薦에 넣기로 한 것이다 다음 3회째 천薦에로 보내는 시는 선자가 품고 있는 몇 가지 위구危懼를 완전하게 불식하고도 남을 만큼 완벽한 작품을 보내와야 할 것이다.[1]

박두진의 추천 소감을 보면 박용래가 두번째 추천을 위한 작품을 응모할 때 첫번째 응모작을 여러 번 고쳤음을 알 수 있다. 박두진은 그가 오히려 시를 지나치게 다듬어 문제가 발생했다고 지적하면서, 그럼에도 그의 시가 드물게 "절실한 울림"을 지녔다고 평하고 있다.

---

1) 박두진, 「시천후감」, 『현대문학』 1956년 1월호, 147쪽.

박용래는 2회 추천을 받고 석 달 후인 1956년 4월에 「땅」으로 세
번째 추천을 받음으로써 『현대문학』이 정한 절차에 따라 시인 추천이
완료된다. 같은 달 황금찬도 박용래와 함께 시 부문 3회 추천을 받았
다. 3회 추천시인 「땅」과 박두진의 최종 추천 소감은 다음과 같다.

나 하나
나 하나뿐 생각했을때
멀리 끝가지 달려 갔다 무녀져 돌아온다.

아슴프레 등피燈皮처럼 흐리는 황혼黃昏.

나 하나
나 하나 만도 아니랬을때
머리 위엔
은하.

우러러 항시 나는 업드려 우는건가.

언제까지나 작별作別을 아니 생각할수는 없고,
다시 기다리는 위치位置에선 오늘이 서려

아득히 어긋남을 이어오는 고요한 사랑.

헤아릴수 없는 상처를 지워

찬연히 쏟아지는 빛을 줏어 모은다.

—「땅」 전문

박용래씨. 당신의 가늘고 섬세하고 치밀한 감각적 리리시즘은 차라
리 천성적인 것으로 보아야 한가봅니다. 불면 날아갈 듯한 당신의 시
에서 오히려 늘 서릿발같이 싸느랗고 날카로운 삼엄미森嚴味까지를 느
낀다면 이것은 지나친 과장일른지요. 스스로도 이미 자처하고 나가는
당신의 이 가녀린 시의 길이 당신이 지녀가는 인생의 연치와 더불어
차츰 '사랑'과 '운명' 같은 것에의 경도로서 그 깊이를 더해간다면 이
는 비단 당신만의 즐거움은 아니리라 생각합니다.[2]

박용래 시를 두고 "가늘고 섬세하고 치밀한 감각적 리리시즘"이라
고 규정한 것은 박용래 시 미학의 정곡을 찌른 평이라고 할 수 있다.
당시 가장 권위 있는 문예지였던 『현대문학』에서 청록파의 한 사람인
박두진 시인의 심사로 추천 절차를 완료함으로써 박용래는 자랑할
만한 시인의 지위를 얻게 되었다. 그는 추천 소식을 듣고 다음과 같은
시적인 당선 소감문을 적었다.

---

2) 박두진, 「시천후감」, 『현대문학』 1956년 4월호, 230~231쪽.

언덕에 누워 흐르는 물을 굽어다보면 물결 속에는 잔잔히 피어 흔들리던 작은 꽃들. 언제 본 것인지 까마득한 어느 날의 무심한 점경點景이 내가 시를 생각할 때마다 늘 떠오르곤 한다. 꽃은 지상에 핀다. 아름다운 지상의 꽃은 이루 헤아릴 수 없을 만큼 많은 것이다.

어찌 하필이면 수말水沫 속에 피고 지는 이 꽃의 마음을 뭣이라 이해하면 좋을 것인가.

*

혼자 밤을 가고 있었다. 오는 날도 오는 날도. 돌부리를 차며. 희구希求는 없었다. 아니 없었던 것은 아니었으나 그보다 더 크게 '삶'에 대한 의혹이 지배했던 것이다. 풀밭에서, 농가의 뜨락에서, 과수원 속에서, 사원의 마루방에서, 시궁창 근방에서. 밤하늘 별들은 가는 곳마다 알알이 부서지고 아아, 찬연히 쏟아지던 빛의 달밤. 그때 그렇게 우러러봤던 감격만으로도 젊은 날의 괴로움은 있어서 좋았다.

*

개 한 마리 짖지 않는 정적한 마을. 푸른 호도색胡桃色으로 물든 황홀한 창. 창들의 따스한 온도는 몇 번이나 무너지려는 마음을 끌어올려주었는가.

*

부드러운 설편雪片. 나뭇가지를 물고 날아가는 까치. 빗방울처럼 은
성한 멧새의 울음. 물기 긴 골목. 아해들의 환호성. 산짐승들은 물을
따라 내려와야겠고. 모두가 모두 새봄의 노크 아님이 없다. 현대문학
사로부터(당선 소감의 청탁) 나에게도 '찬란하고 슬픈' 봄은 오는가.[3]

그는 『현대문학』에 추천 완료된 후 다니던 직장인 덕소철도학교
(덕소중학교)를 사직한다. 그는 시에 자기 삶을 모두 걸고 오직 시인
으로서만 살아가려고 작정했던 것으로 보인다. 『계룡학원 50년사』에
는 그의 사직 날짜가 1956년 4월 6일로 적혀 있는데,[4] 임강빈 시인
의 회고에는 그해 여름에 덕수중학교에서 그를 만난 것으로 쓰여 있
어 그해 1학기까지는 수업을 했던 것으로 짐작된다. 학교는 학기 단
위로 운영되기 때문에 행정절차와 실제 수업과는 다소 차이가 있었
을 수도 있다.

한편 그가 『현대문학』에 3회 추천을 받기 직전인 1956년 3월 대전
에서 『호서문단』이란 잡지가 창간된다. 『호서문단』은 1955년 7월에
결성된 한국문학가협회 충남 지부에서 발행한 기관지로, 박용래는
이 문학 단체에 이재복, 권선근, 한성기, 추식 등과 함께 참여하였다.
이들은 호서문학회를 탈퇴한 이후 이 모임을 결성하였고, 『호서문단』

---

3) 박용래, 「수중화(水中花) ― 당선 소감」, 『현대문학』 1956년 4월호, 85쪽.
4) 『계룡학원 50년사』, 442쪽.

창간호의 회원 명단에는 이들과 함께 박용래의 이름이 올라 있다.[5] 하지만 박용래는 이 잡지에 작품을 발표하지는 않았고, 이 무렵 『현대문학』에 등단하는 데 온 힘을 집중하였다.[6]

---

5) 한국문인협회 대전광역시지회 엮음, 『대전문학 60 상』, 이든북, 2019, 24쪽.

6) 『호서문단』은 후속 호를 내지 못해 창간호가 종간호가 되었다.

공주의 동료 시인들

　중앙의 권위 있는 문예지를 통해 등단을 하고 이름이 알려지면 자연스럽게 새로운 사람들을 만나게 된다. 문인이나 문인 지망생으로부터 연락을 받기도 하고, 문단 행사에 참석해 여러 문인들과 친밀하게 교류하기도 한다. 글쓰기란 기본적으로 혼자 하는 일이지만, 문단에 속해 있는 한 그 안에서 사람 사이의 교류가 이루어지기 마련이다. 박용래 역시 등단 후 여러 문인들을 만났고, 그중에서 평생을 함께한 지기지우를 얻기도 했다. 그 첫째로 꼽을 수 있는 인물이 임강빈 시인이다.

　임강빈은 박용래와 비슷한 시기에 『현대문학』을 통해 추천이 완료되었다. 박용래가 『현대문학』 1955년 6월에 1회 추천, 이듬해 4월에 추천 완료되었고 임강빈이 1955년 10월에 1회 추천, 이듬해 8월에 추천 완료되어 임강빈이 박용래보다 넉 달 늦게 등단했다. 박용래와 임강빈은 『현대문학』을 통해 서로 추천 절차를 밟아가는 과정을 지켜보았을 것이고, 특히 두 사람의 2회 추천이 1956년 1월에 같이 이루어졌기 때문에 두 사람은 서로의 이름을 더욱 또렷이 새겼을 것이다.[1] 게다가 박용래와 임강빈 모두 박두진 시인으로부터 추천을 받았으니 두 사람은 같은 선생을 둔 문하생이기도 한 셈이다. 사실 박용래와 임강빈은 전부터 이름을 아는 사이였다. 두 사람은 모두 호서문학회 창립 회원으로, 임강빈의 시가 실린 『호서문학』 창간호에 박용래의 시도 원영한에 의해 소개된 바 있다. 하지만 둘은 지면으로만 서로 알고 있었을 뿐 직접 만난 적은 없었다. 박용래는 대전에, 임강빈은 공주에 기거하고 있었으며 당시는 전쟁중이어서 서로 왕래할 겨를이 없었기 때문이다.

임강빈은 1931년 충남 공주에서 태어나 1952년 공주사범대학을 졸업했다. 당시 공주사범대학에는 이재복 시인과 이원구 시인이 전임 교수로 있었고 서울 휘문고등학교에서 근무하던 정한모 시인이 대전으로 피난 와 시간강사로 현대시론을 강의하고 있었다. 이 세 사람을 중심으로 시를 쓰는 학생들이 모여 '시회'라는 문학 서클을 만들었는데, 임강빈도 이곳에서 합평회를 하며 시인의 꿈을 키워나갔

---

1) 임강빈의 1회 추천은 본인이 응모한 것이 아니라 김구용 시인의 요청에 응해 보낸 신작이 『현대문학』 추천위원인 박두진에게 전달되어 추천받은 것이어서, 본인도 노상 서점에서 『현대문학』 10월호를 보고서야 자신이 추천된 것을 알고 깜짝 놀랐다고 한다(이유경, 「이 세상에서 제일 맛있는 것 같은 시인」, 홍희표 엮음, 『임강빈의 시와 삶』, 오늘의문학사, 2003, 172~173쪽). 그래서 이듬해 직접 두번째 추천작을 보냈을 때 같이 2회 추천된 박용래에 대한 인상이 더욱 각별했을 것이다.

다. 임강빈의 시를 『현대문학』 추천위원인 박두진에게 전달한 김구용 시인도 이 모임에 자주 참석하였다. 임강빈이 『호서문학』 창간호에 시를 발표한 것은 이런 습작의 결과였다. 그는 대학 졸업 후 청양중학교를 거쳐 공주중학교에서 교사로 근무하던 중 『현대문학』에 추천 완료되었다.

임강빈은 두 사람이 등단한 해 여름에 박용래에게 전화를 걸어 만나고 싶다는 뜻을 전했다. 임강빈은 전화로 처음 들은 박용래의 목소리가 여성의 목소리 같았다고 회상한다. 임강빈은 대전의 덕소철도학교로 찾아가 박용래와 반갑게 인사를 나누고 이야기꽃을 피웠으며, 박용래는 첫 만남임에도 임강빈을 마치 구면지기처럼 대해주었다.[2] 임강빈은 이듬해 대전으로 직장을 옮긴 후로 박용래와 자주 만났다.

임강빈을 기억하는 이들은 그를 인품이 남다른 시인으로 회고한다. 대개 시인들은 시에 대한 애정이 무척 큰 나머지 술을 마시면 다른 시인과 작품에 대해 이런저런 말을 하게 마련인데, 임강빈은 한 번도 타인에 대해 험담한 적이 없다는 것이다. 그와 가까웠던 홍희표 시인은 그를 가리켜 "마지막 남은 충청도의 선비시인"이라고 말한 바 있다.[3] 박용래의 부인 이태준도 임강빈에 대한 신뢰가 높았다. 그가 집으로 찾아와 술을 마실 때도 언제나 조용하고 절제된 태도를 지켰

2) 임강빈, 「장 속의 시의 새―박용래의 시와 삶」, 『시인 박용래―그의 삶과 문학』, 91쪽.
3) 홍희표, 「언어 비우기와 마음 세우기」, 『임강빈의 시와 삶』, 123쪽.

고 항상 진심을 다해 박용래를 대했기 때문이다. 그런 아내의 마음을 안 박용래는 밖에서 술을 마실 때면 임강빈과 마신다고 둘러대곤 했다. 평소 박용래가 술을 마시는 것을 못마땅해하던 이태준 여사도 임강빈 시인과 함께라고 하면 흔쾌히 받아들였던 것이다.

시간이 흘러 박용래와 가까운 이들이 하나둘씩 서울로 떠난 후에도 임강빈은 줄곧 대전에서 교편을 잡으며 꾸준히 시를 썼고, 둘은 대전의 문학 행사나 백일장 심사 등에 함께 참여하며 더욱 가깝게 지냈다. 후에 임강빈이 진잠중학교 교감으로 있을 때 마침 서무과에 자리가 비어 박용래의 첫째 딸 박노아가 근무하게 되었는데, 아무래도 임강빈의 배려가 작용했을 것이다. 박노아는 그곳에서 같은 학교 교사와 백년가약을 맺게 되었으니, 박용래와 임강빈의 인연은 각별한 것이라고 할 수 있다. 조남익은 박용래와 임강빈이 "두 몸이면서 한 몸인 것처럼 가까웠다"고 술회하고 있다.[4] 박용래는 생전에 임강빈을 위해 다음과 같은 시를 썼다.

미나리 강江
건너
우시장牛市場 마당
말목에
고리만

---

4) 조남익, 「대전문단의 현황」, 『시와 유혹』, 135쪽.

남아 있었다.

이른 제비떼

발밑으로

빠져

목교木橋를

오내리는

좁은 거리.

버들잎은

피어

길을

쓸고

그의 고향

문화원文化院에서

강빈剛彬은

시화전詩畵展을

열고 있었다.

—「공주公州에서」 전문

　단출한 형태에 군더더기 없는 담백한 진술로 이루어진 이 시는 소
박하고 강직하며 절제된 임강빈의 인품을 그대로 반영하고 있다. 임
강빈은 박용래가 세상을 떠난 후 대전 보문산에 그의 시비를 건립할

때 추진위원장을 맡아 건립 과정을 총괄하고 시비 뒷면의 비문을 써 그를 영원히 추모했다.

박용래가 등단 무렵 만난 또 한 명의 문학적 동반자는 최원규 시인이다. 최원규는 1933년 충남 공주에서 태어나 공주고등학교를 졸업하고 1954년 공주사범대학을 졸업했다. 그는 어린 시절 부모님의 영향으로 불교 서적을 탐독하였고, 대학 재학중 임강빈과 함께 '시회' 일원으로 참여하면서 시 창작을 시작했다. 당시 공주사범대학은 이 년제여서 최원규와 그의 이 년 선배인 임강빈이 학교를 같이 다니지는 않았지만, 시회 모임은 졸업자도 참석했기 때문에 두 사람은 함께 시를 합평하며 시인의 꿈을 키워나갔다. 최원규는 이 년 동안 매주 토요일 오후에 열리는 시회 모임 준비를 도맡으며 모임을 실질적으로 이끌어나갔다.

최원규는 졸업 후 보문고등학교에서 근무하다 충남대 국문학과에 편입했는데, 그 무렵 박용래를 만나게 되었다. 정확히는 박용래가 1956년 1월 『현대문학』에 2회 추천을 받은 직후였다. 둘은 대전 문화계의 어른인 지헌영 선생의 가족 상에 조문을 간 자리에서 처음 대면했다. 박용래는 『향토』와 『호서문학』을 통해 그와 지근거리에서 지냈으며, 최원규는 충남대 국문학과에서 그를 스승으로 만났고 훗날 대학원에서 지도교수로 모시기도 했다. 두 사람은 상갓집에서 우연히 맞은편에 앉게 되었는데, 박용래가 이번에 『현대문학』에 2회 추천된 아무개라고 자신을 소개하자 최원규가 박용래를 바로 알아보았다. 당시 『현대문학』은 시인 지망생들에게는 문학 교과서와 같아서, 최원

174

규는 박용래의 시를 지면에서 읽었던 것이다. 두 사람은 그날 문학으로 하나가 되어 밤늦게까지 술자리를 함께했고, 다음날 다시 만나 술자리를 이어갔다. 최원규는 박용래가 초면임에도 자신을 부둥켜안고 뺨을 비비는 등 친근함을 표시했으며, 보문산 기슭의 신혼집에 초대받았을 때 박용래의 아내가 차려준 저녁상, 특히 텃밭에서 따온 상추와 쌈장 맛을 잊을 수 없다고 회상한다. 박용래는 몇 년 뒤 최원규의 결혼식에서 '청사초롱'이라는 제목의 축시를 낭송하며 그의 결혼을 축하했다.

최원규 역시 『현대문학』에 여러 번 시를 투고하였지만 추천을 받지 못했는데, 1961년 그동안 써온 시를 모아 시집 『금채적』을 출간하고 1962년 『자유문학』 신인상으로 등단해 시인의 길을 걸었으며, 그 후 충남대 교수로 재직하며 많은 제자들을 길러냈다.

『현대문학』 1973년 10월호에는 '상호데쌩'이라는 제목으로 두 문인이 짝을 이루어 서로에 대한 인상을 쓰는 기획 지면이 있었는데, 여기에 박용래와 최원규가 쓴 글이 실려 있다. 박용래와 최원규는 서로의 인상을 다음과 같이 적고 있다.

눈물을 아껴야지
—상호 데생, 최원규

박용래

이 글을 쓰려고 가만히 생각해보니 그와는 이렇다 할 극적 사건은 없었던 것 같다. 아주 그렇게 깊지는 않으나 그렇게 얕지도 않은 우정의 이십 년이 소중하다면 소중하랴.

사귄 지 얼마 안 되어 초대를 받아 그의 고향인 공주에 간 일이 있다. 그날, 그 고가의 뒤뜰에서 씹던 풋감 맛도 지닌 그는 담뿍 소박한 시골 친구지만 아무래도 그를 한참 동안 바라보고 있노라면 문득 공자라는 어휘가 떠오르곤 한다. 오만한…… 안경 속에서 빛나는 이 오만성이 승화되어 오늘까지도 시를 쓰는 것일까.

그의 문단 데뷔 무렵의 애절한 고백을 들은 일이 있다. 해를 두고 아무리 투고를 거듭했어도 다달이 나오는 문학지에는 그의 이름이 빠지더라는 것이다. 이번 호에는, 이번 호만큼은 하고 빌다시피 보낸 원고가 행방도 없으니 얼마나 애통한 노릇이었으랴. 더구나 같이 수업하던 이웃들은 죽순처럼 착착 등단이 되는데 기가 막혀 눈을 감고 서점 앞을 지나야 했고, 숫제 책 사기까지도 얼마 동안은 포기했었다고 한다. 결국 신인 당선의 영예는 하루아침에 밀려닥치고 그는 취했다지만.

언제나 어디서나 무슨 일에도 유유자적한 친구로만 알았던 나는 이 데뷔 시절의 슬프도록 아픈 고백을 듣고 소스라치게 놀랐었다.

책 사기까지도 포기하면서 시쓰기에만 몰두했던 그의 오기를 단순히 집념으로 돌릴 것인가. 최형만큼 시에 대한 경건한 친구도 드물 것이다.

*

첫 시집 『금채적』에 이어 『겨울 가곡』 『순간의 여울』로써 그는 이미 시단에 당당한 위치를 차지하고 있지만 7월 안에 또 제4시집이 나오리라고 한다.

*

이십대의 최형에게서는 소독제 냄새가 났었다. 구수한 숭늉만을 갈구하던 나로서는 아닌 게 아니라 소독제 냄새 풍기는 그가 약간은 불만스러웠다.

*

이제 마흔 고개 넘어선 그의 심저心底에서 가끔 향긋한 연꽃 바탕의 만다라를 느끼는 이유는 무엇인가.

얼마 전 그는 어느 자리에서 '모오두, 누구에게나 웃음을 주고 싶다' 하고 공언한 바가 있다. 정말 그는 부처님의 만다라가 돼가는 것일까.

*

그도 이제는 더러 술잔을 들게 되었다. 엷지 않은 입술에. 어쩌다 흥에 겨우면 술을 뿌린다. 파초잎 같은 나에게도.

*

눈물이 흔한 나도 눈물만은 질색인 그를 위해 아껴야겠다.

들꽃
—상호 데생, 박용래
최원규

　지금은 벌써 반백의 초로 청년. 누구나 느끼는 일이지만 그를 바라
보고 있으면 부드럽고 안쓰러운 미소는 순수 무구의 동심으로 돌아가
게 한다.

　신비하리만큼 멋을 간직하였으며 항상 어린아이와 같이 천성적이
라 할까.

　한동안 빨간 넥타이에 까만 셔츠의 대조는 원시적이고 야성이 풍기
기도 하였다.

　노을처럼 젖어 있는 취기는 때로 향기를 품었고 간혹 마시지 않았
을 적에도 그를 바라보면 차츰 취하기 시작한다.

　내가 처음 그를 만난 것은 그가 『현대문학』지에 「황토길」「땅」 등이
추천될 무렵이다.

　그러니까 그의 신혼초 대낮에도 뻐꾹새 울던 보문산 기슭의 그의
보금자리에 가서 밤을 새우며 뭔가 길게 이야기하던 그 밤 한밤중에

178

신부는 밥을 새로 짓고 앞마당에서 밤이슬 맞은 상치를 뜯어다가 술상을 차렸다.

그 밤 달빛을 바라보며 마시던 술맛과 상치쌈 맛은 오래도록 잊을 수 없다.

바로 어제 같은 일들이었는데 벌써 십 년의 갑절의 세월이 흘러버렸으니……

지금은 네 공주와 한 왕자를 거느린 가장으로서 안주하고 있지만, 그가 총각 시절엔 실로 많은 방황을 하였다.

대전의 거리에서 신화처럼 등장한 기인의 행각은 많은 문학청년들의 동경의 대상이 되기도 하였다.

빨간 머플러, 까만 베레모, 술을 마실 때는 언제나 잔을 빨아 돌리는 특이한 모습…… 그는 몸 전체로 시를 쓰는 듯한 인상을 풍겼고 가끔 지나치게 자기 몸을 가혹하게 채찍질하곤 하였다. 그것은 진하고 독한 니코틴으로 전신을 담그는 것이 아닌가.

가끔 술을 마시면 눈물이 젖어 있다. 그 눈물은 정다웁고 따스한 그의 가슴의 샘에서 솟는 것이다. 나는 나의 살에, 나의 얼굴에 그의 뜨거운 눈물이 몇 번인가는 알 수 없으나 부딪친 기억이 있다. 그럴 때마다 나는 역정을 내고 냉혹하게 뿌리쳤다. 그러나 그와 헤어져 돌아와 가만히 생각하면, 순수하고 맑은 눈물이 이 현실을 얼마나 정화시킬 수 있는 힘이 되랴 싶어 오히려 그의 눈물을 찬미하고 싶어진다. 이렇게 가냘프고 감상적인 그가 중학 시절엔 줄곧 수석을 하였고 대대장까지 지냈다니 아이로니컬하다.

오랜 세월 동안 그와 나는 서로의 거리를 항상 지키며 덤덤하게 지내가고 있으나 요즘은 며칠만 전화 연락이 없으면 궁금해지는 것은 무엇 때문일까?

박용래, 그를 꽃에 비긴다면 소탈하고 향기 좋은 들꽃이랄까. 그런데 그 들꽃은 때로는 질기고 거센 일면도 있는 것이다. 그가 술에 도도히 취하면 남의 이야기는 하나도 들으려 하지 않으니……

자기의 작품에 대하여는 한 치의 양보도 없는 직선적 패기, 그것은 처절하기도 한 것이다. 나는 언제나 그를 형처럼 생각하고 그는 나를 아우처럼 여기는 우의가 오늘까지 긴 세월 동안 우리를 감싸준 울타리였을 것이다.

진정 나의 가는 길에 반려이기를 다짐하며 그의 시비는 내가 맡아야 될 것이라는 생각을 하며, 그가 술에 과한 것이 탈이기도 하다.

가장의 삶과 가학리

박용래는 결혼 이듬해인 1956년 대전 용두동의 커다란 집 문간방에 세를 얻어 이사했다. 보문산 기슭의 대사동에 비하면 훨씬 시내에서 가까운 곳으로 옮긴 것이다. 용두동으로의 이사는 아내 이태준의 출퇴근을 고려한 결정이었다. 박용래의 자제들이 보관하고 있는 당시 사진을 보면 대문 위에 '조산원' 간판이 세워져 있어 이태준 여사가 보건소 근무와 조산원 일을 병행했음을 알 수 있다. 이곳에서 1957년 첫째 딸 노아魯雅가 태어났고 이태 뒤인 1959년에 둘째 딸 연燕이 태어났으며, 다시 이태 뒤인 1961년에는 셋째 딸 수명水明이 태어났다. 이태준 여사가 이 년 터울로 계획해 출산한 것이다.

가장으로서 어깨가 무거워진 박용래는 셋째 수명이 태어나기 한 달 전인 1961년 6월 대전 한밭중학교에 강사 자리를 얻었다. 어느덧 서른일곱, 정식 교사로는 취업하기 어려운 나이였다. 그는 세 딸의 아빠라는 무거운 책임감을 안고 한밭중학교에 출근했다. 그는 이곳에서 상업과 주산을 가르쳤는데, 이때 박용래에게 수업을 들은 학생 중한 명이 훗날 소설가로 활발히 활동한 강태근이다. 강태근은 1948년 충남 논산 출생으로, 그가 중학교 1학년 때 박용래가 부임해온 것이다. 당시 한밭중학교는 일 층짜리 목조건물이어서 비가 오는 날이면 유리창에 빗발 듣는 소리가 고향집 추녀 밑에 모이는 빗소리처럼 고즈넉한 분위기를 자아내곤 했는데, 그런 날 박용래가 덜컹거리는 문을 열고 '안개비 어린 가을 산의 모습'으로 나타났다고 강태근은 회상한다. 그날 박용래는 수줍은 얼굴로 자신을 시인이라고 소개하고는 눈을 가느스름하게 뜬 채 빗발 듣는 유리창을 바라보며 자작시를 읊었고, 그뒤로도 수업 전에 늘 자작시나 노천명의 시를 낭송해주었다고 한다.[1] 이로 미루어 박용래가 이 무렵 노천명의 시를 좋아했음을 알 수 있다. 박용래는 넷째인 박진아朴眞雅가 어렸을 때 울면서 투정을 부리면 "막내딸 이쁜이는 대추를 안 준다고 울었다"며 놀리곤했다고 그의 자제들이 전하는데, 이는 노천명의 「장날」이란 시의 한구절이다. 박용래는 또 연재 산문 「호박잎에 모이는 빗소리」에서 어느 시인의 서가에 꽂혀 있는 여러 시집 가운데 한아운의 『보리피리』와 함께 노천명의 『산호림』을 꼭 집어 언급하기도 했다.[2] 강태근은 그렇게 시를 읽어주는 박용래의 수업 시간을 좋아했고, 그가 주판알

1) 강태근, 「호박잎에 모이는 빗소리—박용래」, 『시인 박용래—그의 삶과 문학』, 126~127쪽.
2) 박용래, 「호박잎에 모이는 빗소리—여치」, 『문학사상』 1976년 11월호, 243쪽.

을 튕기며 주산을 가르치는 것이 어쩐지 어울리지 않는다고 생각했다고 한다.

박용래는 두 달 만에 한밭중학교를 떠났지만, 강태근은 몇 년 뒤 고등학교 시절 어느 백일장 소설 부문에 당선되었을 때 시 부문 심사위원으로 온 박용래를 다시 만났고, 경희대 국문학과에 문예장학생으로 입학한 뒤로도 박용래와의 인연을 이어갔다. 그는 자신이 문학의 길로 들어서게 된 데는 중학교 1학년 때 박용래 선생에게 받은 인상이 큰 영향을 미쳤다고 말한다.[3]

한편 박용래는 1961년 가을 제5회 충청남도문화상을 수상했다. 충청남도문화상은 '문화예술, 체육 분야에서 향토 문화 선양 및 지역사회 발전에 기여한 사람에게 수여하는 상'으로 1957년에 제정되었으며, 박용래는 문학 부문 수상자였다. 문학 부문의 이전 수상자는 이재복, 권선근, 정훈, 김대현이었다.

한밭중학교를 떠난 박용래는 석 달 뒤인 1961년 11월 충남 당진의 송악중학교에서 교사 생활을 이어간다. 박용래는 이곳에서도 강사 신분으로 근무했을 것으로 짐작된다. 당진은 대전과는 꽤 거리가 있는 곳이어서 그는 결혼 육 년 만에 처음으로 객지 생활을 했다. 세 아이의 아버지로서 짊어진 책임감이 그로 하여금 먼 곳에서 강사 신분으로라도 일할 결심을 하게 만들었을 것이다. 그는 송악중학교에

---

3) 박용래는 당시 여러 곳에서 백일장 심사를 했고, 그때 뽑은 시인들 가운데 여러 명과 오랜 기간 인연을 맺었다. 그중 특히 가까이 지낸 시인으로 시조시인 박헌호가 있다.

서 상업이 아닌 국어를 담당했는데, 그런 만큼 이곳에서의 교직 생활은 비교적 평안하고 보람되었을 것이다. 박용래의 자제들이 간직하고 있는 1962년도 송악중학교 졸업앨범에는 박용래가 3학년 1반 학생들과 찍은 사진이 여러 장 실려 있는데, 사진 속의 박용래는 다른 사진에서는 좀처럼 보기 힘든 인자하고 엄격한 선생님의 모습이다.

당진에서 박용래는 이근배 시인과 인연을 맺는다. 이근배는 1940년 당진 출생으로 서라벌예대를 졸업한 후 1961년 서울신문과 경향신문 시조 부문에 동시 당선되고 조선일보 시조 부문에도 가작으로 당선되는 등 신춘문예 3관왕을 차지하고, 이듬해 동아일보 시조 부문에도 당선되어 갓 스물을 넘은 나이에 문단에 시재를 널리 떨치고 있었다. 그는 그 직후 고향에 내려왔다가 근처에서 박용래가 교직생활을 하고 있는 것을 알고는 만나고 싶다는 전갈을 보냈다. 박용래는 이근배보다 열다섯 살 위였지만 등단한 지 육 년 된 당시는 그리 널리 알려진 시인은 아니었다. 그럼에도 이근배는 고향에 머물고 있는 시인이 반가워 그에게 정중하게 술을 대접했다. 그와의 첫 만남에 대해 이근배는 다음과 같이 회고한다.

연거푸 신춘문예에 당선된 뒤 약간 으쓱대며 고향 당진에 내려간 1962년 2월, 내가 사는 곳에서 십 리쯤 떨어진 송악중학교에 박용래 시인이 국어 선생으로 와 있다는 소식을 들었다. 학생 편에 '탁주 일배를 대접하고 싶다'는 짧은 전갈을 보냈더니 그날로 학생을 따라 우리 집에 왔다.

(……) 박용래는 대전을 중심으로 정훈, 박희선, 하유상 등과 동백 동인을 하며 55, 56년에 걸쳐 『현대문학』에 「땅」 「가을의 노래」 「황토 길」 등으로 박두진의 추천을 받아 시단에 오른다. 그러나 이런 이력들 은 나중에 하나씩 알게 된 것이었고 62년 봄, 그가 내 집에 올 때까지 만 해도 나는 시골 중학교 교사인 무명 시인 박용래로 알고 있었다.

　다만 시인이 귀하던 때라 적적한 낙향에 이웃 고장에 시인이 오셨 다니 반갑게 맞아들이고 싶었던 것이다.

　"아, 시인의 집!" 그는 나와 인사를 나눌 겨를도 없이 앞마당 높다 란 참죽나무 꼭대기에 지은 까치집을 올려다보고 있었다. 할머니가 빚 은 맑은 술을 반주로 저녁상을 물리고 나는 면 소재지 고을 유지들이 드나드는 술집으로 그를 모셨다. 달빛이 있었던가. 박용래는 코트 주 머니에 손을 찌르고 내가 모르는 시들을 줄줄 외대며 5리 신작로를 춤 추듯 걸어갔다.

　"가도 가도 붉은산이다./가도 가도 고향뿐이다./이따금 소나무숲이 있으나 내 나이와 같이 어리구나." 그때 내게 들려준 오장환의 시 「붉 은산」은 지금껏 한 자도 틀리지 않고 외고 있거니와 그 저녁의 동행은 내가 어려서 걷던 발자국에 시의 것을 더 보태는 것이었다.

　그의 주량을 몰랐던 나는 그저 밤을 보낼 수 없어서 술집에서 마침 한마을 후배의 결혼 잔칫집으로 갔다. 마을 젊은이들이 권하는 술잔을 다 받아 마시고 파장이 되어 집으로 돌아오는 논둑길에서 시인은 나를 와락 끌어안더니 흐드득 울기 시작하는 것이었다. 술을 더 마시고 싶 다는 것이었다. 나는 한밤중 마을 주막거리의 문을 두들겨 깨워서 바

가지에 막걸리를 넘치도록 부어주어야 했다.[4]

선배 시인에 대한 이근배의 극진한 마음과 박용래의 천진한 마음이 눈앞에 생생히 그려진다. 이근배의 마음씀씀이에 감동한 탓도 있겠지만, 당진에서 박용래의 마음이 넉넉한 행복으로 충만해 있었음도 느낄 수 있다. 달빛 아래 코트 주머니에 손을 찔러넣은 채 시를 줄줄 외우며 신작로를 춤추듯 걸어가는 박용래의 모습은 영화 〈서편제〉에서 유봉 일가가 진도아리랑을 부르며 보리밭 길을 걸어내려오는 장면이나 소설 「메밀꽃 필 무렵」에서 허생원 일행이 달빛 아래 흐뭇이 빛나는 메밀밭 길을 걸어가는 장면을 연상시키기도 한다. 박용래의 충만한 마음은 당진의 편안하고 아름다운 풍광에서 비롯된 것이기도 할 것이다. 그는 당진의 풍광을 다음과 같은 시로 묘사했다.

바다로 가는 하얀 길
소금 실은 화물자동차貨物自動車가 사람도 싣고
이따금 먼지를 피우며 간다

여기는 당진唐津 송악면松岳面 가학리佳鶴里
가차이 아산만牙山灣이 빛나 보인다
발밑에 싸리꽃은 지천으로 지고.

---

4) 이근배, 「삭정이 진 슬픔, 한 줄 시 고독을 심던 새」, 『시인 박용래─그의 삶과 문학』, 96~97쪽.

—「가학리佳鶴里」 전문

　박용래가 지명을 제목으로 삼은 것은 이 시가 처음이다. 더구나 본
문에서는 아예 '당진 송악면 가학리'라고 이곳의 주소를 그대로 드러
내고 있다. 그만큼 그는 이 지역과 지명에 애착을 가졌고, 그것이 그
대로 시의 언어가 된다고 생각한 것이다. '당진唐津'의 '진津'은 나루를
뜻하므로 그의 삶의 원천인 강경의 황산나루를 떠올리게 하고, '송악
松岳'은 소나무와 바위, '가학佳鶴'은 아름다운 학이라는 뜻이니 모두
고고한 아름다움을 지닌 것이라고 할 수 있다.

　이 시는 전체적으로 특별한 수사 없이 풍경을 그대로 서술하고 있
을 뿐인데도 한 폭의 아름다운 그림처럼 다가온다. '바다로 가는 하
얀 길' '소금' '싸리꽃5)'이 그려내는 흰 빛은 이곳의 지명이 환기하
는 고고한 아름다움과 절묘하게 어우러지며, 여기에 아산만의 바닷
빛이 더해져 화사한 인상파의 그림처럼 환상적인 느낌을 전해준다.
감정을 완전히 제거하고 풍경을 사실적으로 나열하는 것만으로 한
폭의 그림 같은 시를 빚어내는 이러한 기법을 박용래는 스스로 '점묘
의 기법'이라고 명명한 바 있다. 이 시는 『현대문학』 1963년 5월호에
발표된 작품으로 주로 감정이 풍부하게 어린 서정성 짙은 작품을 써
왔던 이전과는 사뭇 다른 경향을 보여주는데, 그 점에서 그의 시적 전
개에서 중요한 분기점을 이루는 작품이라고 할 수 있다.

---

5) 여기서 싸리꽃은 조팝나무를 가리키는 것으로 보인다. 박용래의 첫째 자제 박노아
는 집에 심어져 있던 조팝나무 꽃을 박용래가 싸리꽃으로 불렀다고 전한다.

박용래는 1962년 당진 생활을 마감하고 대전으로 돌아온다. 송악중학교에 보관되어 있는 인사기록부에는 그의 근무 기간이 1961년 11월에서 1962년 2월까지라고 기록되어 있다. 송악중학교 1962년 졸업앨범에 그가 3학년 1반 전체 학생들과 찍은 단체 사진이 실려 있는 것으로 미루어 그는 그 반 담임교사의 대체 강사로 일한 것으로 짐작된다.

그사이 셋째는 백일을 훌쩍 넘겼고, 둘째는 네 살, 첫째는 여섯 살이 되었다. 첫째 박노아는 1962년 봄에 유치원에 입학했다. 박노아가 다닌 목동유치원은 대전 최초의 유치원으로, 당시 유치원은 극히 일부 아이들만이 다니는 곳이었다. 박노아는 이듬해 서대전국민학교에 입학해 3학년 때 선화동의 중앙국민학교로 전학했고, 둘째 박연도 서대전국민학교에 입학해 중앙국민학교로 전학했다. 선화동은 대전의 부촌으로, 이곳에 있는 중앙국민학교는 교육 환경이 우수해 중학교 입시가 있던 당시 많은 학부모들이 선호하던 학교였다. 자녀 교육에 지극정성이었던 박용래 내외는 아이들을 명문 학교에 보내기 위해 애썼고, 박용래는 매일 저녁 아이들과 책상 앞에 마주앉아 아이들의 공부를 도왔다.

오류동의 청시사靑枾舍

박용래의 가족은 1963년 대전 오류동에 집을 구입하여 용두동에
서 이곳으로 이사했다. 그는 오류동에 자리잡은 후 본격적으로 전업
시인의 길로 들어섰고, 이곳에서 숱한 작품들을 창작하고 이곳에서
삶을 마쳤다. 오류동 집은 그야말로 그의 문학의 산실이었다.

등기부등본에 의하면 이곳의 주소는 대전시 중구 오류동 17-15번
지로, 1971년 오류동 149-12번지로 변경되었다. 집의 구입 시점은
1963년 4월 3일, 소유주는 부인인 이태준이었다. 부인이 생활비의
많은 몫을 책임지고 있었다는 점을 감안하더라도 주택이 부인 명의
로 된 것은 당시로서는 무척 이례적인 일이었다. 대지는 대략 54평,
건평은 15평 정도 되는 조그만 초가집이었으며, 이듬해에 지붕만 기
와로 바꾸었다.

서대전역 사거리에서 유성 방면으로 큰길을 이백 미터쯤 가다 왼

편 골목으로 들어서면 좌우로 조그만 식당과 쌀가게 등이 늘어서 있고, 다시 오른쪽의 좁은 골목으로 꺾어 들어가면 양옆으로 세 집 정도가 나란히 자리잡고 있었는데, 박용래의 집은 그 골목 맨 끝에 있었다. 집 뒤편으로 난 조그만 쪽문으로 나가면 말 세 마리 정도를 키우는 조그만 말집이 있었다. 당시에는 말이 운송 수단으로 흔히 쓰였기 때문에 시내에도 말을 기르는 말집이 여러 군데 있었다. 이곳이 바로 명시「저녁눈」의 배경이 된 곳이다.[1] 또 골목 바깥쪽으로 통하는 좁은 문을 나서면 막걸릿집이 있어 이곳에서 박용래가 막걸리를 자주 사 먹었고, 아이들은 집 앞 골목길에서 동네 아이들과 어울려 놀았다. 큰길 맞은편에는 운포극장이 있어 가족이 함께 영화를 보러 가곤 했으며, 극장에서 멀지 않은 곳에 서명장이라는 중국집이 있어서 집안에 특별한 일이 있을 때면 이곳에서 특식을 먹었다. 첫째 박노아와 둘째 박연이 초등학생이던 시절 담임선생님이 가정방문을 오면 이곳에서 요리를 주문해 대접했고, 아이들이 성적이 오르면 박용래가 이곳에서 짜장면을 시켜주었다. 서명장 맞은편에는 서대전국민학교가 있었다. 지금은 집 앞 큰길이 6차선 대로가 되어 있지만, 당시에는 길이 그리 넓지 않아 학교에서 아이들이 뛰노는 소리와 선생님의 확성기 소리가 오류동 집에서도 들렸다. 집에 머무는 시간이 많았던 박용래는 그 소리들을 들으며 어린 시절 생각에 잠기곤 했다.

---

1) 시「저녁눈」에 나오는 '말집'을 사전에 기술된 대로 '추녀를 사방으로 삥 둘러 지은 모말 모양의 집'으로 보는 해석도 있으나, 이 시에서 '말집'은 '말을 기르는 집'을 가리키는 것이다.

오류동 집은 전형적인 초가집 구조로, 안방과 건넌방이 나란히 있고 앞뒤로 툇마루가 나 있으며, 건넌방에서 기역자로 꺾인 곳에 조그만 방 하나가 붙어 있었다. 안방 옆에는 부엌이 딸려 있고, 그 뒤에 조그만 창고가 붙어 있었다. 당시 보건소에서 일하며 조산원을 겸하던 이태준 여사는 교육을 받으러 서울로 출장을 가 집을 비울 때가 많았는데, 그럴 때면 박용래는 안방에서 한 팔에는 첫째, 다른 한 팔에는 둘째를, 그리고 배 위에는 셋째를 올려놓고 잠을 자곤 했다고 한다. 건넌방에 딸린 작은 방에는 박용래의 장모님이 기거하고 있었다. 첫째 박노아와 둘째 박연은 아버지에게 혼날 때면 그 방으로 도망가 외할머니 품에 안기곤 했다고 회고한다. 박용래의 장모는 이곳으로 이사한 후로 1973년 작고할 때까지 줄곧 박용래의 가족과 함께 지냈다. 집 한편에는 닭장과 개집이 있어 닭과 병아리와 개도 한 가족을 이루었고, 봄이 되면 어김없이 제비가 처마밑에 집을 지어 박용래의 식구가 되었다.

오류동 집의 앞뒤 마당은 아담한 크기였지만 박용래의 가족은 이곳을 아름답고 운치 있게 가꿔나갔다. 앞마당에는 온갖 종류의 꽃이 심겨 있었는데, 어느 날 첫째 박노아가 세어보니 칠십 종이나 되었다고 한다. 박노아가 기억하는 것만 해도 다음과 같다. 나팔꽃, 수선화, 황매화, 앵두꽃, 유도화, 밥풀꽃, 라일락, 수국, 접시꽃, 땅딴지꽃, 봉숭아꽃, 채송화, 군자란, 백일홍, 각시붓꽃, 꽈리꽃, 산나리꽃, 개나리, 파초, 과꽃, 분꽃, 샐비어꽃, 할미꽃, 칸나, 작약, 싸리꽃, 적단풍, 흰매화, 황철쭉, 오동나무, 무화과, 달리아, 양귀비꽃, 은방울꽃, 공작

선인장, 게발선인장, 기린선인장, 턱선인장, 꽃기린선인장…… 화단은 봄부터 가을까지 차례대로 꽃을 피워내며 화사한 색의 전시를 펼쳤다. 사실 이 꽃들은 대부분 이태준 여사가 심은 것이었다. 박용래가 워낙 꽃을 좋아해서 비가 오는 날이면 이태준 여사가 퇴근길에 한 손에는 가방을 들고 다른 한 손에는 꽃모종을 사 들고 와서 심곤 했다고 한다. 박노아의 기억에 따르면 박용래가 직접 심은 것은 수국 하나뿐이었다고 한다.

대신 뒤란 텃밭을 가꾸는 일은 전적으로 박용래의 몫이었다. 박용래는 집 뒤편에 있는 조그만 텃밭에 옥수수, 상추, 아욱, 쑥갓, 깻잎, 수세미, 호박 등을 심고 가꾸었다. 텃밭 끝에는 삼 미터가 넘는 큰 감나무가 있었는데, 집을 살 때부터 있던 것이었다. 무척 크고 좋은 월하감나무여서 전 주인이 집을 팔면서 옮겨가려 했는데, 박용래 부부가 감나무값을 더 주고 구입했다고 한다. 텃밭 맞은편엔 무화과나무가 있고 그 사이에는 양귀비꽃이 심겨 있어 텃밭을 화려하게 장식했다. 집에 있는 시간이 많았던 박용래는 텃밭을 성심껏 가꾸며 소일했고, 그가 자주 쌀뜨물을 뿌려가며 영양을 보충해준 식물들은 튼튼하게 자라나 열매를 맺어냈다. 박용래는 매일같이 수세미 가지를 꺾어 수액을 받아서는 피부에 좋다며 아내와 자녀들에게 세숫물로 가져다주었다.

꽃과 나무와 작물들은 박용래의 가족에게 자연의 축복을 전해주었다. 비가 오는 날이면 화단 앞 파초 잎에 떨어지는 빗소리가 음악이 되어 집안을 가득 채웠다. 오류동 집 앞뒤 마당의 풍경은 박용래 시의

배경이 되었고, 식물들은 하나하나 시의 소재가 되어 주옥 같은 작품
으로 승화되었다.

상치꽃은
상치 대궁만큼 웃네.

아욱꽃은
아욱 대궁만큼

잔 한 잔 비우고
잔 비우고

배꼽
내놓고 웃네.

이끼 낀
돌담

아 이즈러진 달이
실낱 같다는

시인의 이름

잊었네.

—「상치꽃 아욱꽃」 전문

박용래 가족은 1973년 이 집을 헐고 새집을 지었다. 개축 역시 부인 이태준 여사의 주도로 이루어졌다. 신축한 집은 건평 25평에 방이 네 개로 당시로서는 꽤 공간이 넉넉했는데, 이태준 여사가 퇴직 후 집에서 조산원 일을 하기 위해 넓게 지은 것이었다. 늘어난 방 하나는 박용래의 서재가 되었다. 넓진 않지만 독립된 집필실이 생긴 것이다. 집을 개축하면서 앞뒤 방향을 바꾸었기 때문에 박용래의 서재는 이전에는 뒤뜰이었던 감나무 쪽을 향하게 되었다. 서재는 두 방향으로 큰 창문이 나 있었는데, 그 가운데 감나무가 위치해 있어 길게 늘어진 감나무 줄기가 양쪽 창문으로 눈에 들어왔다. 그래서 박용래는 이때부터 이 집의 택호를 '청시사靑枾舍'로 삼았다. 가을이 되면 감나무 가지에 주렁주렁 감이 매달리고 그 사이로 파란 하늘이 그림처럼 펼쳐졌다. 박노아는 서재의 간이 책상 앞에 양반다리를 하고 앉아 창밖의 가을 풍경을 하염없이 바라보던 아버지의 모습이 눈에 선하다고 말한다.

집을 신축하면서 독립된 집필실이 생기기는 했지만, 박용래는 이집을 그다지 달가워하지는 않았다. 같은 대지에 건평이 늘어난 집을 짓다보니 마당이 좁아져 그가 아끼던 화단이 거의 사라져버렸기 때문이다. 흙이 있던 자리는 시멘트로 덮었고, 키 큰 감나무를 비롯해 라일락, 무화과나무, 오동나무와 수국 등만 남고 그 많던 꽃들은 사라지고 말았다. 그는 번듯하고 넓은 새집에서 오히려 쓸쓸함을 느꼈고, 집을 새로 지은 후로 시가 잘 쓰이지 않는다고 불평하기도 했다. 「처마밑」이라는 시는 그런 그의 심정이 잘 나타난 작품이다. 그는 이 시에서 기와지붕이 슬래브 지붕으로 바뀌면서 제비집이 사라지고 부토腐土를 묻혀오던 들바람도 사라진 쓸쓸함을 토로하고 있다. 그는 아내에게 자연의 숨결이 살아 있는 유성 쪽으로 이사하자고 여러 번 졸랐지만, 자녀들의 교육을 생각하면 쉽게 결정할 수 없는 일이었다. 그는 1980년 세상을 떠날 때까지 칠 년 동안 이곳에서 눌러살았다.

박용래가 작고한 뒤 가족들은 이 집을 세놓고 용문동의 연립주택으로 이사했다가 이 년 후 다시 이 집으로 돌아왔다. 1989년 부인 이태준 여사가 작고한 후 이 집은 막내인 박노성의 소유가 되었다가 다른 사람에게 소유권이 넘어갔고, 2008년 6월 집이 철거되어 그해 12월에 대전시 오류동 149-3번지로 합병되면서 공영주차장이 되었다. 옛집이 철거된다는 소식을 들은 박용래의 자제들은 이 집의 상징이었던 감나무만은 보존해달라고 구청에 간청했지만 받아들여지지 않았다. 박용래의 출생지인 강경의 생가도 지금은 공영주차장이 되어 있다. 그가 태어나고 머물렀던 곳이 모두 빈터가 되어 오가는 이들의 자동차가 머무는 곳으로 변한 것이다. 오류동 집이 철거된 이듬해인 2009년 5월 29일, 대전시 중구청과 한국문인협회 대전지회가 주차장 구석에 이곳이 박용래 시인의 옛 집터임을 알리는 표석을 세웠다. 표석에는 박용래의 시 「오류동五柳洞의 동전銅錢」과 그의 약력이 새겨져 있다. 그리고 2021년 봄에는 한국문인협회 대전지회의 간청으로 대전시 중구청에서 집터 근처에 안내판을 새로 설치했다. 안내판에는 박용래의 시 「저녁눈」과 그의 약력이 기재되어 있다.

　오류동 청시사는 박용래가 십칠 년 동안 숱한 명시를 써낸 박용래 문학의 산실이자 당대 문인들과 예술가들의 사랑방이기도 했다. 박목월과 박두진을 비롯한 서울의 문인들은 대전에 오면 어김없이 이곳에 들렀고, 대전과 충남에 거주하는 내로라하는 문인과 예술가들이 이곳을 자기 집처럼 드나들었다. 청시사에는 언제나 문학과 예술의 향기가 그윽이 배어 있었다. 1960년대 어느 도시에서나 흔히 볼 수 있었던 아담한 골목집, 박용래는 그 작은 공간에 꿈같은 마당을 가꾸어 자연의 아름다움을 담고 그곳에서 문학적 감성을 길어내었다. 박용래가 추구한 마당의 아름다움은 우리네 전통적인 삶 속에서 면면히 전해져오던 것이었다. 가난하지만 소박한 그 삶의 정취를 이제는 찾을 길이 없어 아쉽기만 하다. 언젠가 개축하기 전의 청시사가 고스란히 복원된다면 얼마나 좋을까 상상해본다.

1968년 대전 오류동 자택 화단 앞에서.
앞줄 왼쪽부터 첫째 박노아, 둘째 박연, 셋째 박수명,
뒷줄 박용래 시인, 넷째 박진아, 이태준 여사.

부여와 대전의 후배 시인들

　박용래가 오류동에 집을 마련하고 전업 시인으로 생활하던 1960
년대 중반, 대전과 충남에서 그의 뒤를 잇는 일련의 젊은 시인들이
『현대문학』을 통해 중앙 시단에 등장한다. 그들은 『현대문학』 선배
시인이자 '대전의 시인'으로 살고 있는 박용래를 찾아가 인사하고 길
고 험한 시인의 길에 동행할 것을 다짐한다. 그 첫째 인물이 조남익
시인이다.

　조남익은 1935년 충남 부여군 세도면 수고리에서 태어났다. 그곳
은 박용래의 고향인 강경의 금강 바로 건너편이자 박용래가 그리도
애틋해했던 홍래 누님의 시가인 청송리와 인접한 동리였다. 그것만
으로도 둘은 범상치 않은 연고를 지니고 있었다. 조남익은 고향에 있
는 세도국민학교를 졸업하고 의정부에서 교직생활을 하고 있던 형을
따라가 의정부농업고등학교를 다녔으며, 국학대학 국문학과에 진학

하면서 미당 서정주를 만나 본격적으로 시 창작에 몰두했다. 당시 서
정주는 동국대 교수로 재직하면서 국학대학에 이 년 동안 출강하여
시론을 강의하고 있었다. 조남익은 졸업 후 부여의 홍산농업고등학
교에서 교사로 근무하던 중 1966년 『현대문학』 추천으로 등단했다.
그의 시를 추천한 심사위원은 신석초 시인이었다. 조남익은 『현대문
학』 추천 완료 후 최원규 시인과 함께 대전천 근처에 있는 한 중국집
에서 박용래를 만났다. 등단 인사와 축하를 겸한 자리여서 화기애애
한 분위기였지만, 그날 박용래가 조남익을 대하는 태도는 예사롭지
않았다. 이때의 일을 조남익은 다음과 같이 기술하고 있다.

눈물의 시인으로 알려진 박용래 시인을 내가 처음 만나게 된 것은
아마도 1966년 가을이 아닌가 한다. 그때 나는 고향인 부여에서 신출
내기 교사로 재직하면서 현대문학의 추천 과정을 거치고 있었다. 추천
이 완료된 뒤에 정훈, 박용래, 김대현, 임강빈, 최원규씨 등 선배 문인
들과 교류가 시작되었다.

박용래, 최원규씨와는 중국집에서 술자리를 하는 기회가 되었다.
화기애애한 자리였는데, 처음 만난 박용래 시인의 눈빛이 예사롭지가
않았다. 어떤 심통이 나 있는 것 같기도 하고, 무슨 적의가 있는 것 같
기도 했다.

술기운이 오르자 눈물이 글썽글썽하였고, 급기야 "이 조가야" 하는
말이 나왔다.

영문을 모르는 나는 아무런 대꾸도 할 수 없었다. 박용래 시인에 의

해 판이 흔들려간다고 느꼈을 때, 우리는 자리를 끝내었는데, 박용래 시인은 몸을 잘 가누지도 못했다.

"내 구두 어디 갔냐?"

나는 그를 부축하여 그의 신을 찾았고, 신겨줄 수밖에 없었다. 구두 끈이 풀어져 있었으므로 그것까지 매주어야 했다.

"아하하, 조남익씨가 구두까지 신겨주었네그려" 등 뒤에서 최원규 씨가 호탕하게 웃었다.[1]

나이 차이가 십 년이기는 하지만, 그래도 초면의 후배 시인을 반말로 야단치듯 부르고 자기 신발을 찾아내라는 식으로 큰소리치는 것은 예의에 크게 벗어난 일이다. 박용래의 뜻밖의 무례에 조남익은 크게 당황하고 어리둥절했다. 박용래의 그런 행동이 사실은 조남익의 고향과 집안 때문이었다는 사실을 조남익은 나중에야 알게 되었다. 박용래는 조남익이 『현대문학』에 추천 완료되었을 때 그의 약력을 보고 그의 고향이 부여군 세도면이라는 것을 알게 되었다. 그곳은 바로 홍래 누님이 시집가서 횡사를 당한 곳이었다. 게다가 조남익은 홍래 누님의 남편인 조광구와 같은 혈족이었다. 부여군 세도면은 풍양 조씨의 집성촌이었다. 박용래가 조남익에게 "이 조가야" 하고 시비조로 말을 건넨 것은 홍래 누님의 비극과 얽힌 조씨 일가에 대한 울분의 표시였던 것이다. 조남익은 홍래 누님의 남편인 조광구와는 아주 먼

---

1) 조남익, 「박용래의 '홍래 누님' 이야기」, 『시와 유혹』, 84~85쪽.

친척이었지만, 이 일화는 박용래가 홍래 누님의 죽음으로 인해 얼마나 깊은 상처를 안고 살아가고 있었는지를 여실히 보여준다.

그렇게 어수선한 술자리를 끝내고 박용래와 작별 인사를 나눈 조남익은 집으로 가기 위해 버스정류장으로 향했다. 그런데 얼마 후 우연히 뒤를 돌아보니 박용래가 계속 뒤를 따라오고 있었다. 무슨 일인가 싶어 조남익이 그 자리에 가만히 서 있었더니, 박용래가 다가와서는 "그냥 헤어지기 안돼서 왔어……"라고 하는 것이었다. 술자리에서 조남익에게 심술을 부린 것이 미안하고, 그와 좀더 시간을 보내기 위해서 그렇게 조용히 뒤를 따라왔던 것이다. 그만큼 박용래는 매사에 감성적이고 다정다감하며 시인을 좋아하는 사람이었다.

조남익은 그후 대전고등학교로 옮기면서 박용래를 가까이서 더 자주 만나게 되었다. 박용래가 갑자기 세상을 뜬 뒤 그의 시비 건립이 추진될 때 그는 누구보다 그 일에 앞장섰고, 시비 제작을 위한 모금에도 가장 적극적으로 나섰다. 그는 1989년 『시문학』 2월호에 박용래를 기리는 시를 발표하기도 했다.

서리 내려야
비로소
시 쓰던 사람

그의 초가지붕에
된서리 내리면

술 끊고
시 쓰던 사람

서슬 퍼런
하늘가
멀리 가버린 사람
늦가을 구절초에 떴다

그가 남긴
찬서리 한 홉
시에 녹고 남은
한 홉에서

줄지어 선
사람들이 서성거리고
끝을 알 수 없는
바람이 오고 있다

                —조남익, 「박용래」 전문

    조남익이 등단한 이듬해인 1967년에는 대전 출신의 홍희표가 『현대문학』 추천을 완료했다. 그를 추천한 심사위원도 신석초였다. 홍희표는 1946년생으로 조남익보다 열한 살이 어린 스물두 살의 젊은 문사였다. 그는 대전 신흥중학교에 다닐 때 임강빈을 은사로 만나 시를 쓰기 시작했고, 보문고등학교에 다닐 때에는 '판도라'라는 문학 동아리를 만들어 이끌며 전국 백일장에서 여러 번 입상하였다. 당시 보문고등학교 교장은 이재복 시인이었다. 홍희표는 동국대 국문학과 재학중에 『현대문학』 추천으로 등단했다.

홍희표는 고등학교 시절부터 여러 문학 행사에 참석했는데, 그 자리에서 박용래를 만난 적이 있었다. 하지만 그가 스물한 살이나 나이차이가 나는 어른인데다 기인 같은 사람이라고 여겨서 가까이 다가가지는 못했다. 당시 박용래는 학교 교사도 때려치우고 직업도 없이 집안에 틀어박혀 시만 쓰고, 장발에다 술만 마시면 아무나 붙잡고 꺼이꺼이 울먹이는 이로 소문이 나 있었다.[2] 그런 모습이 고등학생 홍희표에게는 거리감이 느껴졌던 것이다. 홍희표가 박용래와 가까워진 것은 『현대문학』에 추천이 완료된 직후였다.

현대문학 3회 추천이 끝나고 잡지 선배 추천 시인에게 신고식을 드리지 않을 수 없었다. 만나자마자 우리는 베짱이와 까까중이 되어 이슬 같은 술을 마셨다. 박용래 시인은 막걸리든 소주든 녹차 마시듯 경건히 두세 번 꺾어 마시며 먼 하늘을 응시하곤 했다. 그 술 취하기 전의 모습은 도통한 거사 같았다. 그러나 그 순간이 지나면 그는 소리 없이 하늘을 쳐다보면서 흑흑거리다 나중에는 상대편을 노려보며 꺼이

2) 홍희표, 「울보 시인 박용래」, 『글의 길과 길의 글』, 종려나무, 2003, 90쪽.

꺼이 울어제친다. 그 도통했던 거사가 콧물 눈물 범벅이 된 각설이가
되어버린다. 나의 첫번째 만남도 그렇게 눈물범벅으로 끝났다.[3]

홍희표 시인은 박용래의 술버릇을 두 가지로 묘사하고 있다. 취하
기 전은 도통한 거사 같고, 취한 이후에는 눈물 콧물 범벅이 된 각설
이 같다는 것이다. 술 취하기 전이 시인 박용래의 모습이라면 술 취한
이후는 인간 박용래의 모습이었을 것이다. 그날 홍희표는 박용래가
지닌 고상한 시인의 풍모와 지극히 인간적인 모습을 한자리에서 목
격하였다. 초면의 새까만 후배 시인 앞에서 스스로를 완전히 무장해
제하는 이에게 어떻게 연민과 매력을 느끼지 않을 수 있을까. 홍희표
는 곧바로 박용래를 좋아하게 되었고, 박용래는 까마득히 어린 후배
시인을 둘도 없는 친구처럼 대했다.
홍희표는 대학 졸업 후 고향으로 돌아와 모교인 보문고등학교에서
교사로 근무하였다. 이때의 제자 중 한 명이 이은봉 시인이다. 홍희표
는 1974년 서울 선일여자고등학교로 전근했는데, 그사이에 공백기가
있어 잠시 실직 상태로 지내는 동안 매일같이 박용래의 집으로 와서
하루종일 시간을 보냈다고 박용래의 자제들이 전한다. 박용래가 늘
집에 있었기 때문에 홍희표로서는 그와 함께 문학 이야기를 나누고
시를 배울 수 있는 더없이 귀중한 기회였을 것이다. 박용래 역시 매일
찾아오는 홍희표를 반갑게 맞아 하루를 그와 함께 보냈다. 그러다 홍

---

3) 같은 글, 91쪽.

희표가 서울로 떠난 후부터 둘은 편지로 연락을 주고받았다.

　희표 사형? 첫눈이 오는 날 사형의 글월을 받고 행복감에 젖었으오.
반일을 젖었으오. 이제 새 주소에 이삿짐은 다 풀었으오? 예쁜 나리양
은 오늘도 고사리손으로 셈을 익히기 여념이 없겠고 어부인께서는 강
녕하시오?

　『현대시학』에 발표한 내게 주는 시는 눈을 비비며 읽었으오. 좋으나
궂으나 나의 주변 이야기에는 잔이 따르기 마련인가보오. 특히 종련終
聯의 '지난날이 그리울 뿐 못 견디게 미울 뿐 앞으로 기나긴 일월을 생
각하며 손을 비비오'는 담뿍 실감이 드는 구절로서 우리집 연이는 세
련미의 극치라 하오. 얼마 전의 조선일보 '수요시단'에서도 사형의 신
작을 음미했으오. 언제나 형의 시맥에서는 눈 속에 덮인 보리밭 같은
싱그러움을 느껴 이것은 나의 기쁨이요, 무한한 신뢰라오.

　동계 방학이 멀지 않았군…… 방학이 시작되면 달려오시오. 같이
손에 손을 잡고 잠시 겨울 나그네가 됩시다. 돈아들도 집에 있을 테니
농중의 새도 당분간은 자유의 몸이 될 게 아니겠으오(단 최소한도의
경비는 그대, 장자長子가 부담하시라!!) 농이 아닌 기대만이 자못 부풀
어 있으오.

　그리고 미당의 자작 시화전이 일주일간 이곳에서 성황였으오. 며칠
간은 나 혼자만의 축제 기분였다오. 이런 말 할까 말까 미당은, 짓궂은
선배는 '박용래'란 제목으로 시를 썼다 하오. 틈이 있으면 『문학사상』
정월호를 보아주시기 바라오.

만날 때까지 몸 건승하시고 오시는 대로 연락 주시오.

75년 첫눈 오는 날

편지에서 박용래가 말한, 홍희표가 『현대시학』에 발표한 시는 「성님 편지투」이며, 박용래가 스스로를 '농중의 새'로 지칭한 것은 편지 끝 대목에서 언급한 서정주의 시 「박용래」의 한 구절에서 온 것이다. 서정주는 이 시에서 박용래를 "지혜 있는 장 속의 시詩의 새"라고 칭하고 있다. 박용래는 편지에서 보이듯 삶과 문학이 하나로 통합되어 있었고, 홍희표는 그런 모습에 매료되어 그를 진정으로 존경했다. 홍희표는 2010년 시와시학상 작품상과 펜문학상을 수상한 이후 강웅순 시인과의 대담에서 "나는 충청도 변두리에 사는 눈물 많은 시인 한 사람을 무척 좋아했어요. 그는 짝퉁이 아닌 진짜 시인이었어요"[4]라고 말한 바 있다. 홍희표는 박용래의 모든 것을 시로 받아들였고, 그가 쓴 시어와 구절 하나하나를 소중히 여겨 그의 생활과 언어를 시로 재현해나갔다. 그는 「초례」라는 시를 필두로 박용래를 향한 헌시를 무수히 썼고, 그런 일념은 박용래 사후에도 지속되었다. 그는 그 시들을 묶어 『눈물점 박용래』라는 시집을 펴내기도 했다.

박용래도 생전에 홍희표를 향한 헌시를 쓴 바 있다.

어깨 나란히 산길 가다가 문득 바위틈에 물든 산호珊瑚 단풍 보고

4) 강웅순, 「소멸과 적멸의 공간」, 이은봉 엮음, 『홍희표 시인 연구』, 푸른사상사, 2011, 740쪽.

너는 우정이라 했어라. 어느덧 우정의 잎 지고 모조리 지고, 희끗희끗 산문山門에 솔가린 양 날리는 눈발, 넌 또 뭐라 할 것인가? 저 흩날리는 눈발을, 나 또한.

— 「산문山門에서 — 홍희표洪禧杓에게」 전문

이 시는 1978년 『현대시학』 12월호에 처음 발표되었고, 이듬해 11월에 간행된 시집 『백발의 꽃대궁』에 실렸다. 이 시에서 '산문'은 계룡산 동학사를 가리킨다.[5] 당시 홍희표는 서울 선일여고에서 환일고등학교로 옮겨 근무하고 있었는데, 주말이나 연휴, 방학 때면 대전으로 내려와 박용래와 함께 시간을 보내곤 했다. 이 시는 처음 『현대시학』에 '한翰'이라는 제목으로 발표되었다. 박용래는 이 시를 서울에서 생활하는 홍희표에게 보내는 편지로 생각한 것이다. 박용래에게 삶과 시는 늘 하나였다.

홍희표는 1980년 대전 목원대학교에 국문학과 교수로 부임하였고, 둘은 이제 서신을 주고받을 필요 없이 자주 만날 수 있게 되었다. 그러나 그해 11월 박용래는 갑작스러운 죽음을 맞이하고 말았다. 이듬해 박용래의 셋째 딸 박수명이 목원대 국문학과에 입학해 박용래와 홍희표의 인연은 대를 이어 계속되었다.

---

5) 홍희표, 「쉰다섯 소년 시인의 발자취 — 싸락눈과 먼 바다 사이」, 『눈물점 박용래』, 문학아카데미사, 1991, 86쪽.

1968년대 오류동 자택에서.
왼쪽부터 시인의 큰조카 박노훈, 박용래, 홍희표 시인.

시인의 비애와 좌절

　박용래는 조남익과 홍희표 등 갓 등단한 충남 출신의 신예 시인들의 인사를 받고 그들을 격려하며 대전의 선배 시인 노릇을 하고 있었지만, 정작 자신은 그 무렵 문단에서 외로운 시간을 보내고 있었다. 짧지 않은 기간 동안 모지母誌인 『현대문학』을 비롯해 중앙의 어떤 문예지로부터도 원고 청탁을 받지 못하고 있었던 것이다.

　박용래는 1956년 4월 추천 완료 이후 구 년 동안 『현대문학』에만 시를 발표하였다. 1956년 6월에 순문예지 『자유문학』이 창간되어 1963년 8월까지 발간되었고, 종합지도 일부 있었지만 이 잡지들에서는 『현대문학』 출신의 박용래에게 청탁을 하지 않았다. 그는 등단 이후 1960년까지는 한 해에 두세 차례씩 『현대문학』에 시를 발표했으나 1961년부터 1965년까지는 한 해에 한 차례씩으로 줄었고, 1966년부터 1968년까지는 아예 발표를 하지 못했다. 이것이 『현대문학』

출신 시인들에게 보편적으로 적용된 신작 발표 기준인지, 아니면 박용래에게만 해당되는 사례인지는 알기 어렵다. 물론 잡지 편집진으로서도 시간이 지날수록 새로이 등단하는 시인이 늘어나는 만큼 창간 초기의 등단 시인에게 지속적으로 발표 기회를 제공하기는 어려운 일일 것이다. 그렇다 하더라도 등단 이후로 발표 횟수가 점차 줄어든 것은 박용래에게는 뼈아픈 일이 아닐 수 없었다.

그렇게 『현대문학』의 시 청탁이 끊기고 몇 해가 지난 1968년 8월, 『현대문학』에서 '신문학 60년 기념 현역 시인 100인선'을 특집으로 기획한다. 1908년 『소년』지에 최남선이 「해에게서 소년에게」를 발표한 것을 기점으로 육십 년이 되는 해를 기념해 현역 시인 백 명의 신작을 싣는 기획이었다. 순문예지가 드물던 1960년대에 문단을 대표하는 잡지인 『현대문학』에서 현역 시인 가운데 백 명을 선정한다는 것은 시인들에게 지극히 예민한 일이 아닐 수 없다. 이를 의식하지 않을 수 없었던 『현대문학』 편집진도 '편자의 말'을 통해 시인 선정과 게재 과정에 대해 아홉 개 항목으로 나누어 자세히 밝혀두었다. 이에 따르면 선정위원은 신석초, 박목월, 김용호, 김수영, 박두진, 김윤성, 김종문, 김현승, 이동주, 박남수 열 명이었다. 이중 1차 회의에 불참한 박목월, 박남수 두 사람이 나중에 따로 열 명의 시인을 추가로 선정하였고, 2차 회의에는 김용호, 박목월, 박남수, 이동주가 불참하였는데 그중 김용호, 박목월은 그 회의에 권한을 위임했다고 밝혀져 있다. 눈길을 끄는 것은 박목월이 1, 2차 회의에 모두 불참하고 2차 회의에서는 권한을 모두 위임한 점이다. 잡지에는 1차 회의의 모습이 담긴 사진도 실려 있는데, 선정위원이 아닌 조연현이 참석한 것을 볼 수 있다. 아마도 그는 편집주간의 자격으로 동석한 것으로 보인다.

시와 시인에게 등수를 매기는 것은 부질없는 일이지만, 막상 당대 최고 권위의 문예지에서 시인 백 명을 선정하는 일이 벌어지면 그 명단에 모두 신경이 곤두설 수밖에 없다. 그런데 박용래는 그 명단에서 자신의 이름을 찾을 수 없었다. 반면 그와 가까운 사이이면서도 속으로는 경쟁의식을 품고 있던 한성기의 이름은 명단에 포함되어 있었다. 같은 충남 지역 출신인 임강빈과 그의 오랜 친구인 이종학의 이름도 있었다. 그는 땅이 꺼지는 듯한 슬픔을 느꼈다. 오류동 청시사에 정착하여 오직 시만 쓰며 지내던 그가 가진 것은 오직 '시인'이란 이름밖에 없는데, 그 이름이 『현대문학』의 '현역 시인' 목록에 없었으니, 그는 자신의 존재감을 상실한 것이나 마찬가지였던 것이다. 그는 비참했고, 『현대문학』이 원망스러웠다. 당시 그와 무척 가깝게 지냈던 홍희표는 당시 박용래가 받은 충격을 다음과 같이 그리고 있다.

그 무렵 현대문학지에서 특집으로 '현역 시인 100인선'을 하게 된다. 이곳 한밭에서도 한성기, 임강빈이 끼게 된다. 그러나 유독 용래 성님만 빠진다. 나도 기분이 나빴다. 하물며 시만 바라보며 사는 울보 시인에게는 말할 필요도 없을 것이다. 그 가을날, 그는 선술집에서 나를 안주 삼아 드디어 눈물을 터뜨렸다. "내 순정도 모르고, 이게 무슨 꼬라지니? 조연현, 제 놈이 무어길래, 희표야 나 이제 시 안 쓸란다. 너도 때려치어버려?" 하면서 긴 목을 흔들면서 장장 한 시간 정도를

울면서 푸념을 했다.[1]

박용래는 스물한 살이나 어린 후배 시인 앞에서 『현대문학』 편집 주간인 조연현을 향한 거친 험담을 쏟아내었다. 그만큼 그가 느낀 분노와 절망이 컸던 것이다. 술기운에 뱉은 말이기는 하지만, 더이상 시를 쓰지 않겠다는 것은 자신의 모든 것을 버리겠다는 말과 다름없었다. 그는 비통함에 젖은 채 연말을 맞았고, 『현대문학』으로부터는 여전히 아무런 연락이 없었다.

한편, 이해에는 박용래의 둘째 딸 박연의 그림이 초등학교 5, 6학년 미술 교과서에 실리는 일이 있었다. '회화' 단원의 '보고 그리기' 소단원에 파스텔화 두 점이 실린 것이다. 하나는 바구니에 담긴 세 개의 배를, 다른 하나는 군자란 화분을 그린 것으로, 그 전해 박연이 초등학교 3학년일 때 그린 것이었다. 당시 박용래와 가까웠던 이종학 시인이 문교부 편수관으로 일하고 있었는데, 평소 박연의 그림을 눈여겨보았다가 교과서를 만들 때 추천한 것이다. 박연은 어려서부터 그림 실력이 출중했고 특히 사물에 대한 묘사력이 뛰어났다. 박용래는 자신의 그림 소질이 둘째에게 전해진 것을 확인하고는 더없이 기뻐했고, 만나는 사람들마다 이 일을 자랑했다. 이 일은 그해에 박용래의 삶을 지탱해준 큰 위안이었다.

---

1) 홍희표, 「쉰다섯 소년 시인의 발자취—싸락눈과 먼 바다 사이」, 92쪽.

문단의 다변화와 운명의 미소

1969년 새해가 밝을 때까지 여전히 원고 청탁은 없었다. 이대로 끝나는 것일까. '현역 시인 100인'에 이름이 빠진 채로, 시를 계속 발표하지 못하게 된다면 시인으로서의 존재감은 사라지고 만다. 시인이란 시를 쓸 때만 비로소 시인인 것이다. 더이상 마냥 기다릴 수만은 없었다. 어떻게든 시를 발표할 수 있는 방법을 모색해야 했다. 그는 평소 선생으로 모시며 여러 일을 상의하고 의지하던 박목월 시인에게 새해 인사 편지를 쓰면서 자신이 쓴 작품을 동봉해 보냈다.

박목월 선생님 귀하

지난해는 너무나도 격조하였습니다.
선생님 새해 안녕하십니까.

사모님께서도 안녕하십니까.

댁내 두루 안녕하십니까.

늘 심려해주시는 덕분으로 저도 그리고 아이들도 이렇다 사고 없이
지냅니다.

여기 졸작을 두 편 동봉했습니다.

「겨울밤」은 지난번 선생님께 뵈여드린 것인데 아직 발표가 안 되었
습니다. 구작이기는 하나 제대로히 미련이 있습니다. 「작은 물소리」와
함께 『현대문학』지에 발표해주시면 더욱 생광生光이겠습니다.

내내 선생님의 건승을 빌겠습니다.

정월 5일

박용래 올림

겨울밤

박용래

잠 이루지 못하는 밤

고향故鄕집 마늘밭 눈은 쌓이리

잠 이루지 못하는 밤

고향故鄕집 추녀밑 달빛은 쌓이리

잠 이루지 못하는 밤

발목을 벗고 물을 건느는 먼 마을

고향故鄕집 마당귀 바람은 잠을 자리

작은 물소리
박용래

푸르른 달밤 풀벌레 울음 멎고
낮게낮게 흐르는 물소리
멀어졌다 가까워졌다 침상沈床 밑바닥을
환幻이 굴리는 회한悔恨의 작은 물소리
속삭이듯 흔들리어
이제는 귓속에까지 들어와 비틀거리는
아, 물소리 풀벌레 소리

신년 안부 인사로 보낸 편지이지만 실상은 자신의 작품을 『현대문학』에 실어달라는 부탁이었다. 1969년 1월 8일자 소인이 찍힌 편지 봉투에는 '원고 재중'이라는 표시까지 되어 있다. 「겨울밤」은 앞서 언급한 바 있듯이 습작 시기인 1953년에 쓰인 시인데, 이전에도 박목월에게 보인 적이 있었으나 발표 기회를 얻지 못한 작품이었다. 편지의 내용을 보면 그가 이 작품에 대한 애착이 컸음을 알 수 있다. 그는 오랜 공백 후에 스스로 만족할 만큼 잘 쓰인 시라고 생각하는 작품을 세상에 내보임으로써 시인으로서의 존재감을 드러내고 싶었던 것이다. 함께 보낸 또 한 편의 시 「작은 물소리」는 훗날 시집 『싸락눈』에 처음 실렸는데, 시인이 보관하고 있던 시집에 1967년 10월에 창작한 것이라는 메모가 있다. 시집의 메모를 보면 이 시 외에도 「정물靜物」 「세모歲暮」 등의 작품이 원고 청탁을 받지 못한 이 무렵에 쓰였음을 알 수 있다. 그는 청탁이 끊어진 기간에 쓴 작품 가운데 가장 최근의 것과 스스로 가장 잘 썼다고 생각한 것을 골라 박목월에게 보낸 것이다. 그러나 두 작품은 끝내 『현대문학』에 실리지 못했다. 기다리다 지친 그는 문단에 대한 회의와 절망에 빠져들었다.

한편, 그 무렵 문단 한편에서는 새로운 바람이 일고 있었다. 1968년 9월 한국문인협회 기관지인 『월간문학』이 창간된 것이다. 편집 주간은 김동리가 맡았다. 당시 문인협회 이사장은 박종화였고 부이사장은 김동리, 모윤숙, 서정주였다. 『월간문학』의 창간은 문단이 다변화되어가는 출발점이었다. 이 조그만 움직임이 박용래에게는 희망의 싹이 된다. 그렇게 기다리고 기다리던 『현대문학』 대신, 신생지 『월간문학』에서 1969년 4월호 원고 청탁을 받게 된 것이다. 1965년 1월 이후 사 년 만에 받는 원고 청탁이었다. 그는 이 지면에 훗날 그에게 명성을 안겨준 시 「저녁눈」을 송고한다.

그리고 그달 문단에 또하나의 의미 있는 움직임이 일어난다. 1969년 4월 순수 시 전문지 『현대시학』이 창간된 것이다. 사실 '현대시학'이라는 제호의 문예지가 처음 창간된 것은 1966년 2월이었는데, 이 잡지는 그해 10월 통권 9호로 종간되었다. 당시 발행인은 김충남, 주간은 김광림이었다. 1969년 창간된 『현대시학』은 송준환을 발행인으로 하고 전봉건이 주간을 맡은, 이전의 잡지와는 무관한 문예지였다.

다만 편집후기에서는 이전의 『현대시학』을 발간하던 김광림의 정신을 이어나갈 것이라고 밝히고 있었다.[1] 새로 창간된 『현대시학』의 편집위원은 박두진, 박목월, 박남수, 구상, 김춘수, 전봉건이었으며, 잡지의 얼굴이라고 할 수 있는 표지의 제자題字는 김구용이 맡았다. 『현대시학』은 발간 이후 오늘날까지 오십 년 넘게 지속되면서 우리 현대시의 발전에 크게 기여해오고 있다. 이 잡지는 지금까지 우리나라에서 가장 오래된 시 전문지이다.

불행이 축적되어 연속적으로 나타나듯이, 행복도 예비되고 쌓인 뒤 여러 번에 걸쳐 모습을 드러낸다. 박용래가 『월간문학』 1969년 4월호에 시 「저녁눈」을 발표하고 같은 달 『현대시학』이 창간된 것은 우연한 일이지만, 이 두 가지 우연이 겹쳐 박용래의 시적 생애에 결정적인 사건으로 작용하게 된 것이다. 『현대시학』은 이듬해 창간 1주년을 맞아 '현대시학작품상'을 제정하면서 『현대시학』이 창간된 1969년 4월부터 1970년 4월까지 일 년 동안 문예지에 발표된 작품을 대상으로 삼았다. 여기에 박용래의 시 「저녁눈」이 수상작으로 결정되었다. 만약 이 작품이 1969년 4월 이전에 발표되었거나 『현대시학』이 1969년 4월 이후에 창간되었다면 「저녁눈」은 이 상의 대상에서 제외되었을 것이니, 그해 행운의 여신은 박용래에게 미소를 짓고 있었던 것이다.

박용래는 「저녁눈」을 발표하고 두 달 후인 1969년 6월 첫 시집 『싸

---

1) 『현대시학』 1969년 4월호, 86쪽.

락눈』을 간행하였다. 문예지에 시를 발표하는 것이 시인으로 활동하고 있음을 나타내는 증명이라면, 시집 출간은 시인으로서의 존재와 정체성을 공식적으로 널리 알리는 일이다. 첫 시집 출간으로 그는 사년간의 공백을 완전히 씻어내게 되었다.

첫 시집 『싸락눈』

  박용래의 첫 시집 『싸락눈』의 간행에는 여러 사람의 도움이 작용하였다. 그중 첫째는 박목월 시인이다. 박목월은 1969년 2월 한국시인협회 10대 회장에 취임한 이후 '오늘의 한국시인집' 24권을 기획해 펴냈는데, 『싸락눈』이 이 가운데 한 권으로 출간된 것이다.

  박목월이 이 시인집을 기획할 수 있었던 것은 박정희 대통령의 영부인 육영수 여사의 후원 때문이었다. 박목월은 1963년 11월부터 육영수 여사의 문학 가정교사를 하고 있었다. 처음 청와대에서 제의를 받고 박목월은 깊은 고민에 빠졌는데, 아내가 청을 받아들이라고 간곡하게 권해서 응하게 되었다. 그후 박목월이 한국시인협회장에 선출되었을 때 육영수 여사가 시인들에게 가장 어려운 점이 무엇이냐고 물어서 그가 시인들에게는 자신의 시집을 갖는 것이 가장 큰 소망이라고 대답했고, 그 말에 여사가 돕겠다고 한 것이다. 다만 자신이 도왔다는 사실이 세상에 알려지지 않도록 해달라는 것이 조건이었다고 한다.[1] 그래서 박용래의 시집『싸락눈』을 포함해 '오늘의 한국시인집' 맨 뒷면에는 "어느 고마운 분의 뜻을 받들어 한국시인협회서 이 시집을 펴내게 되었습니다"라는 감사의 글이 실려 있다. 김종길의 첫 시집『성탄제』, 김종삼의 첫 시집『십이음계』, 박성룡의 첫 시집 『가을에 잃어버린 것들』, 허만하의 첫 시집『해조海藻』, 이승훈의 첫 시집『사물 A』 등 지금은 고전이 된 주옥같은 시집들이 이 시리즈로 간행되었다. 박목월은 이듬해에는 '현대시인선집' 29권을 펴냈다. 두 차례에 걸쳐 진행된 이 시집 시리즈는 우리 시단과 출판계에 큰 자극을 주었고, 이후 1974년 민음사에서 '오늘의 시인 총서'가 간행되고, 이듬해인 1975년 창작과비평사에서 '창비시선'이, 그리고 1978년 문학과지성사에서 '문학과지성 시인선'이 간행되었다.

박용래는 원래 첫 시집의 제목을 '저녁눈'으로 하려고 했는데, 부인 이태준 여사가 박용래의 시는 짧고 싸라기처럼 옹골차니 '싸락눈'으로 하는 것이 좋을 것 같다고 해서 '싸락눈'으로 정했다고 한다.[2] 『싸락눈』의 장정은 화가이자 시인인 김영태가 맡았다. 겉표지는 아래 삼분의 이가 그림으로 채워져 있고, 상단에 시집 제목과 함께 박용래의 이름이 한자로 인쇄되어 있다. 그림은 미국의 추상표현주의 화가

---

1) 정규웅, 『글 속 풍경 풍경 속 사람들─정규웅의 문단 뒤안길』, 이가서, 2010, 208~209쪽; 민윤기, 「이 한 장의 사진, 박목월 시인과 육영수 여사의 인연」, 『월간 시』 2020년 8월호, 78~79쪽.

2) 이문구, 「싸락눈 시인 박용래의 정한에 찬 삶─호박잎에 모이는 빗소리」, 『여고시대』 1982년 4월호, 274~275쪽.

잭슨 폴록의 작품을 연상시키는 붉은 톤의 추상화이다. 어지럽게 뒤섞인 여러 색깔의 물감이 묘한 질서를 이루며 매혹적인 아름다움을 느끼게 한다. 겉표지 안쪽의 갈색 하드커버에는 김영태의 그림이 그려져 있다. 마치 스위스의 추상화가 파울 클레의 작품처럼 단순한 기호적 형상으로 이루어진 그림은 보기에 따라 의자나 피아노, 혹은 첼로를 켜는 사람처럼 보이기도 한다. 첫 시집의 이와 같은 장정은 그림을 좋아하는 박용래에게는 시집 출간 못지않게 좋은 선물이었다. 표지 안쪽에는 박용래의 사진이 있고 그 아래 적힌 약력에는 박용래 시에 대한 간략한 소개가 덧붙어 있는데, 첫 시집의 시적 특징이 적절하게 드러나 있어 눈길을 끈다.

꽃이나 어린 나뭇잎처럼 순결한 시어와 일월의 운행처럼 흔적 없는 가운데 빛방울로 이어가는 그의 시정신.
8·15 이후 등단한 시인 중 누구보다도 행간의 여백을 추구하고 있는 시인이다.

시집에는 총 35편의 시가 실려 있다. 『동백』에 첫 시를 발표한 지 이십삼 년 만에, 중앙 문단에 데뷔한 지 십삼 년 만에 내는 시집이고, 그의 나이 마흔다섯에 내는 첫 시집이었다. 그럼에도 그는 『싸락눈』을 아주 단출하게 꾸미면서 등단 이전에 발표한 작품들, 즉 『동백』 『호서문학』, 동방신문 등에 실린 시들은 모두 싣지 않았다. 다만 등단 전에 쓴 「겨울밤」은 앞서 밝혔듯 그가 특별히 아꼈으나 발표할 기회를 얻지 못한 작품이어서 시집에 실었고, 그 외에 1965년 1월 이후에 써놓았으나 청탁이 없어 발표하지 못한 일부 작품도 함께 실었다.

무엇보다 그는 수록된 시의 완성도에 심혈을 기울였다. 시집을 엮을 때 문예지 등에 발표한 기존 작품을 수정하는 것은 거의 모든 시인들이 마찬가지이지만, 박용래의 경우는 더욱 광범위하고 엄격한 수정을 거쳤다. 시집에 처음 수록된 신작 8편을 제외한 수록작 모두가 처음 발표본과 다르게 수정되었다. 심사를 거쳐 추천을 받은 등단작 「가을의 노래」도 시집에 실을 때 마지막 행의 감탄사 "아아"를 삭제하는 등 부분적으로 수정하였다. 앞 장에서 살펴본 「겨울밤」의 경우도, 시집을 발간하기 몇 개월 전에 박목월에게 회심의 작품으로 보인 것임에도 시집에 수록하면서 수정을 거쳤다.

잠 이루지 못하는 밤
고향故鄕집 마늘밭 눈은 쌓이리
잠 이루지 못하는 밤
고향故鄕집 추녀밑 달빛은 쌓이리
잠 이루지 못하는 밤
발목을 벗고 물을 건느는 먼 마을
고향故鄕집 마당귀 바람은 잠을 자리

잠 이루지 못하는 밤 고향집 마늘밭에 눈은 쌓이리.

222

잠 이루지 못하는 밤 고향집 추녀밑 달빛은 쌓이리.

발목을 벗고 물을 건너는 먼 마을.

고향집 마당귀 바람은 잠을 자리.

앞의 작품은 박목월에게 보낸 것이고, 뒤의 작품은 시집에 수록된 것이다. 앞에서는 "잠 이루지 못하는 밤"이 세 번에 걸쳐 반복되는데 뒤에서는 세번째를 삭제하였고, 행 구성을 새로이 하여 형태를 크게 바꾸었으며, 1행의 "마늘밭"을 "마늘밭에"로 수정한 것을 볼 수 있다. 전체적으로 보아서는 부분적인 수정이지만 그로 인해 시가 더욱 단출해지고 여백이 늘어났으며, 그것이 시의 의미와 정서를 풍부하게 만들어 완전히 다른 시가 되었다. 다른 시들도 이처럼 행과 연의 구분을 바꾼 경우가 많아, 그가 시에서 형태를 매우 중시했음을 보여준다.

수록 시의 수정과 관련하여 특히 주목되는 것은 「저녁눈」이다.

늦은 저녁때 오는 눈발은 말집 호롱불 밑에 분비다

늦은 저녁때 오는 눈발은 조랑말 발굽 밑에 분비다

늦은 저녁때 오는 눈발은 여물 써는 소리에 분비다

늦은 저녁때 오는 눈발은 변두리 빈터만 다니며 분비다
                    ─「저녁눈」, 『월간문학』 1969년 4월호

늦은 저녁때 오는 눈발은 말집 호롱불 밑에 붐비다

늦은 저녁때 오는 눈발은 조랑말 발굽 밑에 붐비다

늦은 저녁때 오는 눈발은 여물 써는 소리에 붐비다

늦은 저녁때 오는 눈발은 변두리 빈터만 다니며 붐비다
                        ─「저녁눈」, 『싸락눈』

　처음 『월간문학』에 발표할 때는 '분비다'로 쓴 것을 『싸락눈』에 수록할 때에는 '붐비다'로 수정하였다. '분비다'는 '붐비다'의 충청 방언이다. 처음 시에서는 자신의 고향 언어를 사용했고 시집에 수록하면서 표준어로 바꾼 것이다. '분비다'와 '붐비다'는 어감의 차이가 크다. '붐비다'라는 말의 음상音像에는 꽉 찬 눈발이 가득 모여 있는 느낌이 있다. 음절 하나의 차이가 시의 정서를 획기적으로 바꾼 것이다.
　한편, 동사 '분비다' '붐비다'를 현재형 '분빈다' '붐빈다'로 쓰지 않고 기본형으로 쓴 점도 절묘하다. 시제를 나타내지 않는 동사의 기본형으로 인해 이 시의 풍경은 무시간적이고 정태적인 것이 되어 한 폭의 그림으로 전시된다. 그 안에 담긴 사물들 역시 동작을 멈추고 정지한 그림으로 보여짐으로써 그 질감이 더욱 생생히 드러나고, 그 위로 내리는 눈도 한결 포근한 느낌을 준다. 그리하여 늦은 저녁, 변두리의 허름한 말집에 내리는 눈발이 가난한 살림살이를 위무하는 따뜻함으로 다가오는 것이다.

박용래는 『싸락눈』을 펴내면서 시의 내용과 형태뿐 아니라 제목도 적잖이 수정했다. 「소묘素描 ─ 마을」이란 시는 「옛 사람들」로, 「오후午後」는 「해바라기」로 제목을 바꾸었다. 기존의 발표작을 시집에 수록하면서 제목을 완전히 바꾸는 것은 흔한 일은 아니다. 나아가 박용래는 시집이 출간된 뒤에도 자신의 소장본에 「세모歲暮」라는 시의 제목을 '장갑'으로 수정해놓기까지 했다. 시집이 나온 이후에도 작품의 완성도를 더 높이기 위해 끊임없이 매만졌던 것이다.

시집이 출간된 직후 『현대시학』 1969년 10월호에 『싸락눈』에 대한 김광림 시인의 서평이 실렸는데, 이 글에서 김광림도 이 시집의 시편들이 "담담한 심경을 소박하게 표현하고 있지만 언어에 대한 배려는 차라리 극심한 편이다"[3]라면서 박용래의 엄격한 언어 구사를 짚어내고 있다.

---

3) 김광림, 「흙담가에 피어난 군자란」, 『현대시학』 1969년 10월호, 63쪽.

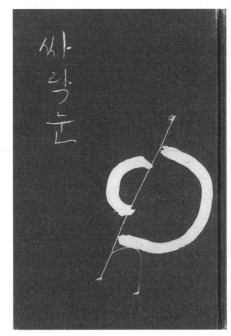

시집 『싸락눈』의 겉표지와 속표지.

제1회 현대시학작품상

박용래는 첫 시집 『싸락눈』을 간행한 후로 매우 활발하게 시를 발표한다. 먼저 『현대문학』 1969년 8월호에 시 「삼동三冬」을 발표했는데, 1965년 1월의 마지막 발표 이후 사 년 칠 개월 만이었다. 그런데 이 시는 두 달 전에 간행된 시집 『싸락눈』에 실린 작품이다. 발표 지면이 한정되어 있던 당시에 두 달 간격으로 동일한 작품을 중복 발표한 것은 의아한 일이 아닐 수 없다. 아마도 박용래가 이 작품을 먼저 『현대문학』에 보냈다가 발표되지 않아 시집에 실었고, 『현대문학』에서 뒤늦게 게재한 것이 아닌가 짐작된다.

이어 11월에는 『현대시학』에 「그 봄비」, 동아일보에 「담장록錄」을 발표하고, 12월에는 『월간문학』에 「강아지풀」을 발표한다. 1969년 한 해에 시집 출간과 함께 네 편의 시를 문예지와 일간지에 발표한 것이다. 그러나 이것은 시작에 불과했다. 이듬해인 1970년에 접어들어 그의 시 발표는 더욱 늘어난다. 1월 『현대문학』에 「들판」을 발표한 것을 시작으로 4월 『현대시학』에 「소감小感」 「친정親庭달」 「울안」 「능선稜線」 네 편을 발표해 4월까지만 다섯 편을 발표한 것이다.

이러한 왕성한 활동에는 『월간문학』과 『현대시학』 등 새로운 지면의 확대, 특히 시 전문 월간지인 『현대시학』의 창간이 큰 영향을 미쳤을 것이다. 하지만 주목해야 할 것은 이 시기 그의 시작詩作이 단지 양적으로 늘어나기만 한 것이 아니라는 점이다. 이 기간에 발표한 시 가운데 「저녁눈」 「그 봄비」 「강아지풀」 「삼동」 등은 모두 그의 대표작으로 꼽히는 절창이며, 다른 작품들도 무척 높은 완성도를 보여준다. 그는 이 시기에 접어들어 가히 시 창작의 절정에 오르고 있었던 것이다.

그리고 그해 4월, 『현대시학』에서 창간 1주년을 기념해 현대시학작품상을 제정했다. 상금은 시조시인 이영도가 유치환으로부터 받은 편지를 모아 펴낸 서한집 『사랑했으므로 행복하였네라』(중앙출판공사, 1967)의 인세를 현대시학사에 기금으로 위탁하여 마련되었다. 심사는 앞서 살펴보았듯 『현대시학』이 창간된 1969년 4월부터 1970년 4월까지 문예지에 발표된 시를 대상으로 하였으며, 심사위원은 박남수, 정한모, 김종길이 맡았다. 1970년 6월에 진행된 심사에서 박용래의 「저녁눈」 「능선」이 수상작으로 결정되었고, 공식 발표는 『현대시학』 1970년 8월호 지면을 통해 이루어졌다.[1]

---

1) 『현대시학』 1970년 8월호, 43쪽. 박용래에 대한 여러 책에서 현대시학작품상 수상작으로 「저녁눈」만 언급하고 있는데, 『현대시학』에 실린 결정문에는 「저녁눈」 「능선」

해당 호에는 수상작 결정문에 이어 「저녁눈」과 「능선」의 전문이 실려 있는데, 이중 「저녁눈」은 『월간문학』 1969년 4월호 발표작이 아닌 시집 『싸락눈』 수록작으로 게재되어 있다. 앞에서 박용래가 이 작품을 시집에 실으면서 '분비다'를 '붐비다'로 수정한 사실에 대해 설명한 바 있는데, 박용래와 심사위원들 모두 수정한 작품이 완성도가 더 높다고 판단했음을 확인할 수 있다.

심사위원 세 명의 심사 소감은 아래와 같았다.

박남수

우리는 많은 문학상을 가지고 있고 상금도 결코 적지 않은 것이지만, 이 상들이 잘 운영되고 있지는 못하다는 것이 일반적인 평이다. 그래서 심사위원회는 편파성을 배제하고, 사람에게가 아니라 작품에 상을 주어야 한다는 원칙에 합의를 보았다.

먼저 수상 대상자를 뽑아본 결과 김춘수의 「처용단장」, 한성기의 「새」 등 일련의 작품, 박용래의 「저녁눈」 등 일련의 작품, 고은의 「바다의 무덤」, 이수익의 「나의 비밀」 등 일련의 작품 등이었다.

이중에서 「처용단장」은 제1부가 끝났을 뿐만 아니라 아직 미완성의 작품이고, 한성기, 이수익 등은 너무 소품이어서 다음 기회로 넘기기로 하고, 고은의 작품은 부분 부분에 빛나는 것이 있으나, 전체적으로는 분열 현상을 보이고 있다 하여 할애하였다. 박용래의 작품들은 온

두 편이 수상작으로 명시되어 있다.

건하면서도 부단히 제 세계를 발전시키고 있을 뿐만 아니라 작년 일 년 동안에 가장 진전이 있은 시인이었다는 점에서 심사위원 간에 완전 합의를 보았다.

정한모

현대시학사에서 제정한 제1회 작품상 심사 위촉을 받고 아무래도 적임이 아닐 것 같아 주저했지만 다른 심사위원들도 있고 해서, 그분들에게 조력이라도 하고자 수락하였다.

이번 심사의 과정과 결과는 대단히 원만했다고 본다. 심사위원들이 각자 천거한 후보의 명단을 놓고 다시 천거 작품과 해당 기간에 발표한 다른 작품도 참고하면서 의견을 교환하고 대상자를 정선해갔다. 몇몇 젊은 시인들도 후보에 올라 여러모로 검토되었다.

김춘수, 박용래, 한성기 등 제씨를 마지막 대상으로 놓고, 이분들이 일 년 동안 발표한 작품들에 대하여 다시 진지한 검토와 의견 교환이 있었다.

김춘수의 장시 「처용단장」(제1부)은 잃어버린 시간 속에 명멸하는 사상들을 찾아서 그 시간과 이미지를 편마다에 재구성해가는 연작시로서 연작시인 만큼 아직 연재가 계속중이라 하더라도 충분히 작품상의 대상이 될 수 있다는 의견도 있었다. 그러나 제2부 또는 제3부로 전개될 이 장시의 미래적 가치를 더 소중히 아끼는 뜻에서 보류하는 것이 좋겠다는 합의가 이루어졌다.

박용래씨는 오랫동안 안정된 자기 세계 속에서 한국의 생활과 말을 한국의 정서로 순화시켜 잔잔하고도 깔끔하게 노래해온 시인이다. 작년에 나온 시집 『싸락눈』은 그러한 이 시인의 업적을 한 권으로 묶어 놓은 셈이다.

더욱이 작금년에 걸쳐 왕성하게 발표되고 있는 작품에서 과거의 자기 세계에 탐닉하지 않고 새로운 경지를 뚫고 나가고자 하는 새금파리 같은 활력의 번득임을 보여주고 있는 가능성이 특히 작품상의 초점이 되었다.

한성기씨의 든든한 재기, 임강빈씨의 조용한 듯 알찬 정진에 대해서도 천거된 바 있었다.

김종길

작품상이란 해당 기간 동안에 발표된 가장 우수한 한 편의 작품에 대하여 수여되는 상으로 우선 생각된다. 이론적으로 그러한 작품이 있을 수 없는 것은 아니나 실지에 있어서 그러한 작품을 골라내기란 여간 어려운 일이 아니다.

제1회 시상이 되는 이번의 경우 작년 4월 이후 금년 4월까지 발표된 작품 중에서는 적어도 그러한 한 편의 작품을 선정할 수는 없을 것 같았다.

그래서 우리는 그 기간 동안에 주목할 만한 작품활동을 한 시인을 몇 사람 골라 한 사람씩 평가의 대상으로 삼았다. 그중에서 필자가 특히 유력한 후보로 생각한 시인은 김춘수씨와 박용래씨이다.

김춘수씨의 「처용단장」은 「타령조」에서의 실험의 연장이면서 그것의 안정이라는 점에 대충 심사위원들의 의견이 일치했고 그 시적 수준도 높이 평가되었으나 아직도 발표가 진행되고 있는 중이어서 이번에는 수상을 보류하자는 의견이 지배적이었다. 그리하여 작년에 처음을 시집을 내고 활발한 작품 발표가 있었을 뿐만 아니라 시단의 시류에서는 오히려 초연하여 또렷한 개성을 지닌 시세계를 보여준 박용래씨에게 첫번째의 영광을 돌리기로 한 것이다.

시가 별로 의미도 없이 어려워지고 있는 우리 시단의 시류에 대하여 박용래씨의 진솔한 시는 그 자체 좋은 해독제이며 시의 본원적인 자태의 예시라는 점에서도 또한 우리의 결정은 헛되지 않으리라 믿는다.[2]

심사에서 유력하게 언급된 시인은 김춘수, 한성기, 박용래, 고은, 이수익, 임강빈 등이고 최종적으로 김춘수와 박용래 가운데 박용래를 수상자로 선정하는 데 세 심사위원이 모두 완전한 의견 일치를 보았음이 심사 소감에 드러나 있다. 특히 한두 작품의 완성도만이 아니라 한 해 동안의 작품활동이 심사에서 크게 고려되었으며, 세 심사위원 모두 박용래의 첫 시집 『싸락눈』과 그 이후의 왕성한 활동에 주목했음을 알 수 있다. 박용래의 시가 절정에 이르러가는 시기에 때마침 현대시학작품상이 제정되어 그에게 수상의 영광이 돌아간 것이다. 그것은 박용래뿐 아니라 『현대시학』으로서도 행운이었다. 박용래의

---

2) 같은 책, 48~49쪽.

절정기의 명시 「저녁눈」이 현대시학작품상의 첫번째 수상작이 됨으로써 신생지의 권위와 명성도 단번에 높아질 수 있었기 때문이다.

박용래는 현대시학작품상의 수상 소감을 다음과 같이 시적으로 적어냈다.

어린 날을 금강 하류에서 보냈다. 긴 겨울이 가고 잔설이 녹으면 강물은 지면보다 먼저 부풀어 온통 감빛으로 반짝였다. 추위가 풀리는 물소리를 들으며 곧잘 강변을 혼자서 걸었다.

이른봄. 우연히 그 강변 삘기풀 사이에서 발견했던 처음 핀 민들레꽃 몇 송이의 감동을 영 잊을 수가 없다. 삘기풀 줄기를 씹으면 온몸에 스며들던 향긋한 냄새. 해 질 무렵, 풀빛 물든 손에 민들레꽃 몇 송이를 꼭 쥐고 힘껏 달리던 높은 둑길. 갈대 뿌리에 지던 노을은 고왔다. 유난히도 갈대숲이 사운대는 마을이었다.

흩어졌다 모여들던 까마귀떼도 뒤뜰에 호젓한 대싸리나무도 고샅길 안까지 가득했던 개구리 울음도 아직은 잊을 수 없다.

그 마을. 언제나 반쯤은 둠벙에 묻힌 듯한 적막. 그런 먼 기억 속에 살아왔다.

현대시학사가 제정한 '작품상'의 수상자로 결정되었다는 통지를 받고 한동안 당황하였다. 전연 생각지도 못했던 일인 만큼.

고 이장희 같은, 고 윤동주 같은 시 한 줄 못 쓰고 부끄럽다. 그러나 심사위원들이 시골 사람에게 주시는 격려의 채찍일 바에야―.

맑은 날보다 비 오는 날이 좋았다. 비 오는 날보다 눈 오는 날이 더 좋았다. 과거는 모두가 아름답고 허망하였다.

오늘따라 푸르름이 나부끼는 버드나무의 원경이 눈물겹도록 가까이 다가온다.[3]

박용래는 수상 이후 일약 문단의 스타가 되었다. 특히 수상작「저녁눈」이 크게 조명을 받아 일반 독자들에게도 널리 알려지게 되었다. 그의 둘째 자제 박연은 현대시학작품상 수상 이후 한동안 시인과 독자들이 보낸 편지가 우편함에 넘쳐 바닥에 쌓일 지경이었다고 전한다. 박용래는 더욱 의욕적으로 창작을 이어나가 그해『현대문학』과『현대시학』등에 네 편의 시를 더 발표했고, 12월에는『여성동아』에 시「하관下棺」을 발표하였다. 대중적인 종합지인『여성동아』에 시가 실린 것은 그만큼 일반 대중에게 그의 이름이 널리 알려졌음을 방증한다.

---

3) 같은 책, 46쪽.

시상식 풍경

1970년 9월 12일.

서울 태평로에 위치한 신문회관 3층에서 제1회 현대시학작품상 시상식이 열렸다. 박용래는 부인 이태준 여사와 함께 대전에서 상경해 시상식에 참석했다. 식장에는 박남수, 김종길, 정한모 등 심사위원과 박목월, 김구용을 비롯한 여러 시인들이 자리했으며, 『현대시학』 발행인 송준환이 박용래 부부에게 상패와 상금을 전달하였다. 이어서 박목월이 축사를 하고 박용래가 수상 소감을 밝혔다. 『현대시학』에 시상식 풍경을 그림과 함께 묘사한 김영태 시인은 오규원, 이승훈 등 젊은 시인들도 많이 찾아와 박용래와 인사를 나누었다고 전하고 있다.[1]

---

1) 김영태, 「김영태 스케치 — 현대시학 제1회 작품상」, 『현대시학』 1970년 12월호, 8쪽.

이날 시상식장을 찾은 이들 가운데는 훗날 박용래가 자신의 친형 제보다 더 가깝게 지낸 소설가 이문구도 있었다. 그는 수상자와 주빈들이 단상에 앉아 식이 막 시작되려는 때에 식장에 들어섰다. 그는 「저녁눈」의 시인 박용래를 지면으로만 보아오다 이날 처음으로 얼굴을 보게 되었는데, 단상 위의 박용래에게 시선을 보낸 순간 박용래도 그에게 미소를 지으며 눈인사를 했다. 당시 이문구는 서른 살, 박용래는 마흔여섯 살이었다. 이문구는 이날 시상식이 끝나고 길을 걸어가면서 박용래가 젊은 문학도인 자기를 알아봐준 것만으로도 감격에 겨웠었다고 그날 일을 회상하고 있다.[2] 박용래와 이문구는 첫 대면에서 눈인사만 나누었지만, 그후 두 사람은 박용래가 세상을 떠난 1980년까지 문단에서 가장 가까운 사이로 지냈다. 두 사람은 나이 차이가 많았지만 박용래는 자신이 신뢰하는 예술가라면 아무리 나이가 어려도 자신을 낮추고 상대를 존중했기 때문에 두 사람은 오랜 친구처럼 지냈다. 1970년부터 십 년 동안 중앙일보 문화부 기자로 일하면서 당대 문인들을 많이 만났던 정규웅 기자는 두 사람의 친밀함에 대해 다음과 같이 쓴 바 있다.

70년대의 이문구는 여러 문인에게 그리움의 대상이었다. 서울에 살고 있는 문인들이야 언제든 청진동에 찾아가면 이문구를 만날 수 있지만 교통이 불편했던 그 시절에 지방 문인들은 특별한 볼일이 없는 한

---

2) 이문구, 「싸락눈 시인 박용래의 정한에 찬 삶」, 262쪽.

상경하는 것이 그리 간단한 일이 아니었다. 하지만 순전히 '이문구가 보고 싶어서' 느닷없이 청진동을 찾아오곤 했던 지방 문인이 있었다. 대전에 살던 '눈물의 시인' 박용래였다. 새벽 첫 열차를 타고 상경해 이문구를 찾은 것도 여러 차례였다.

박용래는 아침나절이건 한밤중이건, 이문구가 바쁘건 말건, 할일이 있건 없건 손목을 끌고 근처 술집으로 향하곤 했다. 같은 사내 간에 그 것도 동년배가 아닌 열여섯이나 나이 차이가 나는 처지에 '너무너무 보고 싶다'는 표현이 얼핏 이해가 가지 않을는지도 모르나 두 사람이 술상을 사이에 놓고 마주앉아 있는 모습을 본 사람이라면 누구나 고개를 끄덕이게 마련이었다. 그것은 오랫동안 만나지 못한 연인의 뜨거운 해후 장면과 전혀 다를 것이 없었다. 대개 박용래는 이문구의 두 손을 마주잡고 그윽하게 바라보면서 눈물을 주룩주룩 흘렸고, 이문구는 그런 박용래를 보일 듯 말 듯 희미한 미소와 함께 딱하다는 표정으로 건너다보곤 했던 것이다.[3]

1979년 『문학사상』 6월호는 '시인들의 감성과 직관의 촉각으로 포착된 한국소설의 내면 공간'이라는 제목으로 시인들에게 한국의 대표 소설가들에 대한 시를 청탁해 싣는 기획을 마련했다. 대상 소설가는 박종화, 김동리, 최정희, 황순원, 유주현, 이병주, 박경리, 최인훈, 송상옥, 김승옥, 이청준, 이문구, 박완서, 윤흥길, 최인호였고, 이

---

3) 정규웅, 『글 속 풍경 풍경 속 사람들─정규웅의 문단 뒤안길』, 23~24쪽.

들 각각에 대해 모윤숙, 김요섭, 박두진, 유경환, 조병화, 이형기, 허
영자, 이근배, 김후란, 최하림, 오규원, 박용래, 이명자, 정양, 김영태
시인이 시를 게재했다. 이문구를 맡은 시인은 박용래였는데, 두 사람
의 친밀도로 보아 당연한 일이었다. 박용래가 이때 쓴 시는 다음과
같다.

솔개 그림자

스치는

행정曾亭 마슬

그대

팔꿈치로

그리는

소금쟁이

잠자리 아재비

물방개

지우고 지우고

그대

발꿈치로

그리는

엉겅퀴

도깨비바늘

괭이풀

지우고 지우고

오 그대

가장 뜨거운

입김으로

그리는

쇠죽가마

불씨

하나뿐인 젊음

하나뿐인 노래.

—「이문구李文求 —쇠죽가마」 전문

이문구는 1977년 5월경부터 경기도 화성군 향남면 행정리에 내려가 살고 있었다. 박용래는 서울 생활을 접고 시골살이를 하고 있는 이문구의 모습에서 '쇠죽가마'의 이미지를 읽어냈다. 이 시는 발표 당시에는 제목이 '이문구—쇠죽가마'였는데, 시집 『백발의 꽃대궁』에 실을 때에는 제목과 부제를 바꾸어 '쇠죽가마—이문구'로 고쳤다.

한편 이날 시상식장에는 이영도 시인의 모습이 보이지 않았다. 문학상의 기금을 마련해준 이영도 여사가 제1회 시상식에 참석하지 않은 것은 의아한 일이었다. 박용래는 시상식 내내 여사를 기다렸으나 끝내 모습이 보이지 않자 무척 아쉬워했고, 섭섭한 마음에 시상식이 끝난 후 여사에게 편지를 띄웠다. 여사는 시상식장에 참석하려고 옷을 갈아입고 대문을 막 나서려는데 피치 못할 사정이 생겨서 도저히 어쩔 수 없었다는 사연을 답장에 길게 적어 보내왔다. 짤막한 자신의 편지에 길고 간곡하게 응답해준 여사의 편지를 받아든 그는 그때만큼 자신의 경솔을 뉘우친 적이 없었다고 자신의 산문에서 회고하고 있다.[4]

그는 수상 이듬해 몇몇 시인들과 함께 이영도 여사의 댁을 방문했는데, 그때 일행이 잠시 자리를 비운 사이 여사가 조그만 상자를 건네주었다. 그 안에는 만년필이 들어 있었다. 박용래는 이 만년필에서 천근같은 시의 무게를 느꼈다.[5] 그 무엇과도 바꿀 수 없는 소중하고 값진 선물이었다. 그는 그때까지 연필이나 볼펜이 아닌 펜에 잉크를 찍어 원고를 써왔는데, 그후 시를 쓸 때는 줄곧 이 만년필을 썼다.

4) 박용래, 「호박잎에 모이는 빗소리 ─ 휘파람·가마·독백·초록 비」, 255쪽.
5) 같은 곳.

제1회 현대시학작품상 시상식장에서.

「호박잎에 모이는 빗소리」 연재

　박용래는 『현대시학』 1971년 9월호부터 1972년 6월호까지 총 10회에 걸쳐 산문 「호박잎에 모이는 빗소리」를 연재했다. 그는 한 해 전인 1970년 등단 이래 처음으로 『충남문학』에 산문을 발표하였고, 같은 해 한국일보와 중앙일보에도 산문을 실었다. 오직 시만 써온 그가 산문을 활발하게 쓰기 시작한 것은 그가 시인으로서 굳건히 자리잡았을 뿐 아니라 대중적인 인기를 얻고 있었음을 보여주는 일이다. 그의 취미나 관심사 같은 사생활과 시인으로서의 문학적 경험에 대해 궁금해하는 독자들이 늘었다는 의미이기 때문이다. 그의 산문 연재는 그러한 요청에 대한 응답이었다.

　「호박잎에 모이는 빗소리」는 일종의 문학적 자서전이다. 이 산문에서 박용래는 매우 독특한 형식의 글쓰기를 시도했다. 자전적인 산문은 사실을 설명적으로 쓰는 글이 되기 쉽지만, 그는 시적인 요소가 풍부한 새로운 미학의 산문을 써냈다. 「호박잎에 모이는 빗소리」의 첫번째 연재 전문을 보자.

나루터

'거리엔 자동차의 소음이 피지만 변두리는 언제나 적막강산.'

토요일 오후는 요즘 깊숙이 길을 닦고 새로 잡은 시내버스 종점을 찾는다.

차를 내려 한 십 분만 걸어도 망촛대가 비치는 무논이 전개되고 납작한 능선이 보인다.

능선을 끼고 한참을 돌고 돌면 거기 이렇다 할 푯말 하나 없이 몇 발자국 안에서 저쪽은 전라도 땅 이쪽은 충청도의 끝 땅이다.

촌로들이 '막동리'라 부르는 옛 마을.

집집마다 늙은 감나무로 둘러싸인 동네이다. 종일을 외따로 하얀 종이꽃만 접고 있는 상엿집 동네다.

막동리를 기점으로 뻐꾸기는 운다.

뻐꾸기 울음 따라 오 리를 간다.

뻐꾸기는 상고머리 솔밭에서 울고,

지금은 전설처럼 남은 물방앗간 저편에서 울고 산비탈 석회층에서도 운다.

곳곳에 쳇바퀴 모양의 울림을 남기고―,

쑥물이 들어 있다. 언제 어디서 울어도 사무치는 화답이 있다.

뻐꾸기 울음보다 더 절절한 것이 있을까.

"보리밭 호밀밭은 사람들이 갈지만, 보리 이삭 호밀 이삭은 누가 키
우나. 심심산천의 뻐꾸기가 키우고"

"호박씨 감자 눈은 사람들이 묻지만 호박꽃 감자꽃은 누가 피우나.
심심산천의 뻐꾸기가 피우고"

"누에 젖소는 사람들이 치지만, 산너머 풀바람은 누가 물어오나. 심
심산천의 뻐꾸기가 물어오고"

"논물 봇물은 사람들이 대지만, 부엌에 묻은 물항아리 누가 그득 채
우나, 심심산천의 뻐꾸기가 채우고"

"천연두 수두는 누가 내키나. 심심산천의 뻐꾸기 내키고"

"장날의 징소리는 사람이 알리나, 심심산천의 뻐꾸기가 알린다"

뻐꾸기 울음 따라 또 오 리를 간다.

어느 해던가.

6·25 뒤던가.

폐허의 거리 대전문화원. 한적한 화랑에서 나는 우연히 '동 킹먼'의
순회 전시를 본 일이 있다.

이 유명한 중국인 수채화가는 하늘을 찌른 대도시의 마천루와 녹이
슨 해안선

그리고 여러 모습의 일그러진 도시의 얼굴, 표정을 잃은 군사들을
그림으로써

현대 문명이 빚는 인간의 참혹성과 비극성을 적나라하게 고발하고 있는 듯했다.

나는 이 고대의 동양식 거대한 그림 속에서 태곳적부터의 수백만 마리나 되는 뻐꾸기가 총총히 숨어

한꺼번에 우는 듯한 환각에 빠져 몰래 몸서리친 일이 있었다.

다만 5월은 창포꽃이 피는 단오절이 아니래도 축제가 많아 좋다.

거리엔 축제의 꽃불이 튀기지만, 변두리는 아직도 적막강산. 뻐꾸기 울음을 따라갈까.

끝없이 갠 날은 산 너머 물 따라 변두리로 나가자.

푸른 감이 살찌는 나루터에 앉아 그리운 산빛, 그리운 물빛을 바라며 먼 날의 뻐꾸기 울음 듣고 있으면

―다시 한번 동정이고 싶다.

―오딧빛에 다시 한번 입술을 물들이고 싶다.

―풋살구 따다주던 어린 벗이 그립고

―가방 하나 들고 홀홀히 또다른 낯선 나루터에 서고 싶다.[1]

이 글은 산문을 표방하고 있지만 거의 매 문장마다 행갈이가 되어 있어 시의 형태를 방불케 한다. 분량도 일반적인 산문에 비해 현저하게 짧다. 첫 문장부터 대조를 통한 운율이 작동하고 있으며, 전체적으로 구문의 반복을 통해 운율이 조성되는 대목이 많다. 그는 이 산문이

---

1) 박용래, 「호박잎에 모이는 빗소리 1 ―나루터」, 『현대시학』 1971년 9월호, 82~83쪽.

실린『현대시학』해당 호의 소장본에 친필로 수정 표시를 해놓았는데, 그 내용을 보면 그것이 운율과 크게 관련되어 있음을 알 수 있다. 가령 앞부분의 "십 분만 걸어도"는 잡지 원본에는 "십 분쯤 접어들면"으로 되어 있고, 그 문장 끝의 "보인다"는 원본에 "눈앞에 온다"로 되어 있다. 수정한 문장이 훨씬 간명하고 운율이 살아나 있음을 볼수 있다. 사실 시인이 시뿐 아니라 산문에까지 일일이 사후에 수정 표시를 하는 것은 흔한 일이 아니다. 그것은 박용래가 산문을 '잡문'이 아니라 '시'와 마찬가지로 소중한 '작품'으로 여겼음을 보여준다.

산문의 진술 방식도 사실의 설명보다는 이미지의 직조를 중심으로 이루어져 독자들에게 글의 내용을 마음속 상상의 그림처럼 각인시킨다. 부제인 '나루터'는 이 글의 핵심 이미지이다. 나루터는 박용래의 삶과 문학의 원형적 장소라고 할 수 있다. 그의 고향 강경의 금강변에 자리한 황산나루는 고향을 들고 나는 관문이었으며, 그의 원형적 슬픔의 기원인 홍래 누이가 배를 타고 금강을 건너 시집을 간 것도, 그가 고향 밖 넓은 세상으로 나아가기 위해 군산으로 떠난 것도 모두 그 나루터를 통해서였다. 그리하여 이 글에서 박용래는 자신의 삶의 원천을 나루터에서 찾고 있는 것이다. 그런데 이 글에서 나루터는 강경이 아니라 '막동리'에 위치해 있다. 강경에 막동리라는 마을은 없다. 박용래는 왜 산문에서 고향 강경 대신 막동리를 등장시켰을까?

막동리는 나태주 시인의 고향이다. 정확한 주소는 충남 서천군 기산면 막동리 24번지이다. 박용래가 산문에서 막동리라는 지명을 사용한 것은 이 말이 환기하는 이미지 때문이었을 것이다. 막동리는

'마지막 마을'이라는 뜻으로 '끝' '변두리' '경계선' 등의 의미를 자연스레 떠올리게 만든다. 박용래의 고향 강경도 충청도와 전라도의 경계에 위치하지만 '강경'이라는 지명에서는 그런 의미가 드러나지 않는다. 박용래는 막동리라는 지명을 나태주의 편지를 통해 처음 접한 것으로 짐작된다. 나태주는 1971년 서울신문 신춘문예에 시 「대숲 아래서」가 당선되어 등단했는데, 등단 후 심사위원인 박목월 시인을 찾아간 자리에서 그로부터 덕담과 함께 충청 지역에 박용래 시인이 있으니 그와 연락해서 시를 더욱 연마하라는 조언을 들었다. 나태주는 그 말을 듣고 곧바로 박용래에게 편지를 썼고, 박용래는 나태주가 보낸 편지 봉투의 주소에서 막동리라는 지명을 발견하고는 마음속에 간직하고 있다가 산문을 쓰면서 그 이미지를 차용한 것이다.

박용래는 그때까지 막동리에 가본 적이 없었다. 단지 지명을 보고 그 이미지를 자신의 고향에 겹쳐 상상 속의 마을을 그려낸 것이다. 그리고 박용래는 여기에 뻐꾸기 울음소리를 병치시킨다. 뻐꾸기 소리는 그의 고향 산천과 삶의 현장에 사무쳐 있는 고향의 울음소리이다. 그 절절한 울음소리는 막동리라는 이름과 어울려 그곳을 한없이 아름답고 애틋하게 물들인다.

글의 뒷부분에 나오는 '동 킹먼Dong Kingman'은 세계적인 중국계 미국인 수채화가로, 1954년 미 국무부 문화대사로 임명되어 세계 순회 전시를 하면서 그 일환으로 한국 여러 곳에서도 전시를 연 바 있다.[2] 박용래는 그 전시회에서 본 그림 속에서 뻐꾸기 울음소리가 울려퍼지는 것을 느꼈다고 쓴다. 그가 고향에서 체득한 아름다움과 서러움의 정서가 그의 미의식의 원형으로서 미술작품에 대한 관심과도 이어져 있음을 보여준다고 할 수 있다.

---

2) 한상헌 · 김창수, 『대전 향토예술인 현황 및 지원방안 연구』, 대전세종연구원, 2018, 36쪽.

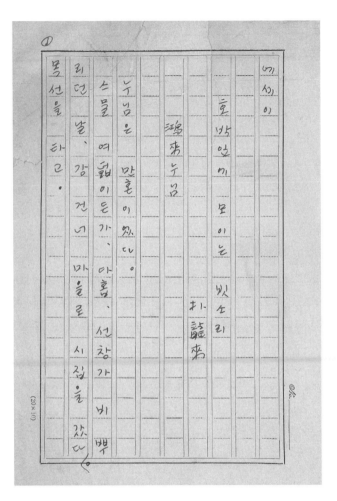

「호박잎에 모이는 빗소리」 육필 원고.

공동시집 『청와집』

1971년 10월 20일.

박용래는 한성기, 임강빈, 최원규, 조남익, 홍희표와 함께 6인 공동시집 『청와집』을 발간한다. 이들 여섯 명은 대전에 거주하며 중앙 문단에 진출하여 활발하게 시를 쓰는 대전의 대표 시인들이었다. 박용래와 한성기는 1950년대부터 가까이 지냈고, 임강빈, 최원규, 조남익, 홍희표는 등단하자마자 박용래를 찾아가 인사한 후로 서로 각별하게 지내왔음은 앞서 살펴본 바와 같다.

그런데 『청와집』이 발간된 데에는 특별한 사연이 있었다. 여섯 명의 시인 중 연장자인 한성기와 박용래는 오랜 기간 서로를 존중하며 가까이 지내온 둘도 없는 문우이고 대전의 후배 시인들과도 다 같이 가까웠지만, 자라온 배경과 기질이 너무나 달랐기 때문에 가끔 둘 사이에 언쟁이 벌어지기도 했다. 여기에 중앙 문단에서의 상이한 친소

관계가 보태져 갈등이 더욱 증폭되었다. 박용래는 박목월과 오랫동안 가까이 지내왔고, 한성기는 조연현과 친밀한 사이였다. 최원규에 따르면 박목월과 조연현은 박용래와 한성기를 똑같이 대했는데, 박용래는 조연현이 한성기만을 편애하고 한성기는 박목월이 박용래만 편애한다고 생각했다고 한다. 어쩔 수 없는 문단 권력의 현실에 둘 사이의 시적 경쟁심이 더해져서 이런 오해와 갈등이 벌어진 것이다. 급기야 추천과 관련하여 시인들 사이에서 오간 말들이 오해를 불러일으켜 박용래와 한성기 사이에 고성이 오가며 감정적인 싸움이 격해지게 되었고, 그러자 박목월이 대전의 시인들이 마음을 하나로 뭉쳐야 한다는 뜻에서 출판 사정이 어려운 시절임에도 불구하고 동인지를 출판해준 것이라고 최원규 시인은 전한다.[1] 『청와집』은 박목월이 한국시인협회에서 간행한 '현대시인선집'의 마지막 시집이자 유일한 공동시집으로 간행되었다. 그만큼 박목월이 대전의 시인들을 각별히 아끼고 배려했음을 알 수 있다.

시집의 해설은 부여 출신으로 『청와집』 동인들과 인연이 깊었던 정한모 교수가 썼다. '청와집'이라는 이름은 최원규가 제안한 것으로, 『청록집』을 의식하면서 겸손한 마음을 갖자는 의미로 개구리를 떠올리며 지은 것이라고 한다. '청록집'이라는 제목은 박목월의 시 「청노루」에서 따온 것으로 알려져 있는데, 『청록집』 시인들의 시적

---

1) 박용래와 한성기의 갈등에 대해서는 최원규, 「시인 한성기 이야기」(『시는 삶이다』, 충남대학교출판부, 2009, 229~230쪽)을 참고했으며, 두 시인의 다툼에 대해서는 여러 시인들이 전한 바 있다.

스승 격인 정지용의 시집 『백록담』을 의식한 측면도 있다는 것이 필자의 생각이다. 그렇게 보면 정지용의 그림자가 『청와집』까지 드리워져 있는 셈이다.

『청와집』에는 시인별로 다섯 편의 작품이 고루 실려 있다. 박용래는 「고도古都」 「공산空山」 「고월古月」 「하관下棺」 「낙차落差」 다섯 편을 실었는데, 이중 「고도」 「하관」 「낙차」는 문예지에 발표한 것이고 「공산」과 「고월」은 신작이었다. 이 가운데 주목되는 작품은 「고월」이다.

유리병 속으로
파뿌리 내리듯
내리는
봄비.
고양이와
바라보며
몇 줄 시詩를 위해
젊은 날을 앓다가
하루는
돌 치켜들고
돌을 치켜들고
원고지 빈 칸에
갇혀버렸습니다.
고월古月은.

이 시는 고월 이장희의 대표작인 「봄은 고양이로다」를 인유하면서 그의 삶을 기린 작품이다. 고월은 「봄은 고양이로다」에서 봄의 약동하는 기운을 고양이의 신체에 비유하였는데, 박용래는 「고월」에서 반대로 고월이 봄비를 바라보며 시를 위해 젊은 날을 앓았다고 말한다. 고월 이장희의 시와 시쓰기 이면에 사무쳐 있는 삶의 아픈 내면을 읽어내고 있는 것이다. 이장희는 서른 살이라는 젊은 나이에 스스로 목숨을 끊은 것으로 알려져 있다. "원고지 빈 칸에/갇혀버렸습니다"라는 구절은 이를 두고 한 말이다.

박용래가 산문이 아닌 시를 통해 특정 시인의 작품과 삶을 함께 다룬 것은 이 시가 유일하다. 그만큼 그는 이장희를 각별하게 생각했다. 앞에서 보았듯이, 그는 현대시학작품상 수상 소감을 쓰면서 "고 이장희 같은, 고 윤동주 같은 시 한 줄 못 쓰고 부끄럽다"라고 한 바 있다. 자신을 문학적으로 인정해준 문학상의 수상 소감에서 본받고 싶은 시인으로 꼽은 두 명 가운데 한 명이 고월이었던 것이다.

다른 한 명인 윤동주에 대해서는 이후 『한국문학』의 '이 한 편의 시'라는 기획 지면에 그의 시 「슬픈 족속」을 꼽으며 그의 시와 삶에 대한 소회를 드러낸 적이 있다.

> 흰 수건이 검은 머리를 두르고
> 흰 고무신이 거친 발에 걸리우다

흰 저고리 치마가 슬픈 몸짓을 가리고

흰 띠가 가는 허리를 질끈 동이다.

위에 든 시는 말할 것도 없이 윤동주의 「슬픈 족속」이란 작품의 전부이다.

전부랬자 불과 네 줄에 지나지 않는 이 짧은 한 편의 시는 왜 때때로 나의 옷깃을 여미게 하는 것인가. 얼핏 보아도 우리네 시골이면 언제 어디서나 얼마든지 볼 수도 있는 예쁘지도 아무렇지도 않은 그저 평평범범한 여인상임에도. 이 소박한 한 편의 시는 왜 때때로 나의 옷깃을 바로 여미게 하는 것인가. 그것은 어디까지나 가령 지용의 「고향」이나 혹은 이상화의 「빼앗긴 들에도 봄은 오는가」의 시편을 전연 배경하지 않더라도 나로서는 저 이루 말할 수 없는 암흑기에 처했던 우리네 수난의 상처, 수난의 아픔을 한 올의 가식도 없이 적나라하게 표상한 한 장의 슬픈 만사輓詞로 보기 때문이다.

더구나 마지막 줄의 "흰 띠가 가는 허리를 질끈 동이다"에 이르러서는 헐벗고 의지가지없는 자들의 인고의 눈물, 그 눈물의 언덕을 넘어선 어느 비장한 결의마저 느껴져 더욱 숙연해진다.

처음 내가 윤동주의 시를 대한 것은 8·15 해방 직후의 경향신문 지상에서였다.

누구인가의 간단한 소개문과 같이 그의 몇 편의 주옥은 어스름에 뜨는 샛별처럼 수줍게 빛나기 시작했다. 열 권의 시에 대한 이론서보다는 한 사람의 시적 분위기가 아쉬워 거두절미하고 자주 길을 뜨던 무렵, 나대로의 꿈에 젖어 방황하던 철없는 이십대의 전반, 그런 시절 해방의 감격과 더불어 수줍은 듯 나타나는 그의 이름은 생소하면서도 정다웠고 그리고 놀라움이었다. 그의 고향은 멀리 북간도라 했다. 그는 학생의 신분으로 이역땅 모진 형무소에서 사상 불온이라는 죄명(?)으로 옥사했다고 했다. 꽃 같은 젊음으로 만일 시가 스스로 능금처럼 익어 떨어지는 것이라면 익을 대로 무르익었으되 떨어질 사이도 없이 빼앗긴 목숨.

이 우러러 한 점의 부끄럼도 없는 순수의 출현이야말로 당시 우후죽순격인 사회 풍조가 아니더라도 내게 있어서는 문자 그대로의 감격이었다. 장 주네를 두고 장 폴 사르트르는 성聖 주네라고 불렀다지만 그 이유야 어쨌든 일체의 속성을 떠난 순수 그대로의 그이야말로 성聖 윤동주라 불러도 좋으리라. 어찌 뜻했으랴. 몇 해 전 한국시인협회 주최인 현대시 세미나에서 천만뜻밖에도 그의 죽마지우인 문익환 시인을 만나 하늘과 바람과 별과 시의 이야기를 들을 줄이야. 아, 그렇다. 이 아름다운 정신이 주는 고독과 아픔을 어찌 한 낱의 후회도 없이 작별할 수 있는 것인가. 저 무심히 피고 지는 꽃처럼.[2]

이장희와 윤동주는 자신의 신념과 지조를 올곧게 지키며 살다 요절한 시인이라는 공통점을 지니고 있다. 또한 두 시인 모두 간명하고 압축적인 시를 쓴 점도 공통적이다. 박용래는 윤동주의 시 중에서도

---

2) 박용래, 「흰 고무신, 흰 저고리―이 한 편의 시」, 『한국문학』 1978년 11월호, 282쪽.

가장 함축적인 이미지와 간결한 형식을 갖춘 「슬픈 족속」이라는 시를 가슴에 남아 있는 시로 꼽고 있다. 이장희와 윤동주에 대한 박용래의 각별한 사랑을 통해 우리는 그의 시적 취향과 삶에 대한 태도, 그리고 불우하고 핍박받는 자에 대한 남다른 연민을 엿볼 수 있다. 또 그가 일찍부터 내면적으로 치열한 현실 인식을 지니고 있었음도 확인할 수 있다.

『청와집』이 발간되고 한 달 후인 11월 25일, 대전시인협회 주관으로 『청와집』 발간 시인들의 좌담회가 열렸다. 장소는 동인인 최원규가 주간을 맡고 있던 충남대학교 신문사 회의실이었다. 이 좌담회 원고는 이듬인 1972년 『현대시학』 2월호에 게재되었다. 대전을 대표하는 시인들이 모인 좌담회는 대전의 시인들을 한국 시단의 중심에 세운 뜻깊은 자리였다. 『청와집』 동인들은 시종 화기애애한 분위기 속에서 서로의 시세계에 대해 대화를 나누고, 시와 시단의 흐름에 대한 생각을 솔직하게 토로하였다. 이중 서로의 시세계에 대한 대목만 살펴보면 다음과 같다.

박용래 날씨가 싸늘합니다. 벌써 석유난로를 피우고 있군요. 오늘은 동인끼리 시에 대한 이야기를 나누기로 합시다. 그러면 무엇부터 이야기할까요.

최원규 이번에 6인 시집 『청와집』이 나왔으니 이 기회에 서로 우리들의 작품 얘기부터 시작합시다.

일동 그것이 참 좋겠습니다.

박용래 등잔 밑이 어둡다는 말이 있습니다만 이 자리에서 등잔 밑을 밝혀봅시다.

조남익 홍형은 지금 달콤한 신혼중에 있으니까 제가 홍형의 시에 대하여 먼저 테이프를 끊겠습니다. 홍 시인의 생활과 가장 직접적으로 연결, 표출된 것의 하나가 홍형의 신혼가일 것입니다. 현재, 신혼 생활을 하시는 홍형이 그 신부를 위한 찬가라 할 수 있어요. 석류알처럼 박혀 빛이 납니다. 이 사화집이 나오기 직전에 첫딸을 얻으셨는데 그 소감을 듣고 싶습니다. (웃음)

홍희표 글쎄요. 선배님들을 따라서 우선 딸을 먼저 낳았습니다. (일동 웃음) 조선생은 시집 『산바람소리』 이후 '충청도' 연작시에 실험을 기울이고 있는 것 같습니다. 야심만만한 작품 「충청도」에서는 '해묵은 고샅길에 이는' 바람소리를 삼현육각三絃六角을 울리듯 하고 있어요. 역시 관심은 토속적인 바탕에다 기반을 둔 생활철학적인 시인 것 같습니다.

임강빈 한선생은 방금 여행중인 모양인데 내가 말씀드리지요. 한선생의 시를 가리켜 '대리석 위에 젖어드는 그늘이나 물기'라고 지적한 분이 있습니다만 적절한 표현이라고 봅니다. 대리석 같은 맑고 싸늘한 시정신—늘 이런 세계에서 일관하게 살아왔습니다. 금년 들어 많은 작품을 발표했지요. 한 열다섯 편쯤 될까. 시의 소재가 산이나 그 주변의 것이 많았지만 요즘 작품은 정적인 것에서 역동적인 힘을 느끼게 해요. 언젠가 바다에 살면서 그것을 써보고 싶다는 얘기를 들었는데, 이것도 역동적인 요즘의 작품과 어떤 관련이 있는 것으로 보아집니다.

그럼 박선생에 대한 얘기는 최선생이 말해주시지요.

최원규 글쎄요. 너무 정평 있는 분의 작품을 가지고 왈가왈부할 수 있을까요. 시집 『싸락눈』의 세계는 한마디로 '향수鄕愁의 율동'이라 할 수 있지 않을까요. 어느 점에서는 목월 선생의 시세계와 유사성을 발견할 수 있습니다. 향토적인 한국 정서에 묻혀 자기의 독자적인 톤을 지켜가는 그런 면에서 과욕하지 않는 모습에는 항상 경의를 표하고 싶군요. 『문장』지 추천사에서 지용芝溶이 '북에는 소월이 남에는 목월이'란 말을 했지 않았습니까. 거기에 내가 한마디 추가하고 싶군요. 북과 남의 중부에는 용래…… 아무튼 이 호서를 지켜가는 이만한 시인을 지녔다는 것이 이 고장의 큰 자랑이 아닐 수 없습니다.

박용래 이건 너무 높이 올려주어서 현기증이 납니다. (일동 웃음) 참으로 저의 서투른 작업은 그토록 훌륭한 선배 시인의 발밑에도 못 미치는 것이지요. 최선생의 말을 취소해달라고 하고 싶지만 어쨌든 좌담회는 진행되어졌고 아무쪼록 앞으로 더 좋은 시를 써야겠습니다. 이쯤 되면 나도 최선생에 대해서 한마디하지요. 이미 정한모 선생이 지적했듯이 안정과 균형과 조화를 가장 값진 것으로 알고 있는, 시단에서 보다 유동적이고 다양하고 아직은 무엇인가 더 넓혀보려는 욕구가 대단하지요. 작품량에서도 그렇고…… 맹물같이 밋밋한 시들을 대하다가 최선생의 어떤 시를 보면 구수한 숭늉을 대하는 것 같아서 마음이 아주 흐뭇해집니다. 가령 「신열身熱」이란 시에 이런 구절이 있어요. '살구 열매의 살갗을 태우다' 얼마나 아름다운 표현입니까. 가치관에 있어서도 엄격합니다. 임선생의 시에 대해서는 수고스럽지만 최선생이 말해주시지요.

　최원규 임선생의 시를 천성적으로 좋아하고 있습니다. 언젠가 어느 시인이 평했는데 생율을 쳐서 접시에 고여논 것 같다는 말은 실감이 납니다. 정신 자세가 항상 곧고 맑은 기운이 떠돌고 있지요.

　박용래 맑은 물이 시에서 뚝뚝 떨어지고 있지요. 거기다가 미의식이 출발에서부터 누구보다 강렬했습니다.[3]

　좌담은 대전을 대표하는 시인들의 인간적 체취와 시세계를 생생하게 전해준다. 그런데 공교롭게도 이 자리에는 한성기가 여행 때문에 참석하지 못했다. 끝내 일정 조정이 이루어지지 못한 것으로 미루어보아 아마도 박용래와의 갈등의 여진이 남아 있었던 듯하다.

　한편 이해 6월에 장남 노성魯城이 태어났다. 딸 넷을 낳은 이후 그의 나이 마흔일곱에 얻은 늦둥이 아들이었다. 그는 별다른 직업 없이 집에 있는 시간이 많았기 때문에 막내아들을 거의 혼자 돌보다시피 했다. 1978년 12월 『심상』에 발표한 시 「도화圖畫」는 노성이 초등학교 1학년 때 그린 천진난만한 그림을 옮겨 적은 작품이다. 그는 이 작품을 시집 『백발의 꽃대궁』에 실으면서 제목을 '성城이 그림'으로 바꿔 막내아들에 대한 애정을 시에 드러내기도 했다.

---

3) 박용래 외, 「대전시인협회 좌담―순수한 모순」, 122~123쪽.

『청와집』 발간 기념으로 찍은 사진.
뒷줄 왼쪽부터 한성기, 임강빈, 홍희표, 신정식 시인,
앞줄 왼쪽부터 조남익, 최원규, 박목월, 박용래 시인.

문단 활동의 절정기

　『청와집』이 발간되고 며칠 뒤인 1971년 10월 23일, 대전 근교에 있는 계룡산 동학사에서 제2회 한국시인협회 세미나가 열렸다. 한국시인협회 세미나는 신석초 시인이 회장을 맡았던 1968년에 서울 아카데미하우스에서 처음 열렸다. 그후 1969년 박목월 시인이 새 회장에 취임해 연임을 거듭하면서 삼 년 만에 제2회 세미나를 개최한 것인데, 장소를 서울이 아닌 대전으로 하여 범문단적인 행사로 만든 점에 의의가 있다. 그후 한국시인협회 세미나는 매회 지방에서 개최하게 되었다.

　대전에서 열린 한국시인협회 세미나는 박용래를 자연스럽게 문단의 한가운데로 이끌었다. 서울의 시인들이 전세버스를 빌려 함께 출발했는데, 당시 서울에 들렀다가 박목월의 권유로 함께 버스를 타고 행사에 참석한 나태주 시인의 기억에 의하면 버스에는 정한모, 김종길,

전봉건, 김광림, 이형기, 김남조, 박재삼 등이 타고 있었다고 한다.[1] 대전에서는 최원규, 박용래, 임강빈 등이 행사를 준비했고, 미리 내려온 오세영 시인이 이들과 함께 숙식과 도구 등을 세세하게 챙겼다.[2]

제3회 세미나는 1972년 광주, 제4회 세미나는 1974년 경주에서 열렸으며, 제5회는 1975년 전주에서 열렸다. 그때마다 서울의 시인들이 전세버스를 대절하거나 기차 한 칸을 차지하며 대거 참석하였고, 행사 개최 지역과 전국 각지의 시인들이 한데 모여 범문단적인 장을 만들었다. 교통과 통신이 지금보다 훨씬 불편했던 시절 이런 큰 행사는 매우 드물었고, 그래서 시인들에게는 더없이 소중한 친교의 자리가 되었다. 어렵게 한자리에 모인 시인들은 금세 백년지기처럼 우의가 쌓이곤 했다고 당시 한국시인협회 간사를 맡았던 이건청 시인은 회고한다.[3]

박용래는 제2회부터 제4회까지 시협 세미나에 꼬박꼬박 참석했다. 대부분의 시간을 집에 머물며 시만 쓰던 그에게 매년 다른 지역에서 개최되는 시협 행사는 즐거운 나들이였다. 그는 전국 각지에서 모여든 시인들과 교류하며 새로운 문학적 경험을 쌓았고, 타지의 자연과 문물을 접하며 새로운 시적 영감을 얻기도 했다. 그에게 시협 세미나는 소풍과도 같은 문단 활동인 동시에 취재 여행이기도 했던 것이다.

---

1) 나태주, 「소중한 분들을 만나게 해준 시협 세미나」, 한국시인협회 엮음, 『한국시인협회 50년사』, 국학자료원, 2007, 431~435쪽.

2) 이수정, 「한국시인협회 50년의 역사」, 같은 책, 83쪽.

3) 이건청, 「시인협회 자료」, 같은 책, 503쪽.

그는 1974년 가을 경주에서 열린 시협 세미나가 끝난 뒤 홍희표 시인에게 다음과 같은 편지를 썼다.

밤에는 머리를 풀고 흐느끼다가 새벽이 오면 언제 그랬냐는 듯이 잎이 다 진 창변의 초겨울의 하늘은 그지없이 맑기만 하군!

별고 없는지?

이번 경주 여행에서는 홍형이 그림자같이 나의 곁에 있어주었기에 이렇다 할 실수도 없었음을 믿고 새삼 우정의 따스함에 감사하고 있다오. 한아름 윤시인이 보내온 기념 스냅에도 보살님 같은 형의 모습은 새로워……

그날 우연히 불국사 경내 잔디밭에서 본 가을 민들레의 솜털도 머리에 떠올리곤 한다오. 요즘 읽은 어느 외국 시인의 작품에 민들레를 지구의 태동胎動으로 불렀더군. 진실로 감격, 감탄할 수밖에. 마지막 형이 선물로 준 새장 속의 십자매 한 쌍의 접시 물을 갈아주며. 안녕―

74년 11월 22일

당시 홍희표는 서울 환일고등학교 교사로 근무하고 있었다. 박용래는 볼일이 있어 서울에 올라갔다가 다음날 홍희표와 더불어 서울 시인들의 기차에 동승하여 경주로 갔고, 홍희표는 서울에서부터 행사 내내 박용래를 따뜻하게 보필했다. 박용래는 그에 대한 고마움을 행사 후에 편지로 전한 것이다. 편지에서 눈길을 끄는 것은 '민들레'에 대한 언급이다. 박용래는 행사 후 관광차 돌아본 불국사 경내의 잔디밭에서 민들레를 보고, 그 조그만 풀꽃을 '지구의 태동'이라 부른 어느 시인의 시를 떠올린다. 박용래에게 민들레는 그의 고향과 거처에서도 수없이 봐온 풀꽃일 것이다. 하지만 많은 시인들과의 만남 뒤에 찾은 천년 역사의 고찰에서 그 익숙한 꽃은 그에게 시심을 자극하는 새로운 사상으로 재발견된 것이다. 그는 돌아와서 「경주慶州 민들레」라는 시를 쓴다.

눈 오는 날에는 빈 서랍을 털자.
서랍 속에 시든 민들머리 풀대궁
마른 대궁 비비면
프르름히 살아
천년의 맥이
살아
경주慶州 교외郊外의 가을 민들레
시인詩人의 얼굴.

눈 오는 날에는 빈 서랍의 먼지를 털자.

—「경주 민들레」 전문

이 시는 1975년 출간된 시집 『강아지풀』에 처음 실렸는데, 시인의 육필 원고에 창작 시점이 1974년 11월로 명기되어 있어 박용래가 경주 시협 세미나에 참석하고 얼마 지나지 않아 쓴 작품임을 알 수 있다. "경주 교외의 가을 민들레/시인의 얼굴"이란 구절에 경주 세미나에서 만난 시인들의 면면과 민들레를 '지구의 태동'이라 부른 한 시인의 시구가 녹아들어 있다.

한편 박용래는 1973년 대전북중학교에 교사로 취임했으나, 고혈압 증세가 심해 부인 이태준 여사의 권유에 따라 넉 달 만에 그만두었다. 십여 년 만에 다시 얻은 직장은 오래가지 않았고, 그는 다시 전업 시인으로 돌아갔다.

박용래는 어느덧 문단의 중진이 되어 있었다. 그는 1973년부터 『현대시학』 심사위원에 위촉되어 신인 추천 임무를 맡게 된다. 시협 세미나 참석이 문단의 일원으로 활동하는 일이라면, 신인 추천은 문단의 책임 있는 리더로서 활동하는 일이다. 박용래는 『현대시학』 1973년 4월호에 신정식의 시 「풍」과 「면」을 첫 추천 시로 내보냈다. 신정식은 1938년 대구에서 태어나 1957년경부터 대전에 정착하여 지냈으며, 호서문학회의 일원으로 호서출판사를 운영하면서 오랫동안 박용래를 비롯해 대전의 문인, 예술가들과 가까이 지내온 인물이었다. 박용래는 자신과 가까운 신정식을 첫번째 추천 시인으로 내세우는 것이 조심스러웠는지 그의 시의 단점을 많이 언급하는 등 추천사를 다소 냉정하게 썼다. 신정식은 1974년 10월에 2회 추천을 거쳐 1975년 8월에 추천 완료되었는데, 추천이 완료되기까지 비교적 오랜 시간이 걸린 것 역시 박용래와의 친분으로 말미암아 상대적으로 엄격한 심사를 거쳤기 때문으로 짐작된다. 신정식은 박용래의 집에 자주 놀러와 가끔 음식도 만드는 등 박용래와 가족처럼 지냈다. 또한 자신의 처제를 박용래의 부인 이태준 여사의 남동생에게 소개해 결혼이 성사된 뒤로는 박용래의 가족과 더욱 가까이 지내게 되었다. 훗날이태준 여사가 세상을 떠났을 때도 신정식 시인이 장례식의 모든 일을 도맡아 처리했다고 한다.

박용래는 이 시기 시인으로서의 명성 또한 정점에 이른다. 그는 1974년 군대에 가 있던 제자 강태근에게 보낸 편지에서 최근 발표한 시 가운데 「탁배기濁盃器」가 좋은 평을 받고 있으며, 일본 도주샤冬樹社의 『현대한국문학선집』에 들어갈 시 다섯 편과 어문각에서 나올 『신한국문학전집』에 들어갈 작품을 고르고 있다고 들뜬 어조로 밝히고 있다. 「탁배기」는 『창작과비평』 1974년 여름호에 발표된 작품으로, 1966년 『창작과비평』이 창간되고 팔 년 만에 처음 원고 청탁을 받은 것이었다. 이 시는 서정주의 「무슨 꽃으로 문지르는 가슴이기에 나는 이리도 살고 싶은가」의 인유로 시작하여 매우 개성적인 상상력으로 유년에서 현재에 이르기까지의 자화상을 유려하게 그려낸 작품이다. 시인은 탁배기 속의 달과 그 이미지의 변주를 리듬에 맞춰 진술함으로써 내면에서 솟아나는 시인의 얼굴을 자연스럽게 드러낸다. 이 시는 '점묘의 기법'에 치중했던 그동안의 시적 태도를 탈피했다는 점에서도 주목된다.

　　무슨 꽃으로 두드리면 솟아나리.
　　무슨 꽃으로 두드리면 솟아나리.

굴렁쇠 아이들의 달.

자치기 아이들의 달.

땅뺏기 아이들의 달.

공깃돌 아이들의 달.

개똥벌레 아이들의 달.

갈래머리 아이들의 달.

달아, 달아

어느덧

반백半白이 된 달아.

수염이 까슬한 달아.

탁배기濁盃器 속 달아.

— 「탁배기」 전문

　편지에서 그가 자랑스럽게 언급한 『현대한국문학선집』은 김소운이 한국의 현역 소설가와 시인들의 작품을 엄선하여 일본어로 번역한 책이다. 총 다섯 권으로 기획된 야심 찬 역저로 1권에서 4권까지는 소설, 5권은 시를 모았으며, 시집에는 총 118명의 작품이 묶였다. 박용래는 이 책에 실을 시들을 고르면서 지난 1968년 『현대문학』에서 기획한 '현역 시인 100인선'에 들지 못했던 때와는 현저하게 달라진 자신의 위상을 확인하며 뿌듯해했을 것이다. 『현대한국문학선집』 5권은 1976년에 간행되었으며, 박용래의 작품으로는 「눈」 「코스모스」 「울타리 밖」 「추일秋日」 「별리別離」 「소나기」 「솔개 그림자」 일곱 편이 실렸다. 이는 박용래의 시 가운데 처음으로 해외에 번역 소개된 것이었다.

또한 『신한국문학전집』은 시, 소설, 희곡, 수필, 아동문학 등 전 장르를 망라하여 이광수부터 당대 현역 작가들까지의 대표작을 추린 전집으로, 어문각에서 총 51권으로 출간된 방대한 기획이었다. 이중 시집은 네 권으로, 박용래의 시 「저문 산」 「하관下棺」 「나부끼네」 「담장」 「울타리 밖」 다섯 편이 실린 35권은 1974년 9월에 간행되었다.

박용래는 이 편지를 쓴 후 얼마 지나지 않아 7월에 다시 강태근에게 편지를 보내는데, 여기서 그는 『한국문학』 『월간문학』 『심상』 『현대시학』에서 동시에 원고 청탁서를 받아 즐거운 비명이라고 적고 있다. 그가 쓴 많은 편지 중에서 이렇게 자기 자랑을 늘어놓은 것은 이 편지가 유일하다. 그만큼 그는 이 시절 주체할 수 없을 정도로 벅찬 기쁨을 느끼고 있었던 것이다. 그는 원고를 청탁한 네 문예지 가운데 『심상』 『월간문학』 『한국문학』 세 곳에 차례로 시를 발표한다. 『현대시학』은 그해 6월호에 두 편을 발표했기 때문에 제외되었을 것이다.

『심상』은 박목월이 중심이 되어 1973년 10월에 창간한 시 전문지로, 박용래가 박목월과 친했기 때문에 오히려 그간 청탁을 받지 못했던 것으로 짐작된다. 일종의 역차별이었던 셈인데, 이제는 더이상 그 점을 신경쓸 필요가 없을 만큼 박용래의 위상이 높아진 것이다. 그는 그해 한국문인협회 충남 지부장에 피선되었고[4] 이제 자타가 공인하

---

4) 이문구가 작성한 것으로 추정되는 박용래의 연보에는 그가 1974년에 한국문인협회 충남 지부장에 피선된 것으로 적혀 있고(「연보」, 『먼 바다』, 277쪽) 『대전문학 60

는 시단의 중심 인물이 되었다. 그는 시인으로서 가장 행복한 시간을 보내고 있었다. 이 무렵 그는 간혹 서울에 올라갈 때면 박재삼, 박성룡, 천상병 시인 등과 어울렸다.

상』에는 1975년으로 쓰여 있는데(『대전문학 60 상』, 29쪽), 한국문인협회에 기록이 정리되어 있지 않아 정확한 연도를 확인하기 어렵다.

1974년 한국시인협회 세미나 후 불국사에서.
왼쪽부터 박용래, 김구용, 박희선 시인.

대전의 조각가와 도예가

박용래가 문단 활동을 활발하게 하기는 했지만 시인협회 세미나는 일 년에 한 번 있는 일이고 『현대시학』 심사위원으로서의 일도 자주 있는 것은 아니었다. 더구나 그는 서울에 있는 문예지 사무실에 자주 들를 수 있는 형편도 아니었다. 대전에서 전업 시인으로 하루하루를 보내던 그는 대전의 문인, 예술가들과 자주 어울렸는데, 특히 몇몇 미술인들과는 문인들보다 더 가깝게 지냈다.

그중에서 박용래가 가장 오랫동안 가까이한 사람은 조각가 최종태이다. 앞서 살펴보았듯이 최종태가 박용래를 처음 만난 것은 그가 대전사범학교를 졸업한 직후인 1952년경이었다. 그는 졸업 후 대전에서 초등학교 교사로 근무하다 1954년에 서울대 조소과에 진학하였고, 대학 졸업 후 1961년부터 1966년까지 대전 대성고등학교와 공주교육대학교에서 근무하다 1967년에 이화여대 교수로 부임했으며,

1968년 서울대로 옮겨 1998년에 정년퇴임을 하였다. 최종태는 1954년 이후 대부분의 시간을 서울에서 생활했지만, 고향인 대전에 내려올 때마다 술을 사서 박용래의 집에 먼저 들렀다가 집으로 가곤 했다. 박용래가 항상 집에 있었기 때문에 미리 연락하지 않고 찾아가도 만날 수 있었던 것이다. 그렇더라도 그가 매번 빠짐없이 박용래를 찾은 것은 우정 이상의 특별한 호감이 있지 않고서는 불가능한 일이었을 것이다. 최종태는 박용래에게서 인간이 지닐 수 있는 가장 순수한 모습을 보았고, 거기에서 예술의 본질을 발견했던 것이다. 그는 한 에세이에서 다음과 같이 쓴 바 있다.

깨끗한 것이 좋다. 깨끗한 사람이 좋다. 박용래가 그렇고 스님 법정이 그렇다. 내 주변에는 깨끗하고 맑은 사람들이 많았다. 왜 그런지 잊히지 않는다. 어떤 것은 세월과 함께 가는데 어떤 것은 그 자리에 언제나 있다.

깨끗한 그림을 그리고 싶다. 좋은 그림은 타고나야 되는 것이라 한다. 그러나 깨끗한 사람은 노력하면 될 일이 아닐까. 늦은 가을 외딴 산자락에 하얗게 핀 구절초. 누가 보거나 말거나 시간이 가거나 말거나 아랑곳함이 없이 그냥 피어 있다. 이 세상 일도 다 모르는데 저 세상 일을 내 어찌 알겠는가. 저 꽃 한 송이의 사연도 모르면서 다볼산의 하얀 예수 이야기를 내 어찌 알겠는가.

그림 그리는 일은 어제 묻은 때를 지우는 일이다. 때를 다 지울 수만 있다면 좋은 날 밝은 날을 살 수 있을 것 같다.[1]

그는 세속의 때가 묻지 않은 박용래의 깨끗하고 맑은 모습을 이상적인 삶의 모습이자 자신의 예술이 지향해야 할 방향으로 여겼다. 그런 최종태에게는 박용래와의 만남 자체가 또다른 예술 행위의 하나였을지도 모른다. 최종태는 자전적인 에세이에서 1960년대 중반에 반가사유상을 만난 것이 자신의 정신의 나침반이 되어주었다고 밝힌 적이 있다.[2] 그가 자주 제작한 소녀상은 그 결과물의 하나이다. 앞에서 살펴보았듯이 그는 박용래의 시비 윗부분에도 소녀상을 세웠는데, 그것은 평소 박용래에게서 그런 미적 이미지를 보았기 때문일 것이다.

최종태의 삶과 조각 세계는 박용래의 시에도 커다란 영향을 미쳤다. 최종태는 사범학교 시절부터 문학을 좋아해 문인 못지않은 글솜씨를 지니고 있었고, 『심상』 1978년 3월호의 '눈' 특집에 「숙명의 형태를 찾아서」라는 글을 실은 적도 있다. 박용래는 그 글을 읽고 바로 서울에 있는 그에게 편지를 띄운다.

최종태 대인人仁

그간 안녕하신지요.
방금 『심상』 3월호에 실린 형의 글을 읽고 반가운 나머지 펜을 들었습니다.

---

1) 최종태, 『최종태, 그리며 살았다』, 36쪽.
2) 최종태, 「형태는 낳는 것이다」, 『최종태 조각 1991 – 2007』, 열화당, 2007, 9쪽.

구구절절 잠언 같은 문맥이 나를 사로잡는구료. 행간마다 물보라 치고 있습니다. 출렁이고 있군요.

결코 예술가의 눈이란 천사 아니면 아마의 그것 아니겠어요. 언뜻 이율배반적인 이 존재만이 모름지기 예술에 서는 구원의 길이 아닐는지? 일반적인 도덕률에서나 상식의 선을 넘어.

다만 (독자를 의식하지 않더래도) 아쉬운 것은 조각에 있어 형의 그 독특한 '눈'의 처리 과정을 좀 구체적으로 서술했더라면…… 하기야 그 비의를 함부로 공개할 수는 없는 노릇이겠지만요.

아무튼 '눈'의 특집에서 형의 글을 대하고 새삼 대전 시절의 형의 모습 그리워 한 자 적었습니다.

부디 좋은 작품 많이 발표하세요.

모처럼 푸르른 라일락 꽃망울을 때아닌 비바람이 모질게 치고 있습니다.

78년 3월

박용래가 "구구절절 잠언 같은 문맥이 나를 사로잡는구료"라고 말한 것처럼, 최종태의 글에는 밑줄을 긋고 음미할 만한 구절이 많이 있다. 그중 몇 가지만 추려보면 다음과 같다.

나는 가끔 나의 형태를 먼 산꼭대기나 둥글둥글한 구릉에다 올려놓는 것을 상상한다. 나의 형태는 전원의 그리움 속에 서 있고 그래서 한 그루의 나무가 서 있는 것처럼, 우뚝 솟아 있는 바윗덩어리처럼 있고 싶다는 생각을 한다. 가까이서 보는 조형의 재미를 되도록 삭제하고 본래적으로 그냥 거기에 있었던 것처럼 서 있기를 바란다.

(……)

진과 선으로부터 미를 분리시킨다면 미의 생명이 죽고 만다. 미가 진실로 미의 생명을 발휘하자면 진과 선이 미라고 하는 형태로 표현되어져야 한다고 생각한다. 진이 진실로 진이려면 선과 미가 진이라는 모습으로 나타날 때이고, 선이 진실로 선이 되기 위해서는 진과 미가 선이라는 모습으로 발휘될 때가 아닌가 싶다.

(……)

눈에 보이는 것을 그 보이는 대로 그리고, 마음에 비치는 것을 그 비치는 모습대로 만든다. 눈을 닦고 마음을 닦는다. 좋은 것이 보이고 옳은 것이 비치도록 닦아내는 행위, 그래서 그리고 만들고 하는 행위는 차라리 먼지를 닦아내는 행위로 생각되어지기도 한다.

(……)

무지하다는 것도 위험한 것이지만 양식良識이 아닌 유식有識 또한 무섭다. 양식이 아닌 유식은 비진실을 합리화시켜서 진실이라는 형태로 둔갑시키는 능력을 발휘한다. 그래서 나는 유식한 비진실을 두려워하고 무지한 진실 편에 설 수 있기를 바라며 진실이 아닌 형태는 아무리 능변이라 할지라도 그것은 허깨비 같은 것이 아닌가 생각한다.[3]

---

3) 최종태, 「숙명의 형태를 찾아서」, 『심상』 1978년 3월호, 19~23쪽.

최종태의 글에 대한 박용래의 편지는 그의 예술관을 넌지시 드러내고 있다는 점에서도 주목된다. "결코 예술가의 눈이란 천사 아니면 악마의 그것 아니겠어요. 언뜻 이율배반적인 이 존재만이 모름지기 예술에 서는 구원의 길이 아닐는지? 일반적인 도덕률에서나 상식의 선을 넘어"라는 구절이 그것이다. 그러면서 박용래는 최종태의 '사물을 보는 눈'의 보다 구체적인 방법을 궁금해기도 한다.

이렇게 최종태와 예술적 우정을 나누던 박용래는 그를 위해 다음과 같은 시를 남겼다.

"토담 너머 호박꽃 물든 노을 속 논둑 개구리 밟을까봐 까치걸음 하던 어린 날의 최종태崔鍾泰"

비둘기, 독수리

같은

새 한 마리

안고

외길

가는

최종태崔鍾泰의

벙거지

밀잠자리, 왕잠자리

따르고

단환丹環 빚는

손끝에

타는 듯

봉선화

오 보이잖는

길

때론 삐딱이

주막

찾는,

—「손끝에」전문

시의 서두에 최종태라는 이름이 직접적으로 드러나고 따옴표가 표
시되어 있다. 최종태 선생에게 혹시 이 대목이 선생의 글에서 가져
온 것인지 문의하였더니, 선생은 자신이 어렸을 때 5월이면 논두렁길
에 개구리들이 잔뜩 나와 있어 개구리를 밟지 않기 위해 까치발을 하
고 걸어다녔다는 말을 박용래에게 자주 했다고 알려주었다. 박용래
는 그 이야기를 마음속에 간직하고 있다가 그에게 바치는 시에 인용
형식으로 넣어 자연 속에서 순수하고 해맑게 지냈던 그의 어린 시절
을 선명하게 그려낸 것이다. 이는 자연 속에서 자연의 일부가 되기를
바라는 그의 조각관과도 상통한다. 특히 "단환 빚는/손끝에/타는 듯/

봉선화"라는 구절은 흙으로 형태를 빚어내는 조각가의 손놀림과 어린 시절 손에 봉선화 물을 들인 모습을 병치시킴으로써 손끝의 날카로움에서 자연과 맞닿은 조각품이 탄생하는 그의 작업 과정을 절묘하게 그려낸 표현이라고 할 수 있다.

박용래와 가깝게 지냈던 또 한 명의 미술계 인사는 도예가 이종수이다. 이종수는 1935년 대전에서 태어나 대전공업고등학교 건축과와 서울대 응용미술학과를 졸업한 후 도예가로 일가를 이루었다. 그는 같은 대전 출신의 선배 예술가인 최종태와 대학 시절부터 친하게 지냈다. 이종수는 도자를 공예의 차원을 넘어 다양하고 풍부한 예술의 경지로 끌어올린 도예가로 손꼽힌다. 최종태는 2008년 타계한 이종수를 회고하는 글에서 그의 말을 빌려 그의 도자 세계를 다음과 같이 인상적으로 전하고 있다.

　　호되게 한 방 얻어맞고 쓰러져서 '한 방 더 때려주시오!' 하고 누워 있는 것 같은 그런 그릇을 만들고 싶다.[4]

이종수와 가까웠던 한 신부가 전한 이종수의 말이라고 한다. 그는 그 말대로 겸손하지만 당당하고, 소박하지만 단단하며, 한없는 비움과 무한한 자유를 구가하는 정신을 담은 가장 한국적인 도자를 만들기 위해 노력했다. 이종수는 선배인 최종태의 소개로 박용래를 만났

---

4) 최종태, 「도예가 이종수를 회고하다」, 이종수추모문집간행위원회, 『도예가 이종수를 그리다』, 은행나무, 2009, 33쪽.

고, 세 사람은 그날로부터 둘도 없는 단짝이 되었다. 최종태는 세 사람의 예술적 우정을 다음과 같이 표현했다.

좋은 의미에서 이종수에게는 향토라는 말이 어울린다. 시인 박용래의 경우와도 같다. 한 사람은 시로, 한 사람은 그릇으로 주옥같은 고향 언어를 창출하였다. 그런 사람들 곁에서 나는 행복하였다.[5]

이종수는 1965년 대전실업초급대학 교수로 부임하여 십여 년간 근무했다. 그래서 서울에서 오래 거주한 최종태와 달리 박용래와 오랫동안 자주 만날 수 있었다. 이종수는 1971년 37세의 늦은 나이에 결혼했는데, 통금이 있던 그 시절 박용래가 한밤중에 그의 신혼집을 찾아가 대문을 두드리며 "종수야 나 왔다" 하고 고함을 쳐서 당시 경찰이었던 집주인이 깜짝 놀라 항의하자 박용래가 "보고 싶어서 왔는데 왜? 뭐가 잘못됐냐" 하고 오히려 호통을 쳤다는 일화도 있다. 이종수가 박용래보다 열 살이나 어렸지만 둘 사이는 친구처럼 스스럼이 없었다.

이종수는 1976년 이화여대 도예과 교수로 임용되어 혼자 서울로 올라갔고, 일 년 뒤에는 부인도 대전의 직장을 그만두고 같이 서울로 이사했다. 마침 그해에 박용래의 둘째 딸 박연이 이화여대 서양화과에 입학하여 이종수가 박연에게 많은 격려를 해주었다. 박연은 선생

---

5) 같은 글, 16~17쪽.

댁에 찾아갈 때마다 사모님이 늘 장을 새로 봐서 따뜻한 밥을 차려주셨다고 회고한다. 박용래에게 이종수는 존경하는 도예가이자 친구일 뿐 아니라 자식을 맡긴 스승이 된 것이다. 두 사람은 여러 차례 서신을 주고받으며 우정을 다져나갔다.

이종수 선생 귀하

가을이 감빛으로 물들고 있습니다.
그간 댁내 안녕하신지요.
객지에 있는 돈아豚兒에게 무한한 격려 말씀 주셨다니 고맙기 한량 없군요.
때때로 선생의 모습을 떠올립니다. 미의 사제로서 땀을 흘리고 있을 모습을. 그리고 어깨 나란히 걷던 동학사의 산길도.
일차 상경을 벼르고는 있습니다만 지금 같아서는 요원하고 혹시 선생께서 추석에 하향下鄕하시면 그땐 뵐 수 있는지. 고대합니다. 불비不備

1977. 9. 15.

그런데 두 해쯤 지나 이종수는 돌연 교수직을 그만둔다. 학생을 가르치는 일과 도자기를 만드는 작업을 모두 잘할 수는 없다고 생각했기 때문이다. 그의 부인 송경자 여사는 대전사범학교 출신으로 당시 초임 교사의 발령 관례에 따라 대전 외곽의 학교를 전전하다 마침내 대전의 유천국민학교에서 근무하던 차에 남편을 따라 직장을 그만두고 상경한 참이었다. 그런데 이 년 만에 남편이 교수직을 그만두겠다고 한 것이다. 최종태와 박용래는 그의 사직을 극구 말렸다. 특히 박용래는 직업 없이 예술에 전념하는 이의 고독과 가난을 너무나 잘 알았기에 더 적극적으로 이종수를 설득했다. 김옥길 이화여대 총장도 그의 사직을 만류했지만, 그는 주변의 반대에도 불구하고 사직서를 내고 고향으로 돌아갔다. 안정적인 직장을 그만두고 졸지에 실업자가 된 두 사람은 이후 생활고를 겪어야만 했다.

이종수는 사직 후 1980년 대덕군 신대리 갑천 변에 손수 가마터를 마련하여 작업에 매진하다 KTX 노선이 이곳을 관통하게 되자 1998년 금산군 추부면 용지리에 다시 가마터를 마련하여 자신만의 도자 세계를 가꿔나갔다. 2008년 그가 74세를 일기로 타계한 뒤로는 둘째 이철우가 도예가로서 아버지의 뒤를 이어가고 있다.

자연을 닮은 가장 한국적인 도자기를 추구했던 이종수의 예술 세계는 박용래의 시세계와도 상통하는 바가 많았고, 박용래는 그와의 예술적인 교류를 통해 많은 문학적 영감을 얻었다. 박용래는 1971년부터 1972년까지 『현대시학』에 연재한 산문 「호박잎에 모이는 빗소리」를 1976년 7월부터 『문학사상』으로 옮겨 연재를 이어갔는데, 그 첫번째 글에서 '가마'라는 소제목으로 이종수와의 동행 경험을 풀어내었다.

산기슭은 말할 것도 없이 까치는 국민학교 운동장 복판에까지 들어와 둥지를 틀었다.

유난히도 까치가 많은 까치 마을, 그래서인지 이곳 주민들의 목청
은 한 옥타브 높다. 둑길을 달리는 아이들 걸음도 폴딱, 폴딱, 모로 뛰
는 까치 걸음걸이다. 이곳에 R형과 더불어 자주 찾는 그 해묵은 가마
는 있다.

계룡산이 내비치는 가마.

가마에 어리는 수수한 옛사람들의 살결, 살결에 돋는 아슴한 숨결.

계곡을 타고 돌돌돌 흘러내리는 물이 여기에 이르러 흙을 빚었을
것이요, 그 흙은 금줄에 둘러싸인 불꽃 속에서 요순의 그릇이 되고, 그
릇마다 담긴 무량의 공간.

고려청자의 한공寒空도 이조백자의 도포 자락도 이런 가마에서 나
왔을 것이요, 그런 비색秘色은 아니어도 우리들이 일상, 조석으로 챙기
는 투가리며 단지며 종지 등의 질그릇도 여기서 도란도란, 얼굴 비비
며 낳았을 것이다. 토장맛 같은 목숨의 그릇.

이제는 신식 물레에 몰려 폐가처럼 문을 닫은 가마.

R형은 도예가여서 이곳에 오면 옛 그릇의 비밀을 더듬어 줄자를 들
고 가마의 폭·높이·깊이 등 전체 구조를 살피기에 여념이 없지만 R
형, 어찌 무량한 공간, 토장맛 같은 그릇의 비의를 줄자로 재서 가늠할
수 있으리오. 도예에는 전혀 문외한인 나이지만, 목욕재계한 백의白衣
의 도공들의 정신 도장이었을 가마 앞에 앉으면 먼 날의 흙이, 먼 날의
물이, 먼 날의 불기가 와락 달려드는 성싶다.

면면히 뻗친 유구한 세월의 나이테, 맥박의 도량, 어미닭이 알을 부화하듯 삶의 아름다움을 부화하던 슬기.

빈 바둑이 집에 숨어, 성이는 지금 흙장난이 한창이다. 흐릿한 광선 속에서, 개고 버무리고 이기고 토닥토닥의 되풀이. 순진스러운 성이여, 뭣을 만들 것인가, 어찌 하필이면 바둑이 집인가. 어린 무화과 잎새 같은 성이의 손, 흙투성이의 손에서 석기인을 연상하고 고향을 연상하고 계룡산 밑, 까치 마을의 가마를 연상한다.

성이는 이 세상에 너무 늦게 나온 아이.

꿈속에 가마는 언제나 금줄에 둘러싸인 화염을 보듬고, 보듬고 있다.[6]

이 글에서 'R형'은 이종수를 말하며, "계룡산이 내비치는 가마"는 공주시 반포면 학봉리에 있는 가마터를 가리킨다. 이곳은 15~16세기 조선 전기에 유행했던 분청사기의 한 종류인 철화분청사기의 생산지로, 옛 가마의 흔적이 뚜렷하고 주변에 사금파리들이 널려 있어 옛 도공의 예술적 기운이 어린 유서 깊은 유적이다. 박용래는 이종수와 함께 이곳을 자주 찾았고, 그때의 경험을 산문에 담은 것이다. 이종수는 이곳에서 전통 가마의 모습과 구조를 가늠하고, 그의 곁에서 박용래는 옛 장인들의 정신세계를 상상한다. 글의 마지막 대목에서 박용래는 당시 여섯 살이던 막내아들의 흙장난에 대해 쓰고 있는데,

---

6) 박용래, 「호박잎에 모이는 빗소리 — 휘파람·가마·독백·초록 비」, 253~254쪽.

여기에는 도공들의 도자 세계, 나아가 모든 예술 세계는 순수한 어린
아이의 흙장난과도 같은 것이라는 의미가 함축되어 있다. 학봉리 가
마터는 1990년 사적史蹟으로 지정되었고, 몇 년 후 인근 상신리에 도
예마을이 들어서서 지금은 많은 이들이 찾는 명소가 되어 있다.

조각가 최종태가 그린 박용래 시인의 초상.

대전의 화가들

 박용래는 조각가 최종태, 도예가 이종수 외에 대전의 여러 화가들과도 자주 어울렸다. 그중 박용래가 가장 먼저 친교를 맺은 사람은 강성렬이다. 강성렬은 홍희표 시인의 고등학교 일 년 선배로 중학교 때부터 그림 특기생으로 이름을 날렸는데, 홍희표가 자신이 만든 문학 동아리 '판도라'에 끌어들여 같이 문학 활동을 했다.[1] 강성렬은 홍익대 서양화과를 졸업한 뒤 대전 은행동에 '현대미술연구소'라는 화실을 차리고 그곳에서 작업을 해나갔는데, 이 화실은 대전에 세워진 최초의 미술학원이었다.[2] 홍희표의 소개로 강성렬을 알게 된 박용래는 홍희표와 함께 이 화실에 자주 놀러갔고, 박용래의 둘째 자제 박연이 초등학교 5학년 무렵 이곳에서 그에게 석고 데생을 배웠다. 강

---

1) 홍희표, 「반쪽의 슬픔—강성렬」, 『글의 길과 길의 글』, 126쪽.
2) 같은 글, 128쪽.

성렬은 박연이 전해주는 수업료를 받는 날이면 박용래를 불러 함께 술을 마시곤 했다고 한다. 그가 1973년경 논산의 기민중학교 미술 교사로 부임한 뒤로는 박용래와 홍희표가 함께 논산으로 그를 찾아가서 며칠씩 머물며 함께 술을 마셨다.

박용래가 친하게 지낸 또 한 명의 화가는 권영우이다. 권영우는 1943년 충남 공주 출신으로 공주사대부고와 홍익대 서양화과를 졸업하고 대전에서 화실을 운영했다. 박연은 고등학교 때 권영우의 화실을 다녔는데, 권영우도 수업료를 받는 날이면 으레 박용래를 불러 함께 술을 마셨다고 한다.

박연에 따르면 강성렬은 미술에 대한 해박한 지식과 날카로운 비평안을 지니고 있었고, 권영우는 홍대 '오리진' 그룹의 멤버로 뛰어난 실력을 지닌 화가라고 한다. 박용래가 그들에게 미대 지망생인 둘째 딸의 그림 지도를 맡기고 그들과 무척 가깝게 지낸 것은 두 사람의 실력이 뛰어나서이기도 했지만, 그들의 신체적 장애와도 관련이 있었으리라는 것이 박용래와 가까웠던 한 화가의 전언이다. 강성렬은 6·25 때 피난 열차의 지붕 위에 앉아 있다가 유탄을 맞아 왼쪽 팔을 잃었고, 권영우는 선천적으로 심한 언어장애를 지니고 있었다. 박용래는 이들의 장애에 남다른 연민을 느끼며 다른 사람들보다 더 다정하고 살뜰하게 대했고, 그런 박용래의 마음씀씀이에 두 사람도 그에게 특별한 호감을 가지게 되었다는 것이다.

박용래는 문인들 중에서도 신체적인 장애를 지닌 이들에게 남다른 친밀감을 드러냈다. 그 대표적인 경우가 시인 구자운과 임홍재이다. 구자운은 1926년 부산 출생으로 1955년 서정주 시인의 추천으로 『현대문학』을 통해 등단한 이후 한국 시단을 이끌어나갈 시인으로 촉망받았으며, 1969년 '오늘의 한국시인집' 가운데 한 권으로 시집 『청자수병』을 출간했다. 그는 어렸을 때 소아마비를 앓아 왼쪽 다리를 절었고, 평생을 병고와 가난 속에서 지내다 1972년 12월 47세의 이른 나이에 비극적으로 삶을 마쳤다. 박용래는 1960년대 초반에 구자운을 처음 만나 십여 년 동안 가까이 지냈으며, 그의 부음을 듣고 1973년 『시문학』 2월호에 그에게 바치는 시를 발표했다.

이제 만나질 시간時間 없으니
어찌 헤어질 장소場所인들 있으랴.
십오 년十五年, 우정友情의
고리, 오히려 짧고나.
만나면 어깨부터 툭 치던
손.
마실수록 아쉬워하던 석별惜別의
잔盞,
우리들의 예절禮節은 어디로 갔느냐.
종로鍾路에서 찾으랴.
청진동淸進洞에서 찾으랴.
남대문南大門 근처近處에서 찾으랴.
오가는 발자국 그 옛 자리,

설레는 눈발 그 옛 자리,

오늘은 널 위해 슬픈 잔盞을

던지누나.

(반 잔盞만 비운 나머지……)

쨍그렁 울리는 저승 바닥.

　　　　　　—「반 잔盞 —고故 자운滋雲 형兄에게」 전문

　박용래가 특정 문인에게 바치는 시를 쓰면서 제목에 이름을 명시한 경우는 박목월, 이문구, 홍희표, 구자운 네 명뿐이다. 박목월은 박용래에게 스승과도 같았고 이문구와 홍희표는 워낙 각별한 사이였지만, 그에 비해 구자운은 상대적으로 친밀도가 낮은 편이었다. 그럼에도 불구하고 그가 구자운을 기리는 헌시를 쓴 것은 그만큼 그의 죽음을 비통해했기 때문이고, 그 바탕에는 그의 불우한 생애에 대한 남다른 연민이 깔려 있었던 것이다.

　또 한 명의 불우한 시인 임홍재에 대해서는 뒤에서 자세히 다루기로 하고, 다시 대전의 화가들로 돌아가보자. 박용래는 강성렬과 권영우 외에 정명희, 박명규, 유근영 등의 화가와도 가까이 지냈다. 정명희는 1945년 충남 홍성 출생으로 대전 한밭중학교와 대전공업고등학교를 거쳐 홍익대 동양화과를 졸업한 인물로, 강성렬과 대학 동기이면서 대학 때부터 시를 쓴 문학청년이었다. 그는 1973년부터 대전 대신고등학교에서 미술 교사를 하면서 대흥동에 화실을 차리고 작업을 했으며, 1977년부터는 운보 김기창 선생을 사사하기도 했다. 박용래는 이종수와 함께 그의 화실을 자주 찾았다고 한다.

박명규는 1944년 공주 출생으로 공주고등학교와 홍익대 서양화과를 졸업하고 공주에서 충남중학교를 비롯해 여러 학교에서 교편을 잡으며 작품활동을 펼쳤다. 권영우의 대학 선배이자 공주고등학교 시절 최종태의 제자였던 박명규는 최종태, 이종수와 함께 박용래의 집에 자주 놀러오곤 했다. 박명규의 부인 이명자도 홍익대 서양화과를 졸업하고 대전중학교에서 교편을 잡으며 미술활동을 했다. 박용래가 보관하고 있던 박명규 이명자 부부의 제2회 전시회 팸플릿의 빈 공간에는 「나 사는 곳」이라는 시가 박용래의 친필로 적혀 있는데, 박용래는 잡지나 편지 봉투, 팸플릿 등의 빈 공간을 노트 삼아 시를 메모해놓곤 했다. 박명규 이명자 부부의 제2회 부부전은 1980년 10월 21부터 27일까지 대전시민회관에서 열렸고, 「나 사는 곳」은 박용래가 생전에 쓴 마지막 작품으로 추정된다.

유근영은 박용래가 알고 지낸 화가 중 가장 막내로, 1948년 대전에서 태어나 대전고등학교와 홍익대 서양화과를 졸업한 후 보령 웅천중학교에서 잠시 교사 생활을 했으며, 1975년 무렵부터 전업작가로 지냈다. 그는 권영우를 통해 박용래를 알게 되어 그와 함께 박용래의 집을 자주 찾았다고 한다. 그는 사진관을 운영했던 박용래의 처남 이대길과도 친하게 지냈는데, 이대길이 문학을 좋아하고 예술적 기질이 다분한 자유인이어서 서로 마음이 잘 맞았던 것이다. 그는 당시 선화동에 있던 이대길의 사진관에 박목월의 사진과 『청와집』 동인들의 단체 사진이 걸려 있었다고 기억한다. 유근영에게 박용래는 나이 차이가 많이 나는 어른이었는데, 그럼에도 그가 던진 당돌한 물음에 박용래가 명쾌한 대답을 들려준 일이 두고두고 기억에 남는다고 한다. 유근영의 질문은 왜 참여시에 대해 관심이 없느냐는 것이었는데, 그 말을 들은 박용래는 껄껄 웃으며 참여란 직접적인 언어로만 하는 것이 아니라 완곡한 서정의 언어로도 하는 것이라고 답했다는 것이다. 참여시에 대한 박용래의 생각이 담긴 이 말은 그의 산문 어디에도 언급되어 있지 않아 의미심장하게 다가온다.

박용래는 이들 외에도 대전 지역의 여러 화가들과 교류했고 그들의 전시회에 빠짐없이 참석하였으며, 화가들의 모임에도 자주 어울렸다. 시인인 박용래가 화가들과 친하게 지낸 데에는 다른 분야에 종사하는 사람들 사이에서 느끼는 편안함도 작용했을 것이다. 고정된 직장이 없어 대전 지역의 문인들과 어울리는 시간이 많던 박용래에게는 좁은 울타리 안에서 간혹 생겨날 수 있는 갈등과 경쟁 심리 같은 불편한 긴장감을 잊고 신선한 자극을 얻을 수 있는 기회가 필요했을 것이다. 한편으로는 그의 평범하지 않은 행동과 태도로 인해 스스로 문인들과의 교류에서 외로움을 느끼는 경우도 있었으리라 짐작된다.

물론 미술계 인사들과의 친교에는 무엇보다 그림에 대한 박용래의 남다른 애착이 바탕에 깔려 있었다. 앞서 보았듯이 박용래는 강경상업학교 시절부터 미술반 반장을 맡을 정도로 그림을 좋아했고, 1950년대 그 삭막한 시절에도 동 킹먼의 순회 전시회를 보고 시적 감흥을 얻을 정도로 섬세한 감성을 지니고 있었으며, 이 시기 습작으로 고흐에 대한 작품을 쓰기도 했다. 그가 이 무렵 만난 최종태와 단번에 죽이 맞았던 것도 그림에 대한 애정이 없었다면 불가능했을 일이다. 최종태는 박용래의 그림 사랑에 대해 다음과 같이 말한 바 있다.

박용래는 중학교 때 미술반 활동을 했대서 그런지 남달리 그림을 좋아하였다. 인상파를 좋아하고 로랑생을 좋아하고 샤갈을 좋아하고 루오를 좋아하였다.
프랑스의 화가 조르주 루오는 일차세계대전을 겪고 나서 육십 장의 판화 〈미제레레〉를 제작하였다. 당시의 화단은 큐비즘, 다다이즘, 추상주의니 해서 이른바 새로운 조형을 개척하려는 의지로 가득차 있었다. 그런 와중에서 홀로 루오는 참담한 현실세계에 대한 연민으로 고뇌하였다. 갈 곳 없이 들판에 버려진 군상들, 외로운 도시, 수난당하는 예수, 창녀들을 성스러운 모습으로 그리고 있었다. 편편마다 그가 달아놓은 제목들에서 보듯이, 〈정든 내 고향아 너는 어디 있느냐〉 〈때로는 가는 길이 좋은 적도 있었건만〉 〈기나긴 아픔이라는 변두리 동네에서도〉 〈새벽 찬가를 불러라 날이 다시 밝으리니〉……
물론 조르주 루오의 그림 세계와 박용래의 시세계는 다르지만, 이 어려운 삶의 현장에서 애련한 쪽에 눈 돌리고 한을 넘어서 애정으로 승화시키려는 총명함이 있다. 「저녁눈」은 나에게 〈미제레레〉의 어떤 장면을 연상하게도 된다.[3]

3) 최종태, 「박용래와 「저녁눈」」, 『시인 박용래—그의 삶과 문학』, 118~119쪽.

최종태는 박용래의 시「저녁눈」에 담긴 애련한 사물에 대한 애정
이 조르주 루오의 〈미제레레〉 연작을 연상시킨다고 했는데, 박용래의
초기 시들이 다룬 눈, 집, 마을, 들판 등의 소재와 이것을 애련한 풍경
으로 형상화하는 시적 방법은 루오뿐 아니라 그가 좋아한 마리 로랑
생, 샤갈 등과 인상파 화가들의 화풍에 두루 영향을 받은 것으로 보인
다. 박용래 시에 나타나는 회화적 방법은 시간이 지나면서 더욱 깊어
져, 1970년대에 접어들면 특정한 그림의 이미지가 시에 구체적으로
나타나게 된다. 그러한 경향을 뚜렷이 드러내며 시적 성취를 거둔 작
품으로「점묘點描」를 들 수 있다.

　　　싸리울 밖 지는 해가 올올이 풀리고 있었다.
　　　보리바심 끝마당
　　　허드렛군이 모여
　　　허드렛불을 지르고 있었다.
　　　푸슷푸슷 튀는 연기 속에
　　　지는 해가 이중二重으로 풀리고 있었다
　　　허드레,
　　　허드레로 우는 뻐꾸기 소리
　　　징소리
　　　도리깨꼭지에 지는 해가 또 하나 올올이 풀리고 있었다.
　　　　　　　　　　　　　　　　　　　　　　　　　　—「점묘」전문

『월간문학』1974년 9월호에 처음 발표된 이 시는 카미유 피사로의 그림 〈서리가 내린 들판에서 불을 지피는 소녀〉를 연상시킨다. 이 그림은 두 사람이 빈 들판에 모은 나뭇가지에 불을 지펴 연기가 피어오르는 장면을 그리고 있는데, 「점묘」에서 묘사하는 장면 역시 이와 흡사한 분위기로 다가온다. 물론 박용래의 시는 '싸리울' '도리깨꼭지'와 같은 사물을 통해 향토적인 풍경을 만들어내고 있지만, 그 바탕에 깔린 카미유 피사로의 흔적은 그가 그 그림에서 시적 이미지를 길어 올렸거나 시적 영감을 받은 것으로 볼 수 있게 한다. 카미유 피사로는 박용래가 좋아했던 인상파 화가들의 아버지로 불리는 인물이다. 그는 몇 년 뒤 1980년 『현대시학』 4월호에 발표한 「버드나무 길」이라는 시에서는 더욱 또렷하게 특정 회화 작품을 시에 원용한다.

맘 천근 시름겨울 때
천근 맘 시름겨울 때
마른 논에 고인 물
보러 가자.
고인 물에 얼비치는
쑥부쟁이
염소 한 마리
몇 점의 구름
홍안紅顔의 소년少年같이
보러 가자.

함지박 아낙네 지나가고
어지러이 메까치 우짖는 버드나무
길.

마른 논에 고인 물.

—「버드나무 길」 전문

　이 시는 마른 논에 고인 물 위로 들꽃과 염소와 구름이 비치고 그
옆으로 길게 난 버드나무 길로 함지박을 인 아낙네가 지나가는, 그야
말로 한국의 시골에서만 보고 느낄 수 있는 청초한 풍경을 그린 작품
이다. 이 시의 2연은 박수근의 그림 〈나무와 두 여인〉을 거의 재현하
다시피 한 것으로 읽힌다.[4] 그 그림은 이 시의 전체 맥락 속에 아주
자연스럽게 녹아들어 시와 완전히 한몸이 되어 있고, 마침내 그 그림
이 이 시를 살려내고 있다. 박수근의 그림이 박용래의 시에 육화되어
시의 핵심으로 거듭난 것이다.
　박용래의 시에서 그림이 핵심적인 역할을 하는 사례는 '고흐' 연작
에서도 확인할 수 있다. 앞서 살펴본 바와 같이 박용래는 1950년대
초 습작기에 고흐를 소재로 한 작품을 쓴 바 있고 이것을 다듬어 『현

---

4) 이 시의 2연과 박수근의 그림과의 연관성은 이경철이 앞서 지적한 바 있다. 이경철,
「물―거꾸로 선 그림자의 시학」, 『나와 네 외로운 마음이 겹친 이 순간―천상병·박
용래 시 연구』, 솔출판사, 2008, 119쪽.

대문학』1970년 6월호에 「고흐」로 발표하였으며, 이 시를 완전히 개작하여 『문예중앙』 1979년 겨울호에 「액자 없는 그림」이라는 새로운 시로 발표하였다. 세 편의 시는 모두 고흐의 그림 〈까마귀가 나는 밀밭〉을 소재로 했지만, 1950년대 작과 1970년 작에서는 고흐의 그림보다는 그의 자살에 좀더 초점을 맞춘 반면 1979년 작에서는 그림을 묘사하는 데 치중해 그림 자체를 시의 대상으로 삼았다.

박용래는 1973년 오류동의 청시사를 개축하면서 생긴 자신의 서재 책상 앞에 고흐의 〈자화상〉과 피카소의 〈마담 피카소〉, 일본의 판화인 우키요에를 놓아두고 있었다고 한다. 동서양의 서로 다른 화풍의 그림은 그에게 매일 새로운 미적 감흥을 주었을 것이다. 1970년대 중반 이후 그의 시에 그림이 적극적으로 수용된 것은 이렇게 화가들과 미술작품을 늘 가까이한 그의 일상과 깊은 관련이 있었다.

시집 『강아지풀』

    박용래는 1975년 5월 두번째 시집인 『강아지풀』을 펴냈다. 이 시집은 민음사의 '오늘의 시인 총서' 중 한 권으로 간행되었다. '오늘의 시인 총서'는 1974년 민음사에서 야심차게 시도한 시집 시리즈로, 시집 판형을 새롭게 하고 가로쓰기를 단행했으며 매 시집마다 해설을 붙이는 등 신선한 기획으로 관심을 모았다. 김수영의 『거대한 뿌리』를 필두로 김춘수의 『처용』, 정현종의 『고통의 축제』, 이성부의 『우리들의 양식』, 강은교의 『풀잎』, 고은의 『부활』, 박재삼의 『천년의 바람』, 황동규의 『삼남에 내리는 눈』, 최민의 『상실』, 조병화의 『나는 내 어둠을』, 오규원의 『사랑의 기교』 등이 이 시리즈로 출간되었고, 이어서 박용래의 『강아지풀』이 간행되었다. 해설은 충남대학교 송재영 교수가 맡았다. 박용래는 시리즈의 기획에 따라 시집에 해설이 붙은 것을 매우 흡족해했다.

당시 충남대에는 문인 교수가 여러 명 재직하고 있었다. 교양과정부에 문학평론가 송재영,[1] 의과대학에 시인 손기섭이 있었으며, 국문학과에는 최원규 시인 외에 오세영 시인이 1974년부터 재직하고 있었다. 오세영은 충남대에 부임할 당시 최원규 시인이 주선한 환영회에 임강빈, 한성기, 박용래, 조남익, 송재영, 이가림 등이 참석했던 것으로 회고한다.[2] 당시 이가림 시인은 대전 MBC PD로 근무하고 있었다. 여기에 손기섭 시인이 합세하여 모임을 가지기도 했는데, 이들이 이 무렵 박용래 시인이 친교를 맺은 문학인들이었던 셈이다.

그는 시선집으로 기획된 '오늘의 시인 총서'의 편집 방향을 충실히 따라 시집의 1부에 첫 시집 『싸락눈』에 실린 시 35편 가운데 24편을 뽑아 실었고, 2부와 3부에는 첫 시집 이후에 발표한 작품들을 선별하고 미발표작을 더해 45편을 실었다. 첫 시집 『싸락눈』에 수록된 시 가운데 1부에서 빠진 시는 「그늘이 흐르듯」 「두멧집」 「고향 소묘故鄕素描」 「종鍾소리」 「세모歲暮」 「정물靜物」 「한식寒食」 「작은 물소리」 「둘레」이다. 이를 통해 시집 『싸락눈』의 시편들에 대한 박용래 자신의 평가를 가늠해볼 수 있다. 1부의 시는 창작 및 발표 순으로 실려 있어 『싸락눈』과 큰 차이를 보이며, 2부와 3부에 실린 『싸락눈』 이후의 신작들도 대체로 창작 및 발표 순서로 배열되어 있는데, 이는 이 시집이 박용래가 스스로 간추린 시선집의 성격을 지닌다는 점을 보여준다.

박용래는 첫 시집 『싸락눈』을 간행할 때 문예지에 발표한 작품을

---

1) 1976년에서 불문학과가 신설된 뒤로는 불문학과 소속이 되었다.

2) 오세영, 『정좌—오세영 문학 자전』, 인북스, 2019, 152~153쪽.

모두 수정하였는데, 이를 『강아지풀』에 선별해 수록하면서도 대부분 크고 작은 수정을 거쳤다. 그리고 「풍경風景」은 「봄」, 「엽서葉書에」는 「엽서葉書」, 「해바라기」는 「고추잠자리」로 제목을 바꾸기도 했다. 「해바라기」는 처음 『현대문학』에 「오후午後」로 발표한 것을 『싸락눈』에 실을 때 제목을 바꾼 것인데, 『강아지풀』에 실을 때 다시 제목을 바꾼 것이다.

『강아지풀』도 『싸락눈』처럼 행갈이와 연 구분을 수정한 경우가 많아 그가 시의 형태를 매우 중시했음을 알 수 있다. 다음 작품을 보자.

　　눌더러 물어 볼가

　　나는 슬프냐

　　장닭 꼬리 날리는

　　하얀 바람 봄길

　　여기사 부여扶餘

　　고향故鄕이란다

　　눌더러 물어 볼가

　　정말 나는 슬프냐

　　　　　　—「소묘素描 2편篇 — 고향故鄕」, 『현대문학』 1958년 6월호

눌더러 물어 볼가 나는 슬프냐

장닭꼬리 날리는 하얀 바람 봄

여기사 부여扶餘 고향故鄕이란다

눌 더러 물어 볼까 정말 나는 슬프냐

—「고향」, 『싸락눈』

　눌더러 물어볼까 나는 슬프냐 장닭 꼬리 날리는 하얀 바람 봄길 여기사 부여扶餘, 고향故鄕이란다 나는 정말 슬프냐.

—「고향」, 『강아지풀』

　처음 『현대문학』에 발표되었던 시가 『싸락눈』과 『강아지풀』에 실리면서 그때마다 형태가 크게 바뀌었음을 확인할 수 있다. 이러한 형태 변화는 시의 여백과 호흡에 변화를 가져옴으로써 시적 정서에 큰 영향을 미친다. 최종적으로 시 전체가 한 행의 형태가 됨으로써 시의 호흡은 급박해졌고, 그에 맞추어 뒷부분에서 반복되던 "눌더러 물어 볼까"라는 구절이 삭제되었다. 그런가 하면 "부여" 다음에 쉼표를 추가해 호흡을 한 번 멈추게 함으로써 "부여"와 "고향"에 의미의 무게중심이 놓이게 하였으며, 마지막 구절 "정말 나는 슬프냐"를 "나는 정말 슬프냐"로 수정하여 시의 서두와 대구를 이루는 운율을 조정하였다. 그가 운율을 섬세하게 고려해 시의 형태를 수정하였음을 알 수 있는 대목이다.
　또 「추일秋日」이라는 시는 내용을 대폭 축약하여 거의 다른 시가 되었다.

낙엽落葉처럼
떨어져
나가
앉은
조석朝夕

나직한
담밑
꼬아리를 부네요

까르
까 르르

귀에
가득
갈 바람이네요

구름이 떴네요
어제의
언덕

아무렇게나
떠도
좋은
구름과 같이
그렇게 살 수는 없네요

그늘이 밝아
물속으로 그늘이 지네요

밤에도
푸른
호도胡桃빛
창窓가
꼬아리를 부네요

까 르르
까르

미음들레
꽃씨처럼
흩어지지
않네요

그런데도
이슥토록
머리 속은
기적汽笛소리 뿐이네요
　　　　　　　　　　　　　　—「추일」,『싸락눈』

나직한
담
꽈리 부네요

귀에
가득
갈바람 이네요

흩어지는 흩어지는
기적汽笛
꽃씨뿐이네요.
　　　　　　　　　　　　—「추일」,『강아지풀』

　『싸락눈』에 실린 시가 『강아지풀』에서는 극도로 축약된 형태가 된 것을 볼 수 있다. 『싸락눈』의 시 가운데 일부 구절만 발췌하고 이를 재구성하여 새로운 시로 빚어낸 것이다.

또『싸락눈』에 실린「모일某日」이라는 시는 세 편으로 구성된 작품이었는데,『강아지풀』에 실으면서 두번째 시를 빼고 두 편으로 구성하면서 일부 구절을 수정했다.『강아지풀』의 1부는 전체적으로『싸락눈』의 시편들을 축약하여 단출한 형태를 만드는 방향으로 이루어졌다.

『강아지풀』의 2부와 3부에는『싸락눈』이 간행된 이후에 발표한 작품들을 추려 실으면서 미발표작을 보탰는데, 1971년에 간행된 공동 시집『청와집』에 수록된 시 5편도 여기에 포함되었다. 발표작 가운데 시집에 싣지 않은 것은「고흐」「삘기」「자화상自畫像 3」「곰팡이」「접분接分」「만선滿船을 위해」6편이며, 문예지 등에 발표하지 않은 신작은「소나기」「경주慶州 민들레」「현弦」「겨울 산山」4편이었다.

2부와 3부에 실린 시도 대부분이 수정되었다. 문예지 등에 실렸던 41편 가운데 수정 없이 그대로 실은 작품은 8편에 불과하며, 제목이 달라진 작품도 11편이나 된다.「친정親庭달」이「손거울」로,「담장록錄」이「담장」으로,「먼 곳―수袖」가「먼 곳」으로,「양귀비」가「댓진」으로,「저문 산山」이「천千의 산山」으로,「이명耳鳴」이「귀울림」으로,「샘가」가「샘터」로,「환幻」이「요령鐃鈴」으로,「금강상류錦江上流」가「나부끼네」로,「울할매」가「할매」로,「밤」이「우중행雨中行」으로 바뀌었다. 시 본문의 수정은 대체로 일부 구절을 교체하거나 시어를 첨삭, 삭제한 정도인데,「금상상류」는「나부끼네」로 개작되면서 내용이 대폭 수정되어 거의 다른 작품이 되었다.

①

검불 연기

고즈넉이 감도는

벌레 먹은 두리기둥.

자락자락 소금 뿌리던

다락에도 뿌리던

금강상류錦江上流의

옛 처녀들

②

〈노낙 각씨閣氏

소꺼 천리千里〉

외우며 외우다

모기 달라

붙는 눈썹으로

나오네, 나오네

③

갓 날개

돋힌 제비

추녀와

저녁담을

잇고.

—「금강상류」,『월간문학』1972년 11월호

검불 연기

고즈넉이

감도는

금강

상류의

갈밭

노낙각시

속거천리

외치며 외치며

모기떼 달라

붙는 양 나부끼네

귀소

서두는 제비들

뱃전을

치고

노낙각시

속거천리.

—「나부끼네」,『강아지풀』

「금강상류」의 구절을 재구성해 간명한 형태의 새로운 시로 빚어낸 것을 볼 수 있다.「금강상류」서두의 "벌레 먹은 두리기둥"은 조지훈의 시「봉황수」의 구절에서 따온 것인데, 그래서 수정 과정에서 삭제된 것으로 짐작된다.

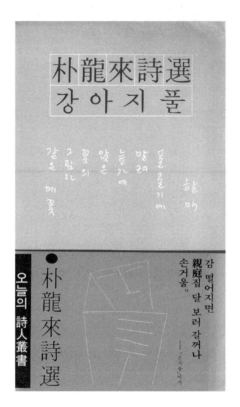

시집 『강아지풀』 표지.

시세계의 변모와 육사陸史의 정신

박용래는 시집 『강아지풀』을 간행한 직후 『문학과지성』 1975년 여름호에 「누가」 「눈오는 날」 「백야白夜」 세 편의 시를 발표한다. 『문학과지성』은 1970년 8월에 창간된 계간지로, 박용래는 창간 오 년 만에 이 문예지에 처음으로 시 청탁을 받은 것이다. 세 편의 발표작 가운데 「누가」는 그때껏 그의 시에서는 볼 수 없었던 새로운 기법을 보여주어 눈길을 끈다.

> ―오오냐, 오냐 들녘 끝에는 누가 살든가
> ―오오냐, 오냐 수수이삭 머리마다 스쳐간 피얼룩
> ―오오냐, 오냐 화적火賊떼가 살든가
> ―오오냐, 오냐 풀모기가 날든가
> ―오오냐, 오냐 누가 누가 살든가.

　　　　　　　　　　　　　—「누가」 전문

　　그는 시 창작 초기부터 줄곧 절제의 미학을 견지해왔고, 사물을 해석하는 대신 있는 그대로 제시함으로써 시의 정서가 자연스럽게 묻어나도록 하는 작품을 써왔다. '점묘의 기법'은 이렇게 해서 완성된 그의 시적 방법이었다. 그런데 이 시는 특정인의 목소리가 전면에 드러나 있으며, 그 목소리가 환기하는 다감하고 넉넉한 감정이 시의 정서를 지배하고 있다. 더구나 사물에 대한 시인의 시선에도 변화가 느껴진다. 박용래의 시적 화자는 들녘을 바라보며 이곳에 살던 화적떼와 수수 이삭마다 스쳐간 피 얼룩과 풀모기를 떠올린다. 시골 농촌의 고요하고 친근한 향토적 풍경에 눈길을 주었던 것과는 달리, 그곳에서 살다 간 고난한 계층의 삶을 떠올리고 있는 것이다. 이시영 시인은 눈물의 시인 박용래로서는 드물게 역사에의 헌신을 추념한 시로서 「누가」를 각별히 주목한 바 있다.[1] 박용래는 이어 『현대문학』 1975년 9월호에 「풀꽃」이라는 시를 발표하는데, 이 작품도 「누가」의 연장선상에 놓여 있다.

　　홀린 듯 홀린 듯 사람들은
　　산山으로 물구경 가고.

---

　1) 이시영, 「누가」, 『시인 박용래—그의 삶과 문학』, 40쪽.

다리 밑은 지금 위험수위危險水位

탁류濁流에 휘말려 휘말려 뿌리 뽑힐라

교각橋脚의 풀꽃은 이제 필사적必死的이다

사면四面에 물보라 치는 아우성

사람들은 어슬렁어슬렁 물구경 가고.

—「풀꽃」 전문

시인은 홍수로 범람 위험에 처한 다리 밑의 위태로운 상황과 어슬렁어슬렁 산으로 물 구경 가는 사람들을 대비하고 있다. 다리 아래로 물이 차오르고, 교각에 뿌리내린 풀꽃이 격한 물살에 몸부림치는 모습이 사실적으로 묘사된다. 시인은 사나운 외부 세력에 필사적으로 맞서는 연약한 집단의 생존력을 '풀꽃'을 통해 상징적으로 그려낸다. 한국 현대시사에 아로새겨진 또하나의 '풀'의 상징이라 할 만하다. 이 시는 여기에다 이러한 풀꽃의 고난을 외면한 채 물놀이에 나선 사람들을 대비시킴으로써 일상의 즐거움만을 좇는 세태에 대한 비판적 성찰도 아울러 시도하고 있다.

박용래가 그로부터 두 달 뒤에 발표한 「사르비아」도 '풀꽃'을 소재로 한 시인데, 이 시의 상상력은 「풀꽃」과는 또다른 방식으로 전개된다.

가을에 피는 꽃

이 겨울에도 핀다

할매가 지피고 돌

이가 지피고 노을

이 지피는 쇠죽가

마 아궁이 아궁이

불 시새우는 불티

같은 사랑 사랑사

겨울에 피는 가을

사르비아!

　　　　　　　　　　　　—「사르비아」 전문

'사르비아', 즉 샐비어는 꿀풀과의 여러해살이풀로, 여름에서 가을
까지 조그만 자루 모양의 붉은색 꽃이 꽃대에 무수히 매달려 피는데,
과거 전통가옥의 마당에 많이 심어져 있어 집 앞을 붉은색으로 물들
이곤 했으며, 꽃잎을 따서 꿀을 빨아먹기도 하던 꽃이다. 시인은 그
꽃을 소의 여물을 끓이는 쇠죽가마 아궁이 속의 불티에 빗대고 있다.
이 시는 「풀꽃」과는 달리 미학적 이미지의 구현에 충실한 감각적인
작품이다. 이 시는 시집 『백발의 꽃대궁』에 실리면서 제목이 '불티'로
바뀌었다.

　또 그로부터 한 달 뒤인 1975년 12월에 박용래는 「난蘭」이라는 시
를 발표한다. 이 시도 풀꽃을 소재로 삼고 있는데, 「사르비아」와는 또
다른 시적 상상력이 드러난다.

난蘭은 이조 여인女人의 일편단심一片丹心.

이슬과 별이 빚은 대지大地의 딸
사슴과 같이 높은 서열序列.

신사임당을 기리듯
어버이 사랑을 기리듯.

서실書室에 몇 포기 난초를 가꾸어
뿌리가 내리면 이웃을 부르자.

고달픈 손이 오면
향기香氣로 맞이하자.

난蘭은 한국 여인女人의 일편단심一片丹心

—「난」 전문

　이 시도 「사르비아」처럼 미학적 이미지의 구현에 치중하고 있지
만, 이미지를 빚어내는 방식은 그와 크게 다르다. 이 시에서 '난'은
'이조 여인의 일편단심' '신사임당' '어버이 사랑' 등에 빗대진다. 모
두 추상적이고 정신적인 비유이다. 시인은 난에 대한 감각적인 인상
을 포착하기보다는 그를 통해 꼿꼿하고 청빈한 조선시대 선비들의

정신을 비유하고 있는 것이다. 이 시에서 감각적인 대목이 있다면 난초의 '향기'인데, 이조차도 '고달픈 손님'의 초대를 매개하는 정신적 대상으로 다루어지고 있다. 그리고 그 이미지는 이육사의 시 「청포도」에 접맥되어 있다.

박용래는 일찍이 이육사를 흠모하고 있었다. 그 흔적은 그의 산문에서도 찾아볼 수 있다.

청의靑衣를 입고 있었다. 밤에는. 육사의 「청포도」에 나오는 고달픈 손님의 청포는 아니었지만. 시장에서 파는 목면 환자복에 물감을 들여 잠옷으로 입고 있었다. 바닷빛이 주는 분위기가 좋아 즐겨 입던 청의였으나 남이 보면 수의 같았으리라.

전깃불 대신 촛대를 세우고 감미로운 〈트로이메라이〉의 선율에 취해 해방 후까지 일어판 문고만 들고 있었던 먼 날의 나.

그 무렵 나는 한 달에 한 번씩은 하숙을 옮겨야 했던 각박한 서울의 하숙이 싫어, 오래 가슴 둘레를 태우던 젖은 S의 눈썹도 애써 지우고 신설 지점을 따라 고향 가차운 대전에 내려와 해방을 맞았다.

여기서 만난 이가 정훈 선생이다. 목척교 옆에 있던 고서점에서 수인사를 했던가. 먼지가 수북이 쌓인 시렁에서 내가 누군가의 시집을 뽑은 것이 우연한 인연이 되어 자주 둑 아래 선생 댁을 드나들며 문학 얘기를 들었다.

늦게나마 『님의 침묵』 『백록담』 『나 사는 곳』 『태양의 풍속』 등 몇 권의 시집으로 벼이삭 줍듯이 아프게 배우기 시작한 나의 독백.[2]

스산하고 혼란스러웠던 일제 말과 해방 직후 박용래의 근황과 내면이 잘 드러나 있다. 그는 이 시절 자신이 밤에 푸른색 잠옷을 입고 지냈다고 밝히는데, 그것이 육사의 시 「청포도」에 나오는 '고달픈 손님'의 '청포靑袍'는 아니라고 하고 있지만, 굳이 그를 언급한 것은 박용래의 내면에 이육사의 정신을 좇고자 하는 의지가 있었기 때문일 것이다. 그는 이때부터 본격적인 문학 수업을 시작하였으니, 문학의 출발기부터 육사의 정신이 그의 내면에 자리잡고 있었던 것이다.[3] 그리고 그 정신은 1970년대 후반에 이르러 그의 시에 구체적으로 모습을 드러내었다. 이처럼 박용래는 1975년경부터 시의 기법과 정신의 폭을 크게 넓혀나갔다.

---

2) 박용래, 「벼이삭을 줍듯이―나의 시적 편력」, 14쪽.

3) 「사르비아」와 「난」에 대해서는 고형진, 「새로 찾은 박용래의 발표작과 미발표 유작」, 『서정시학』 2021년 가을호, 151~153쪽 참조.

「월훈月暈」의 탄생

박용래는 1976년 『문학사상』 3월호에 시 「월훈月暈」을 발표한다. 「월훈」은 그가 1975년경부터 시세계를 크게 확산시켜나가는 과정의 정점에서 탄생한 시로, 그가 그때까지 쓴 시 가운데 가장 길고 산문시의 성격을 지닌 작품이었다. 시상이 응축된 짧은 시를 써온 그에게 이러한 시 형태의 변화는 파격적인 것이었다.

첩첩 산중山中에도 없는 마을이 여긴 있습니다. 잎 진 사잇길 저 모랫둑, 그 너머 강江기슭에서도 보이진 않습니다. 허방다리 들어내면 보이는 마을.

갱坑 속 같은 마을. 꼴깍, 해가, 노루꼬리 해가 지면 집집마다 봉당에 불을 켜지요. 콩깍지, 콩깍지처럼 후미진 외딴집, 외딴집에도 불빛은 앉아 이슥토록 창문은 모과木瓜빛입니다.

기인 밤입니다. 외딴집 노인老人은 홀로 잠이 깨어 출출한 나머지 무우를 깎기도 하고 고구마를 깎다, 문득 바람도 없는데 시나브로 풀려 풀려 내리는 짚단, 짚오라기의 설레임을 듣습니다. 귀를 모으고 듣지요. 후루룩 후루룩 처마깃에 나래 묻는 이름 모를 새, 새들의 온기溫氣를 생각합니다. 숨을 죽이고 생각하지요.

참 오래오래, 노인老人의 자리맡에 밭은 기침소리도 없을 양이면 벽속에서 겨울 귀뚜라미는 울지요. 떼를 지어 웁니다, 벽이 무너지라고 웁니다.

어느덧 밖에는 눈발이라도 치는지, 펄펄 함박눈이라도 흩날리는지, 창호지 문살에 돋는 월훈月暈.

　　　　　　　　　　　　　　　　　—「월훈」 전문

다른 시인들과 비교하면 이러한 산문시의 형태는 새로울 것이 없지만, 그의 시적 전개 과정을 고려할 때 이렇게 긴 문장에 서술형 어미를 사용한 시적 문체는 매우 획기적인 것으로 다가온다.

시세계의 측면에서 보면 이 시는 고향 정경을 그린 「겨울밤」 「삼동三冬」 등의 시편과 눈 내리는 풍경을 그린 「눈」 「설야雪夜」 「저녁눈」 등의 시편이 융합되어 승화된 성격을 보여준다. 또한 이 시는 내용상 그의 산문 가운데 한 편과도 관련되어 있다.

밖에는 제법 눈발이라도 치는지, 창호지 문살이 희뿌연하다.

식구들은 일찍이 잠자리에 들고 벙어리장갑을 풀었다 떴다 하던 둘째 딸, 연이도 어느새 잠이 들었다.

　이불자락을 차 던지며 자는 연이는 지금쯤 무슨 꿈을 꿀까. ―커서 제 딴엔 화가가 되겠다지만, 그림을 그릴 때, 상기되는 너의 능금 볼이 아빠는 제일 좋다만, 어찌 험난한 예술의 길이 하루아침에 이루어지랴. 아빠는 기뻐할 수도 없다.

　눈은 얼마만큼 쌓였는지. 방안까지 훤하다. 이따금 부엌에서 서생원이 달그락거리는 그릇 소리에 밤은 더욱 깊어만 가고 사위는 죽은 듯이 고요하다.

　이런 밤엔 불현듯 귀뚜라미 소리도 그리워진다. 겨울에도 귀뚜라미는 울까, 귀뚜라미는 운다.[1]

　인용한 산문에서 '눈발에 희뿌예진 창호지 문살'의 이미지가 시 「월훈」의 "창호지 문살에 돋는 월훈"으로 이어지고, 귀뚜라미 울음소리도 시에 고스란히 이어져 있다. 「월훈」은 박용래가 이제까지 다져온 자신의 문학적 자산을 치밀한 세공으로 쌓아올린 높은 탑과 같은 시라고 할 수 있다. 이 시는 산문시의 형태로 되어 있지만 운율이 살아 있으며, 그와 연동된 잘 빚어진 이미지가 완벽한 구조를 이루고 있다. 이 시의 창작 과정에 대해 나태주 시인은 다음과 같은 일화를 전하고 있다.

---

　1) 박용래, 「호박잎에 모이는 빗소리 7 ─ 장갑」, 『현대시학』 1972년 3월호, 35쪽.

1976년 1월 어느 날 필자는 대전시 근교인 박시인의 집을 방문한 적이 있다. 그는 둘째 딸 연이가 떠주었다는 벙거지 털모자를 쓰고 있었고 그가 기거하는 방바닥의 아랫목은 새까맣게 그슬려 있었으며 윗목에 놓인 화분에는 제주도의 협죽도가 퍼렇게 얼어 있었다. 그는 『문학사상』지로부터 시 원고 청탁을 받아 시를 이미 송고했는데 그게 마땅치 않아 다시 쓰고 있는 참이라 했다.

그는 시를 쓰는데도 그냥 맨정신으로 쓰는 것이 아니라 소주를 사다가 김치 깍두기로 안주하여 마시면서 썼다.

옆에서 술 대작을 하던 나는 밤이 깊어 그의 옆에서 구부리고 잠시 눈을 붙여야만 했다. 헌데 그는 꼬박 밤을 새워가며 시를 쓰는 것이었다. 시가 일단 완성되면 새우잠을 자는 나를 깨워 완성된 시를 읽어주곤 했다. 그러나 그는 이내 그 시에 불만을 가지고 다시 쓰는 것이었다. 그의 시에는 그의 판단 기준에 따라 미달되는 낱말 하나, 월점 하나라도 있어서는 안 되는 일이었다

그의 시작법의 지침은 정지용적인 엄격성에서 연유하는 듯싶었다.

그렇게 밤을 새워 써낸 시가 발표된 「월훈」이다.[2]

문예지에 이미 보낸 시를 수정하는 데도 이 정도의 노력을 기울였으니, 처음 시를 쓸 때 그가 얼마나 많은 공을 들였을지는 짐작하고도 남는다. 오탁번 시인은 그다음달 『문학사상』 4월호의 '이달의 쟁점'

---

2) 나태주, 「박용래의 추억―시인은 죽어서도 외롭지 않다」, 『쓸쓸한 서정시인』, 분지, 2000, 248쪽.

난에서 이 시에 대해 다음과 같이 평했다.

　박용래의 시는 우리말의 아름다움과 죽은 비유를 소생케 해주는 놀라움을 보여주고 있다. 의도적으로 평범한 어조를 띠고 있으면서도 그 안에 자리잡은 질서는 완벽하다. 이런 시는 구문법에 대한 연습만으로는 절대로 이룩되지 않는 정신적인 가치를 지니고 있다.
　(……)
　밖에 세워놓은 짚단에서 짚이 하나씩 풀리는 소리. 이 시의 공간은 벽촌의 어느 외딴 농가의 한 방이며, 시간은 겨울 기인 밤 눈발이 흩날려서 달무리가 지고 있다. 짚단은 콩깍지와 마찬가지로 인간을 위해 희생한 자연의 일부이다. 이러한 설명이 이 시의 맛을 해치지 않기를 바란다. 그것은 자연과 인간의 중간에 있는 하나의 점이다. 점이 흔들리고 있다. 인간을 다 지나와서 미구에 자연으로 돌아갈 노인이 그 흔들리는 매체를 보고 있다. 등잔불 앞에서 고구마를 깎으며 자연의 소리를 듣고 있다. 귀를 모아서 듣고 있다. 처마에 깃을 묻는 새의 온기를 숨을 죽이고 생각하고 있다. 여기 노인은 인간과 자연을 넘나드는 하나의 정신이 된다.
　겨울방학 때 시골 외갓집에 가서나 씀직한 중학생 일기 같은 이 미소로운 구문이 무서운 떨림을 주고 안온한 평화를 준다. 풀려내리는 짚이나, 처마로 찾아드는 새는 바로 시 속의 인물의 모든 인격이며 사랑이다. 이 점을 강조하기 위해서 '……설레임을 듣습니다. 귀를 모으고 듣지요'와 '……온기를 생각합니다. 숨을 죽이고 생각하지요'에서

'-니다' '-지요'의 투박한 반복을 하고 있다. 예이츠나 프로스트의 시보다 더욱 좋다. 한국인이면서 외국시를 더 좋아하는 사람이 있다면 바로 이런 시를 읽어보는게 좋다. 국적이 분명하고 그 범주 속에 속속 인구人口를 필연적으로 가지게 되는 것이 바로 시다.

박용래 시인에게 축복을 보낸다.[3]

오탁번은 박용래의 시가 예이츠나 프로스트의 시보다 더 좋다고 극찬하고 있다. 시를 평가할 때 자기감정에 충실하여 직설적으로 말하는 그 특유의 감상평이라고 할 수 있다. 그는 자신의 시론을 담은 산문집의 말미에서 "좋은 시는 정말 좋고, 나쁜 시는 정말 나쁘다"라는 문장으로 시에 대한 정의를 단칼처럼 내린 바 있다.[4] 박용래는 이 월평을 읽고 오탁번에게 곧장 편지를 쓴다.

춘풍이 차가운 요즘, 귀체貴體 안녕하십니까.

『문학사상』 4월호의 '이달의 쟁점'에서 사형은 저에게 크나큰 관을 씌워주셨습니다. 그것이 황금의 관이든 피어린 가시관이든 감수할 뿐입니다. 살짝 눈감아버릴 수도 있는 월평란의 글을 이렇게 못 잊어함은 사형의 문맥이 너무도 감동적인 때문이겠지요. 시인은 무대 위의

3) 오탁번, 「이달의 쟁점─콩깍지와 새의 온기」, 『문학사상』 1976년 4월호, 367~368쪽.
4) 오탁번, 『오탁번 시화─아직 태어나지 않은 시인을 위하여』, 나남출판, 1998, 266쪽.

주인공도 아니며 영화 속의 스타도 아니라는 것을, 또 그렇게 되어서도 안 된다는 것을 알면서도 알면서도.

저는 평소에 생각하고 있습니다. 시야말로 성직자 아니면 이름 없는 방랑자가 써야 한다고. 이 두 갈래의 길에서 제가 택한 것은 이름 없는 방랑자. 모름지기 그렇게 노력하고 있을 뿐입니다.

사형, 우리가 영원이란 이름의 한 가닥 줄타기놀음에 동승하고 있음은 무슨 인연이오이까.

축복을 주셔서 감사합니다. 저는 방금 슬프고도 기쁜 잔을 높이 들고 있습니다. 불비不備

76년 춘분 박용래

박용래와 오탁번은 생전에 한 번도 만난 적이 없다. 오탁번은 일면식도 없는 시인의 신작을 정성스럽게 읽고 솔직한 월평을 썼고, 박용래는 그에 대한 정중한 감사와 함께 문학에 대한 자신의 소회를 편지로 솔직하게 전한 것이다. 문학과 사람을 진실로 사랑하는 이들의 아름다운 문학적 교류라 할 수 있다.

한편 1976년 4월 대전에서는 『호서문학』이 오랜 공백을 깨고 5집을 간행하였다. 1959년 2월에 4집을 간행한 이후 십칠 년 만에 내는 후속집이었다. 박용래는 여기에 시 「종소리」를 실었다. 호서문학회에서 탈퇴한 이후 처음으로 이 잡지에 시를 게재한 것인데, 그의 시는 구상, 한성기 등의 시와 함께 '초대'란에 실렸다. 이는 『호서문학』이 중앙 문단에서 활약하고 있는 중견 시인을 초대하는 형식을 취한 것이고, 박용래는 이에 기꺼이 응한 것이다. 『호서문학』의 외연을 넓히려는 잡지측의 의도와 자신이 거주하는 대전의 문학지에 대한 박용래의 애정이 맞물린 결과라고 할 수 있다.

동요풍의 출현

박용래의 둘째 자제 박연은 1976년 말 이화여대 서양화과 입시를 준비했다. 대학 입시가 집안의 대사인 것은 예나 지금이나 마찬가지이고, 자식교육에 극진했던 박용래의 집은 말할 것도 없었다. 박연은 11월에 예비고사를 치른 뒤 이듬해 1월에 치를 본고사를 준비하기 위해 서울로 올라갔다. 서울에 있는 학원을 다니기 위해서였다. 난생처음 오랫동안 집을 떠나 있게 된 박연은 서울에 도착해 여장을 풀자마자 아버지에게 편지를 썼고, 딸의 소식을 기다리던 박용래는 편지를 받고 안도하며 답장을 했다.

연에게

총총히 보내놓고 무척도 가슴 조이더니 너의 글월을 받고 적이 마음 놓이는구나.

그간이라도 별고는 없겠지.

남달리 부끄럼을 타는 네가 동숙의 선배 언니들과도 오손도손 잘 지내고 있다니 기쁘고 기쁘다. 후배라고 어리광일랑 말고 깍듯이 예의를 지켜다오.

그리고 뭣보다 반가운 것은 이미 시일이 늦었는데도 ㅅ학원과 ㅁ화실에 등록 절차를 마친 일, 그저 고맙고 고마울 따름이다.

짧은 해에 학원에 가랴 화실에 가랴 낯선 거리에서 종종걸음 치겠구나. 아마 그런 것을 일인이역이라고 하는 거겠지. 예부터 젊어서 고생은 사서라도 한다는 내려오는 속담이 있지, 고진감래란 말도.

허기야 연아, 저 반 고흐의 하늘에 맴도는 두 개의 태양, 일어서는 지평, 춤추는 올리브 숲 등이 어찌 하루아침에 이루어졌겠느냐. 참으로 종교처럼, 스스로 가는 길을 믿고 끝까지 간 사람은 훌륭하구나.

그렇지만 연아, 아직은 어린 너, 너의 장래 희망이 화가여서 온갖 정열을 그림에 쏟는 것은 좋으나, 한편 인간으로서의 품위를 잃지 말아다오. 지식이 곧 지성 아님을 명심해다오. 어찌 지식이 곧 지성이겠느냐.

연아, 아무래도 그림은 재료의 선택도 중요한 만큼 돈에 구애받진 말고 마음에 드는 것을 골라서 쓰도록 해라.

학교 길과 집밖에 모르던 네가 난생처음 객지생활을 하게 되니 어찌 한신들 마음 놓이겠냐만 평소 너의 침착성과 의지를 믿고 안심은 한다. 객지에 있다 하여 무턱대고 널 홀로 물가에 노는 아이 취급은 않으련다.

어제는 성이가 연이 누나는 일 년 후에야 집에 온다기에 식구들이 모두 웃었다. 하기야 사십 일간의 너의 부재도 어린 성이의 관념으론 일 년만큼이나 긴 세월이겠지. 이제 고교입시를 앞둔 수명이도 나름대로 긴장해 있고 노아 언니 역시 근무에 충실하구나.

엄마는 여전히 바쁜 몸이라서 좀처럼 말은 없으나 너에 대한 기대는 태산인 듯 표정에 나타나 있구나.

연아, 오래 전 아빠가 본 영화에 〈파지장波止場〉이란 것이 있었지. 말런 브랜도가 나오는 영화지. 여주인공의 이름은 잊었지만 여자 대학생인 것만은 확실해. 하루는 부두 노동자인 그의 아버지가 딸 앞에 짝짝이 팔(평생 하차장에서 짐을 날랐기에)을 보여주는 장면이 있었지. 암담한 그 장면을 떠올릴 때마다 아빠 허송세월한 반생이 부끄럽기 그지없다만 그런 아빠일망정 너희들에 대한 바람, 남 못지않음을 어쩌랴.

연아, 식사는 제때에 맞춰 해야 한다. 학과도 그림도 중요하다만 우선 건강을 염두에 둬다오. 어차피 점심은 밖에서 하겠지만 절대로 거르는 일 없도록.

혹시나 너는 넉넉지 못한 집안 사정 때문에 필요 이상으로 마음의 부담을 느끼고 있지나 않는지. 버려라, 그런 걱정일랑 깨끗이 버려라. 다만 너는 너의 최선만 다하면 그만인 거야.

연아, 가로수 은행잎도 모조리 지고 서울의 하늘도 쓸쓸하겠구나. 부디부디 몸조심하고 네가 바라는 미술대학에 무사히 합격을 하자.

아빠 인간의 가능성이란 무한임을 믿는다. 오늘도 차가운 화포畵布

앞에서 (화필을 든) 너의 작은 손은 엄숙히 떨리겠구나.

　　최후의 일각을 빛내자.

76년 12월 1일 아빠로부터[1]

　　박용래는 지인에게 보내는 편지도 시처럼 함축적으로 써서 길이가 길지 않은 편인데, 딸에게 보낸 이 편지는 그가 쓴 편지 가운데 가장 길다. 그만큼 딸을 염려하는 마음이 크고 간절했던 것이다. 그는 이후로도 딸에게 자주 편지를 썼다.

　　박연은 무사히 입시를 치르고 이화여대 서양화과에 합격했다. 기쁨에 찬 박용래는 대부분 아내가 충당했을 딸의 대학 입학 등록금을 들고 직접 서울로 올라갔다. 소설가 이문구가 전하는 이때의 일화는 당시 박용래의 심정을 생생하게 보여준다.

　　하루는 자정이 다 되었는데 대전에서 전화를 하였다. 불문곡직하고 이튿날 아침 9시까지 서울역으로 나와달라는 것이었다. 웬일인가 싶어 시간에 대어 가보니 딸들이 떠준 벙어리장갑을 낀 채 가슴을 안고 집찰구 앞에서 서성대고 있었다.

　　"웬일이십니까? 그리고 그 가슴은?"

---

1) 박용래, 「종교처럼 믿고 끝까지」, 『사랑한다는 말을 하지 않고는—오늘의 지성 100인이 쓴 사랑의 서한집』, 한국문학사, 1978. 이 책은 당대의 유명 시인, 소설가, 평론가, 학자 들의 편지를 모아 엮은 것이다. 이 책에 실린 박용래의 편지는 일부 구절이 수정되어 있는데, 이 글에서는 박용래의 편지 원문을 그대로 인용했다.

"돈이여. 우리 연이 등록금. 이번에 이화여대 미술과에 입학하거
든"

"그런데, 왜 가슴을……"

"떨려서, 40만원이 넘는디, 나는 이런 큰돈을 생전 처음 만져보거
든."[2]

박용래는 서울에서 가장 친한 문우인 이문구에게 자식의 대학 입
학을 자랑하고 싶었을 것이다. 그런데 이 일화는 박용래가 일제 말 조
선은행 본점에서 근무할 때 현금을 싣고 블라디보스토크로 갔다는
이야기와 묘한 대조를 이룬다. 그때 박용래는 호기에 차 있었고 대륙
을 향한 꿈이 있었다. 그런데 이제 그는 소심하고 감성적이며 가족과
친구에 대한 사랑이 전부인 사람이 되었다. 삼십 년 동안 세속적인 일
과는 담을 쌓은 채 오직 시만 쓰고 살아온 그는 이제 시 외에는 모든
것이 서툴고 겁나기만 하는 여린 시인이 되어 있었던 것이다. 이때 그
의 나이 쉰셋이었다.

이즈음 박용래는 처음으로 동요풍의 시를 발표한다. 『문학사상』
1977년 11월호에 실린 「동요풍童謠風」이 그것이다. 이 시는 '동요풍'
이란 제목 아래 다섯 편의 시를 묶은 것이다.

민들레

2) 이문구, 「싸락눈 시인 박용래의 정한에 찬 삶」, 277쪽.

흐르는 물가 민들레꽃
한 손을 들어도 다섯 손가락
두 손을 들어도 다섯 손가락

나비

나비야
우리아가 종종머리 댕기꼬리
나비야
우리아가 바둑머리 댕기꼬리

가을

아빤 왼종일 말이 없다
풀벌레 울어도
과꽃이 펴도
가을에 아빤 말이 없다

원두막

어디서 날아왔나

보리 잠자리 하나
바람도 없는데
원두막 삿갓머리
물구나무 선다

낮잠에 취한
원두막 소년少年
꿈속에서
물구나무 섰다

나뭇잎

달밤에 나뭇잎이 떨어졌지요
　　이 대문을 똑똑
　　저 대문을 똑똑
달밤에 나뭇잎은 밤이 깊어서
아무도 문을 여는 집이 없어서
　　저 대문을 똑똑
　　이 대문을 똑똑

　　　　　　　　　　　　　　　　　　—「동요풍」 전문

　이 시는 시집 『백발의 꽃대궁』에 실리면서 수정을 거치게 되는데,

특히 「원두막」과 「나뭇잎」은 다음과 같이 크게 개작되었다.

원두막

짱아야 짱아야
보리짱아야
바람도 없는데
원두막 삿갓머리
물구나무섰다.

나뭇잎

달밤의 나뭇잎
밤이 깊어서
이 대문 똑똑
집이 멀어서
저 대문 뚝뚝
달밤의 나뭇잎.

처음 『문학사상』에 발표한 시에서는 순진무구한 어린아이의 마음
과 표정을 자연스럽게 드러내는 데 치중한 반면, 개작한 시에서는 시
의 형식을 압축하면서 언어를 더 가다듬고 운율에 좀더 신경을 썼음

을 확인할 수 있다. '짱아'는 어린아이들이 잠자리를 가리킬 때 쓰는 말이다.[3]

박용래가 나이를 먹으면서 동요풍의 시를 쓰기 시작한 것은 동심으로 돌아가고 싶은 내면의식의 발로라고 할 수 있는데, 문학적으로는 그가 좋아한 정지용, 윤동주, 박목월 시인이 모두 동시를 쓴 것에서도 영향을 받았을 것으로 보인다. 세 시인은 모두 시작 초기에 동시를 쓴 바 있다. 그 점이 박용래의 심층에 자리잡고 있다가 시력 삼십 년이 되면서 창작으로 구체화된 것이다. 그의 시작 노트에는 이 무렵 쓰인 「소꿉」이라는 또하나의 동시가 있으며, 1980년경에 쓰인 것으로 추정되는 「때때로」라는 동시의 시작 노트도 남아 있다.

달밤에 달밤에
옛날의 금모래 집을 짓고
달밤에 달밤에
옛날의 은모래 집을 짓고

은모래집에는
　　금고무래 나무고무래
금모래집에는
　　은고무래 나무고무래

---

3) 고형진, 「새로 찾은 박용래의 발표작과 미발표 유작」, 157쪽.

지붕 참새
첫눈 찍는데

마당 참새
첫눈 찍는데

토기土器 한 벌 굽고
두 벌 굽고

제기 차고
살고 싶어라

팽이 치고
살고 싶어라

동네 아이들
꽃무등 서고

때로
때때로

―「때때로」전문

 두 편 모두 완성도가 높은 작품이지만 박용래는 이 시들을 발표하
지 못한 채 얼마 후 세상을 떠나고 말았다. 그 무렵 그가 의욕적으로
써나가던 동시를 더 볼 수 없게 된 점에서 그의 때 이른 죽음이 더욱
안타깝게 느껴진다.

목월의 죽음

1978년 3월 24일, 박목월 시인이 63세를 일기로 세상을 떠났다. 갑작스러운 소식에 모든 시인들이 놀라고 슬퍼했지만, 박용래의 비통함은 비할 데가 없었다. 첫째 자제 박노아에 따르면 그는 방에 틀어박혀 사흘을 서럽게 울었다고 한다. 박용래는 문학적으로뿐만 아니라 가정적으로도 박목월에게 크게 의지했다. 집안의 대소사가 있을 때마다 그와 의논했고, 집안에 전화기나 냉장고를 들이는 등 살림이 늘어날 때도 그에게 자랑했다. 박목월 내외도 부인의 고향인 공주에 일이 있거나 근처 유성온천에 들를 때면 빠짐없이 박용래의 집을 방문했다고 한다. 박노아는 신문지에 둘둘 만 고기를 한 손에 든 훤칠한 키의 박목월이 단아한 한복 차림의 부인과 함께 대문을 열고 들어와서는 자신을 번쩍 들어올려 어깨에 태우던 일이 지금도 생생하다고 회고한다.

박용래에게 박목월은 집안의 어른이자 큰형과 같은 존재였다. 아버지와 어머니는 그가 결혼하기 전에 돌아가셨고, 그가 많이 따랐던 둘째 형도 사 년 전에 세상을 떠났으며, 큰형과는 왕래가 드문 터였다. 박용래는 평생 그렇게 좋아하던 술을 딱 한 번 끊은 적이 있는데, 바로 목월의 따끔한 충고에 의한 것이었다. 그만큼 박용래는 목월을 따랐고 그를 인간적으로 존경했다. 박목월의 죽음은 박용래에게 자신의 일부가 잘려나간 듯한 상실감을 안겨주었다.

박목월의 작고 직후 『심상』지는 5월호를 박목월을 추도하는 특집호로 꾸렸다. 총 84명의 문인이 필자로 참여하였고, 박용래도 장문의 추도시를 게재했다. 추도시를 쓴 시인은 정한모, 김춘수, 황금찬, 김광림, 박용래, 허영자, 이건청이었다.

꽃이 피겠죠
할미꽃도
용인龍仁 골짝
선생님도
굽어 보시겠죠

선생님이 산山으로 가시던 날
저도 선생님의 뒤를 따라
먼 발치에서 산山길을
가고 있었읍니다

삶과 죽음의 엄숙함을
되삭이며 되삭이며
슬픔일랑 겨드랑이에 묻고
묵묵默默히 따라가고 있었읍니다

목월木月선생님
이 나라의 박꽃을
가장 사랑하시던
박꽃이듯
(흰 옷자락 아슴아슴
짧은 저녁답을)
말없이 울고가신 목월木月선생님

어처구니 없는 슬픔일랑
겨드랑이에 묻고
바보인양 산山길을 가다가
문득 저는 보았읍니다
한 마리 노랑나비를 보았읍니다.
잔설殘雪의 여운餘韻도
채 가시지 않은
아직은 추운 삼월의 산중山中인데
어디서 날아왔나

철 이른 노랑나비 한 마리가
정말 우연히 뜻밖에도
공중空中에서 수직을 긋고 있읍니다
화등잔만한 저의 눈은
어디까지나
나비의 향방向方을 쫓았지요

목월木月선생님
선생님 아름다운 시詩의 마음이
선생님의 아름다운 혼魂이
어느 사이 한 마리 노랑나비로
저렇게 공중空中에서
분주히 수직垂直을 긋고 있는 것일까요

목월木月선생님
선생님
정말이지 그날의
노랑나비 한 마리는
무슨 기적奇蹟이었을까요
아니면 선생님에 대한
자연自然의
공경恭敬의 몸짓이었을까요

목월木月선생님
선생님
이 나라의 박꽃을 가장 사랑하시던
박꽃이듯
(흰 옷자락 아슴아슴
짧은 저녁답을)
말없이 울다가신 목월木月선생님

선생님을 뵈온 지
어언 삼십三十여성상星霜
나무이면
차라리 그늘을 드리울만큼의
나무일 터인데
아직도 봉두난발蓬頭亂髮
이 모양 이 꼴이고 보니
정작 영결식장永訣式場에서는
온몸이
은사시나무 떨리듯 떨려와서
선생님 앞에
삼가 헌화獻花조차도
못한 저 올시다

목월木月선생님

선생님

선생님이 산山으로 가시던 날

저는 밤 호남선湖南線

막차車를 타고 내려왔읍니다

썰렁하기 그지없는

역사驛舍에 내리니

슬픔의 여분餘分인양

자욱히 보슬비는 오시고 있더군요

목월木月선생님

선생님

선생님을 기리고 선생님을 아쉬워하는

사람이 어찌 저 혼자뿐이겠읍니까만

저는 몇 날을 두고

아무것도

손에 잡히지 않아서요

몸만 떨고 있읍니다

삼가 영결식장永訣式場에서는

헌화獻花조차도 못한

저이지만

선생님 목월木月선생님

젊은 날의

저의 도표道標이셨던

젊은 날의

저의 순결純潔이셨던

목월木月선생님 선생님

오늘은 빈자貧者의 한 등燈이듯

어줍잖은

한 편의 시詩를

선생님의 명복冥福을 빌면서 올립니다

선생님 목월木月선생님

　　　　　　　　*

헌시獻詩

울먹울먹 모래알은

부숴지기도 한다

부숴진 모래알은

눈물인양 짜다

눈물인양 짠

모래알로 빚은

선생님 해시계時計에

삼가 꽂는 한 송이 백합百合

　　　　—「노랑나비 한 마리 보았습니다 목월木月선생님

　　　　　　산山으로 가시던날」 전문

　박용래는 용인의 장지로 향하는 목월의 마지막 길에서 본 노랑나비의 모습과 생전에 그가 사랑했던 박꽃의 이미지를 시로 형상화하고 있다. 박꽃과 노랑나비는 박목월의 인품과 그의 아름다운 서정시를 대변하는 이미지이다. 이 시는 서정적인 이미지를 장엄한 서사시 형식에 담아낸 점에서 눈길을 끈다. 시의 말미에 헌시를 덧붙인 형식도 특이하다. 이 시는 100행의 본문에 8행의 헌시를 더해 총 108행으로 이루어져 있는데, 평소 그가 시의 형식과 행갈이를 매우 중시한 점으로 미루어 생각하면 여기에도 특별한 의미가 담긴 것으로 읽을 수 있다. 이를테면 이 시의 본문은 100행이라는 꽉 찬 숫자를 통해 목월에 대한 한없는 추도의 마음을 나타내고, 108행은 그를 잃고 이승에 남은 자의 슬픔을 상징적으로 드러낸다고 해석할 수 있는 것이다. 박용래의 자제들에 따르면 그는 생전에 종교를 갖고 있지는 않았지만 불교에 친근감을 지니고 있었다고 한다. 박용래는 시집『백발의 꽃대궁』을 펴낼 때 이 시의 헌시만을 따로 떼어 '해시계—목월 선생 묘소에'라는 제목으로 실었다.

　박목월이 사망하고 두 달 후인 1978년 5월 12일, 한국시인협회 주최로 동숭동의 문예진흥원에서 목월을 추도하는 행사인 '목월을 기리는 밤'이 열렸다. 한국시인협회 정한모 회장의 인사말과 오세영 시인의 업적 보고, 김동리의 강연 '목월의 인간과 문학'에 이어 김후란, 신중신, 유안진, 박재삼, 유승우, 이건청, 이승훈, 허영자, 이중, 신달자, 이성교, 조정권, 박용래 시인이 차례로 목월의 시를 낭송하였다. 마지막 낭송자로 무대에 오른 박용래는 눈을 감고 한참을 말없이 서 있었다. 장내는 일순 조용해졌고, 박용래는 눈을 감은 채 울먹이며 박목월의 시 「나그네」를 암송했다. 그의 목소리에 행사장은 숙연한 분위기에 감싸였다.

시 낭송을 끝으로 행사가 끝나고, 참석자들은 식장에 마련된 다과를 들며 삼삼오오 모여 담소를 나누었다. 그때, 황금찬 시인과 대화를 나누고 있던 박용래에게 둘째 딸 박연이 다가왔다. 박용래는 뜻밖의 자리에 나타난 딸의 모습에 무척이나 놀랐다. 대학 2학년생이던 박연은 신문에서 추모행사 소식을 보고 혼자 행사장에 찾아온 것이었다. 박연은 그날 처음으로 시인으로서의 아버지의 대외적인 모습을 보았다. 늘 집에 있어 초라하게만 생각했던 아버지가 청중들 앞에서 추모의 마음을 담아 진지하게 시를 낭송하는 모습에 가슴이 뭉클했고, 시인으로서의 자존심과 품위를 지닌 아버지의 모습이 무척이나 자랑스러웠다고 박연은 전한다.

1970년대 서울 원효로의 박목월 시인 자택에서 박재삼 시인과 함께.

고향 방문과 홍재의 죽음

박용래는 1970년대 중반 이후로 고향 강경을 자주 찾았다. 나이를 먹어 고향을 찾는 것은 인간 내면에 보편적으로 자리한 회귀본능의 발로이다. 그것은 자기 존재의 근원을 확인하려는 욕망이며, 평온하고 안락했던 어린 시절에 대한 동경이라고 할 수 있다. 그 무렵 그가 동요풍의 시를 쓰기 시작한 것과 고향을 자주 찾은 것은 동일한 심리에서 비롯된 일이었다. 전자가 자신의 정체성과 동심을 회복하기 위한 문학적 시도였다면, 후자는 그것을 육체적으로 체험하고자 하는 시도였다.

그의 고향은 강경이지만 그의 부모와 형제자매의 고향은 부여이고, 그가 고향을 떠나온 금강 하구의 군산 역시 고향의 끝자락이라 할 수 있다. 또 강경과 인접한 논산에는 그의 오랜 벗인 화가 강성렬이 터를 잡고 살고 있었고, 공주에는 그와 가까운 시인 조재훈과 시조시인 임헌도가 있었으며, 나태주 시인도 1979년에 이곳에 자리를 잡았다. 그래서 박용래는 공주, 부여, 논산, 강경, 군산을 차례로 지나며 지기들을 만나 회포를 풀고, 고향의 체취를 느끼며 어린 시절을 돌아보곤 했다. 당시 임헌도 시인의 집 뜰 앞에는 꽃잔디가 많이 심어져 있었는데, 그 꽃들이 붉게 피어날 때면 박용래가 그 아름다움에 취해 술을 많이 마시곤 했다고 한다. 또 군산에서는 이병훈 시인을 자주 만났는데, 박용래는 군산 바다에서 잡은 백어를 좋아했다. 「군산항群山港」 「논산論山을 지나며」 「고향 어귀에 서서」 등이 모두 이 고향길에서 얻은 작품이다.

강경에 가면 그가 어김없이 들르는 집이 두 곳 있었는데, 한 곳은 '황산옥'이고 또 한 곳은 '서산집'이었다. 황산옥은 황산나루에 위치한 음식점으로, 1915년에 문을 연 이후로 줄곧 그 자리를 지키고 있었다. 박용래에게 금강의 황산나루는 어린 시절의 기쁨과 슬픔이 고스란히 배어 있는 곳이니, 황산옥은 그의 어린 시절을 바로 곁에서 지켜봐온 집이기도 했다. 황산옥은 메기, 장어 같은 민물고기와 금강으로 올라오는 황복, 아귀, 웅어 등의 바닷물고기를 요리해 팔았다. 박용래는 이곳에서 금강을 바라보며 유년 시절의 기억을 떠올리고 오십대 중반에 이른 자신의 처지를 돌아보곤 하였다.

밀물에
슬리고

썰물에

뜨는

하염없는 갯벌

살더라, 살더라

사알짝 흙에 덮여

목이 메는 백강白江 하류下流

노을 밴 황산黃山메기

애꾸눈이 메기는 살더라,

살더라.

—「곡曲 5편篇 —황산黃山메기」 전문

이 시는 1978년 가을에 발표된 작품이다. '백강'은 백마강, 즉 부여 부근을 지나는 금강을 가리킨다. 부여 아래쪽 강경의 백강 하류는 밀물과 썰물이 교차해 갯벌이 형성되어 있는데, 시인은 갯벌의 흙이 덮인 금강의 모습에 목이 멘다. 강물이 갯벌을 만나 유유히 흐르지 못하는 데 대한 안타까움일 것이다. 강경의 아름다운 노을이 황산이라는 지명 속에 고스란히 녹아 있으니, 그곳에 서식하는 황산메기에는 노을이 배어 있다고 시인은 쓴다. 그런데 그 황산메기는 애꾸눈이다. 메기는 그 자체로 못난 외모인데다 애꾸눈까지 하고 있으니 그 모습이 처량하기 이를 데 없다. 시인은 고향 강경의 황산나루에서 그곳의 메기를 떠올리며 쓸쓸하고 처량한 자신의 처지를 돌아보고 있는 것이다.

박용래가 강경에 올 때마다 들르던 또 한 집은 강경 읍내 중앙시장에 있는 서산집이었다. 이곳은 세 평 정도 되는 조그맣고 허름한 막걸릿집인데, 주인이 직접 만들어 내놓는 막걸리 맛이 일품이었다고 한다. 박용래가 서산집을 자주 찾은 데는 이곳이 그가 어린 시절을 보낸 생가와 가까운 곳이라는 점도 크게 작용했을 것으로 짐작된다. 그는 서산집에서 술을 마시며 어린 시절의 추억을 조용히 회상하고 그때의 체취를 느꼈을 것이다. 이 집의 주인은 지위 고하를 막론하고 걸쭉한 입담으로 손님들을 거침없이 대해 '욕쟁이 할머니'로 불렸는데, 그러한 솔직하고 순수한 주인의 성품도 박용래를 이 집으로 이끌었을 것이다.

한편 박용래는 이 무렵 김유신 시인이 운영하는 경기도 안성의 청류재식물원에도 종종 놀러갔다. 김유신 시인은 『현대시학』 1975년 5월호에 박두진 시인의 추천으로 등단하였고, 이듬해 어느 시 모임에서 박용래 시인을 알게 되었다. 박용래는 1978년 청류재식물원을 방문한 뒤 그에게 다음과 같은 편지를 보냈다.

  김유신 인형仁兄

  안녕하시지요.
  그날은 마침 호인을 만나 원곡 간이정류소에서 트럭을 편승하여 돌아왔죠.

활짝 나래 핀 형의 고향 하늘을 안고.

이번에는 여러 가지로 신세만 졌습니다.

뜻밖에도 형의 댁에서 두진 선생님을 만날 줄이야! 우연이라면 참으로 신묘한 노릇이지요. 세상 매사가 다 그날 같았다면 살맛도 있을 터인데……

그리고 주중酒中에 쓴 나의 '미류나무' 운운의 낙서(?)는 없애버리세요. 대신 평소 형의 원했던 졸고를 동봉하였사오니 아쉬운 대로 이용해주십시오.

오늘도 학림 애기를 안고 뜰을 소요하고 있을 형을 그리며 다복을 빕니다.

영부인께도 안부 전합니다.

78년 처서 박용래

길

박용래

미류나무 미류나무는 키대로 서서 먼 들녘을 바라보고 있다. 그 밑을 슬픈 칼레의 시민들이 오늘도 무거운 그림자 끌며 끝없이 가고 있다. 눈물이 바위 될 때까지 가리라. 하마 그렇게.

(빗물받이 홈통에 오던 참새)

낯익은 참새랑 나귀 데불고

주 '칼레의 시민'…… 로댕의 조각 군상

편지에서 박용래는 그가 청류재식물원을 찾은 날 우연히 박두진 시인을 만난 일을 언급하고 있다. 안성은 박두진의 고향이기도 하다. 편지에 나오는 '학림'은 김유신의 둘째 딸 이름인데, 박두진이 작명한 것이라고 한다. 또 "나의 '미류나무' 운운의 낙서"는 김유신이 박용래에게 액자에 걸 시 한 편을 써달라고 요청해 즉석에서 창작한 것을 가리킨다. 그것이 취중에 낙서처럼 쓴 시여서 편지를 통해 다시 정식으로 「길」이라는 시를 동봉한 것이다. 김유신은 박용래의 대전 오류동 집에도 자주 방문하였고, 박용래가 집 마당에 있던 벽오동 묘목을 주어서 청류재식물원에 심었다고 한다. 박용래는 오류동 집을 찾은 시인들에게 종종 벽오동 묘목을 주곤 하였다.

박용래가 청류재식물원에 방문할 때면 근처에 사는 임홍재 시인도 합석하는 경우가 많았다. 임홍재는 1975년 11월 전주에서 열린 한국시인협회 세미나에서 박용래를 처음 만난 것으로 보인다. 그는 어렸을 때 무척 가난하였는데, 두 살 때 부모가 모두 일터에 나가 누나와 있던 중 바위에서 떨어져 갈비뼈가 부러지고 그 후유증으로 늑막염을 앓게 되었다. 그로 인해 그가 '피고름 삼천 사발'을 쏟았다는 것은 잘 알려진 이야기이다. 임홍재는 그 후유증으로 허리까지 휘게 되었다.

박용래는 불우한 운명과 신체적 장애를 지닌 이들에게 강한 연민을 보였고, 그런 이들과 더 친밀하게 지냈다. 그리고 그가 예술적 재능을 지닌 이라면 더 좋아하고 가깝게 지냈다. 임홍재는 고등학교 시절부터 뛰어난 문재를 드러냈고, 머리도 비상하여 많은 시들을 줄줄 외웠다고 한다. 임홍재는 1969년 『시조문학』에 「토속 이미지 초」로 추천을 받았고, 1974년 문광부 문예작품 공모에 장시 「흙바람 속의 기수」가 입선되었으며, 1975년 서울신문 신춘문예에 시 「바느질」이, 동아일보에 시조 「염전에서」가 당선되었다. 김유신은 임홍재의 안성농고 일 년 후배로 서로 가깝게 지내던 사이였는데, 임홍재의 고향인 장죽리에 마둔저수지가 생겨 마을이 수몰되는 바람에 임홍재가 청류재식물원이 있는 동문리 바로 건너편인 거문배(지금의 현수동)로 이주한 뒤로 더 자주 만나게 되었고, 여기에 박용래도 함께하게 된 것이다.

그러던 어느 날 박용래는 느닷없는 소식을 듣게 된다. 1979년 9월 26일, 서울에서 지내던 임홍재가 문우인 이광복의 소설 현상 공모 당선 축하 모임을 마치고 귀가하던 길에 도랑에 빠지는 사고를 당해 목숨을 잃은 것이다. 고작 서른여덟의 나이였다. 박용래는 그의 빈소가 있는 서울위생병원 장례식장으로 한달음에 달려가 통곡을 하였다. 그의 장례식에 지방에서 온 시인은 박용래가 유일했다고 한다. 그런 박용래를 향해 누군가가 "다음 차례는 박선생입니다" 하고 농담을 던졌는데, 실제로 그 이듬해에 박용래가 그리되고 말았다고 박재삼 시인은 그의 추도사에 썼다.[1] 박용래의 첫째 자제 박노아는 아버지가

---

1) 박재삼, 「철저히 시를 한 사람―박용래 사백(詞伯)을 보내며」, 『시인 박용래―그의 삶과 문학』, 277쪽.

며칠을 그렇게 서럽게 운 것은 박목월과 임홍재 시인이 타계했을 때
뿐이었다고 전한다.

시집 『백발의 꽃대궁』

　임홍재의 죽음으로부터 몇 달이 지나 박용래는 세번째 시집 『백발의 꽃대궁』을 문학예술사에서 펴낸다. 시집에 적힌 발행일자는 1979년 11월 30일이지만, 그가 둘째 박연에게 보낸 편지의 내용으로 보아 실제로 시집이 간행된 것은 12월 말경으로 확인된다.

　박용래는 이 무렵 권선옥 시인과 가까이 지내고 있어서 전화로 그에게 시집 원고를 자주 읽어주었다고 한다. 박용래는 평소 자기가 쓴 시를 가까운 문인들에게 자주 보여주었고, 시집 간행을 앞두고는 시집 원고를 들려주며 의견을 묻곤 했다. 권선옥은 박용래의 강경상고 후배로, 교지 『팽나무』에 실린 그의 시 「삼동三冬」을 보고 그 이름을 진작부터 알고 있었는데, 실제로 그를 만난 것은 윤석산, 나태주 등이 참여하고 한성기가 지도적 역할을 한 '새여울' 동인의 일원이 되어 충남문인협회 회원으로 가입한 1975년경이라고 한다. 권선옥은 이듬해인 1976년 12월에 『현대시학』에 추천되어 등단하였다. 권선옥은 대전 숭전대학교를 졸업한 후 대전에서 회사를 다니던 1977, 78년경에 박용래 시인이 자주 찾아와 문학 이야기를 나누었다고 기억하고 있다.

『백발의 꽃대궁』 표지에는 박용래의 초상이 그려져 있다. 시집 첫 장에 실린 그의 사진을 그대로 스케치한 것으로, 사진은 사진작가 육명심이 찍은 것이고 그림은 화가 김천정이 그린 것이다. 박용래가 낸 세 권의 시집 중에서 그의 사진과 초상이 실린 것은 이 시집이 유일한데, 이는 '문학예술사 현대시인선'의 공통된 형식이기도 했다. 사진 다음 면에는 '산호잠珊瑚簪'이라는 제목의 '시인의 말'이 실려 있다. '시인의 말'을 실은 것도 이 시집이 유일하다. 이 글은 『한국문학』 1979년 10월호에 발표한 산문을 재수록한 것인데, 그가 쓴 여러 편의 자전적인 산문 중에서도 시적 체험이 가장 잘 녹아 있으며, 그가 추구하는 시의 세계와 시인의 자세를 시적으로 진술하고 있다. 시집 목차 앞에 수록된 이 글은 그 자체로 한 편의 시 작품으로서 시집의 일부를 이루고 있다고 해도 과언이 아니다.

고향은 언제나 백로가 외다리로 섰는 위치에 있다. 마음의 고향까지도. 이 먹물처럼 번지는 고향을, 황토 어린 능선을 달팽이가 등에 집을 업듯 업고 왔다. 먼길을 터벅터벅 왔다. 비 오는 날은 오히려 날 듯 했달까.

어언 수십 년 전 일이다. 하루는 어떤 이가 갈망하는 생활은 무엇이냐고 묻기에 나는 밤이면 사과 궤짝 책상 모서리에 촛불을 켜고 숯불처럼 이글대는 별떼를 볼 수만 있는 방이라면 사방 마분지로 바른 벽이어도 좋다고 대답한 일이 있지만.

호박꽃은 상치꽃 아욱꽃에 비해 차라리 호화롭지 않은가. 허나 이지러진 달밤이면 호박꽃만도 못한 이 상치꽃 아욱꽃들의 수런거림. 그건 세상에 대한 홍소哄笑랄 수도 혹은 세상에 대한 사시斜視랄 수도 있겠지만 그것들과의 교감.

초가지붕 처마에 제비집이란, 이제는 아예 쓰레기통에 버려진 액자 없는 그림 같은 것이랴. 그렇지만 제비는 저 피라미드의 기적으로 올해도 슬래브벽 등갓에 보금자리를 틀어올렸으니…… 오늘도 물기 머금은 제비는 장마선상에서 아스라이 공중 곡예를 하고 있다. 먹이 찾아 다만 먹이만을 위해서랴.

새삼, 시를 쓴다는 건 기쁜 일이냐 슬픈 일이냐 아니면 괴로운 일이냐를 부질없이 자문하기 앞서 때때로 조용히 눈을 감는다.(만일 처량한 나에게 이것마저도 없었더라면)

하눌타리, 호박잎에 모이는 빗소리, 수레바퀴, 멍멍이, 빈잔 등은 내가 찾는 소재. 우렁 껍질, 먹감, 진눈깨비, 조랑말, 기적汽笛, 홍래 누이 등은 내가 즐겨 찾는 소재.

옷을 깁고 싶다. 당사실 같은 언어로 떨어진 시인의 옷을 깁고 싶다. 한 뜸 한 뜸 정성스레 깁고 싶다.

옥돌이 물에 잠겨 있다.

주옥같은 옛 시조 중에서도 작자 미상의 무명씨의 작품은 어떻게 봐야 하나.

서녘에 부는 바람은 서녘 사람 것이며, 동녘에 부는 바람은 어찌 동녘 사람 것이랴.

명필 이삼만李三晩의 인고를 배우자, 배우자 자귀나무의 겸허를. 허지만 『대지』에 나오는 노인처럼 스스로 관을 만들 필요는 없다. 더구나 스스로 관 속에 들어가 죽음을 연습할 필요는 없다. 오직 어둡기 전에 가고 싶다.

—문화인 등록을 하라구요? 차라리 이마에 낙인을 찍으시오. 이건 먼 나라 아닌 우리나라 50년대 초반, 정치적 혼란기에 부산에서 있었던 웃지 못할 삽화.

배추씨처럼 사알짝 흙에 덮여 살고 싶어라.

어둠은 짙어 뭣이 되는가. 산호잠 되는가.

박용래는 세번째 시집에서도 앞서 두 권의 시집과 마찬가지로 기존에 발표한 작품을 많이 수정하였다. 시집에 수록된 53편 가운데 37편이 수정되었는데, 박용래는 이번에도 불필요한 조사와 서술어를 삭제해 시를 단출하게 압축하고, 행갈이와 연 구분을 수정해 형태를 조정하는 데 많은 신경을 썼다. 「점묘點描」라는 작품은 처음 발표할 때에는 20행이었는데, 시집에 실을 때에는 한 행으로 된 산문시로 바꾸고 제목도 '폐광 근처'로 수정했다. 아마도 시집 『강아지풀』에 같은 제목의 작품이 있어 중복을 피하려는 의도도 있었을 것으로 보인다. 「짝짝이」라는 시도 시어와 구절을 크게 수정하고 제목을 '동전 한 포대'로 바꾸었다.

　　밤바람은 씨잉 씽
　　밤바람이 씽씽

　　　잃은 장갑 열 켤레
　　　구두 열 켤레

　　　어쩌면 글보다 먼저
　　　독한 술을 배워

　　　잃은 구두 열 켤레
　　　장갑 열 켤레

짝짝이 손이여

발이여

열켤레 장갑은 어디

구두는 어디

밤바람이 씽씽

밤바람은 씨잉 씽

―「짝짝이」 전문

밤바람은 씨잉 씽

밤바람이 씽씽

잃은 동전銅錢 한 포대布袋

은전銀錢 한 포대布袋

어쩌면 글보다 먼저

독한 술을 배워

잃은 은전銀錢 한 포대布袋

동전銅錢 한 포대布袋

비인 손이여

가슴이여

한 포대布袋 은전銀錢은 어디

동전銅錢은 어디

밤바람이 씽씽

밤바람은 씨잉 씽.

—「동전銅錢 한 포대布袋」 전문

그 외에도 '동요풍'이라는 제목으로 묶인 다섯 편의 시 가운데 「원두막」과 「잠자리」가 크게 수정되었음은 앞서 살펴본 바와 같다. 그러나 수정된 작품의 편수가 많은 것에 비해 개별 작품의 수정 내용은 앞서 간행된 두 권의 시집에 비하면 상대적으로 많지 않고, 앞에서 살펴본 몇 편을 제외하면 대개 소소한 수정에 그치고 있다. 세번째 시집이 사 년 만에 출간되어 앞의 시집들에 비해 출간 간격이 상대적으로 짧았던 것도 그 이유일 것이다.

반면 시 제목의 수정은 상대적으로 많이 이루어졌다. 53편 중 절반에 가까운 25편의 제목이 바뀌었는데, 「눈오는 날」이 「눈발 털며」로, 「백야白夜」가 「우편함郵便函」으로, 「사르비아」가 「불티」로, 「모색暮色」이 「얼레빗 참빗」으로, 「종소리」가 「먹감」으로, 「길」이 「나귀 데불고」로,

「상아象牙빛채찍」이 「장대비」로, 「점묘點描」가 「폐광 근처廢鑛近處」로, 「매미」가 「참매미」로, 「허수아비」가 「마을」로, 「백로白露」가 「은버들 몇 잎」으로, 「한翰」이 「산문山門에서—홍희표洪禧杓에게」로, 「도화圖畫」 가 「성城이 그림」으로, 「사연事緣」이 「오늘은」으로, 「인동忍冬」이 「영등 할매」로, 「안신雁信」이 「행간行間의 장미」로, 「안행雁行」이 「막버스」로, 「짝짝이」가 「동전銅錢 한 포대布袋」로, 「달밤」이 「상치꽃 아욱꽃」으로, 「산수유꽃」이 「풍각장이」로 바뀌는 등 대부분이 전혀 다른 제목으로 바뀌어 내용을 대조해보지 않으면 다른 작품으로 오인할 정도이다. 대체로 한자로 된 제목을 우리말로 바꾸거나 더 정감 있는 제목으로 바꾼 경우가 많음을 볼 수 있다. 박용래가 시의 제목에 남달리 신경을 썼음을 보여주는 대목이다.

박용래는 두번째 시집 『강아지풀』 이후에 발표한 작품 가운데 15 편은 『백발의 꽃대궁』에 싣지 않았는데, 그 가운데 「만종晚鐘」「논산論 山을 지나며」「바람 속」「박명기薄明記」「고향 어귀에 서서」「물기 머금 풍경 1」「물기 머금 풍경 2」는 문예지에 박용래가 친필로 수정해놓았 고, 「만종」은 「잔」, 「박명기」는 「오호」, 「고향 어귀에 서서」는 「밭머리 에 서서」로 제목까지 수정해놓았다. 그럼에도 불구하고 그가 결국 이 작품을 시집에 수록하지 않은 것은 이 작품들이 마음에 들지 않았거 나 다른 작품들과 주제가 겹친다고 판단했기 때문일 것이다. 박용래 는 세번째 시집에서도 작품의 양에 신경쓰기보다 마음에 드는 작품 을 엄선하고 시의 완성도를 높이는 데 심혈을 기울인 것이다.

文學藝術 現代詩人選 ⑨

朴龍來

詩集

白髮의 꽃대궁

現代詩의 祝祭

—오오냐, 오냐 들녘 끝에는 누가 살든가
—오오냐, 오냐 수수이삭 머리마다 스쳐간 피얼룩
—오오냐, 오냐 풀모기가 날든가
—오오냐, 오냐 누가누가 살든가
—「누가」에서

文學藝術社

시집『백발의 꽃대궁』표지.

마지막 한 해

    1980년 새해가 밝았다. 박용래는 세번째 시집 『백발의 꽃대궁』을 출간한 후 다시 고향을 찾았다. 마찬가지로 공주, 부여, 논산, 강경, 군산으로 이어지는 길을 따라간 박용래는 이번에는 자신의 본적지인 부여에 대한 강한 애착을 드러낸다. 이 여정을 그린 작품인 「보름」에는 부여의 "관북리"와 "아버지 무덤"이라는 시어가 등장하는데, '관북리'는 그의 삶의 지리적 뿌리이고, '아버지의 무덤'은 그의 삶의 혈연적 뿌리이다. 제목과 마지막 구절에 등장하는 "보름"과 정월대보름의 놀이인 "쥐불"도 그의 생일이 음력 정월대보름 전날인 것과 관련이 있다. 박용래는 이 시에서 할아버지로부터 이어지는 자신의 혈연과 자신의 유년 시절을 하나로 엮어 스스로의 삶의 뿌리를 강렬하게 되새기고 있는 것이다. 그는 이 작품보다 몇 달 앞서 발표한 시 「부여扶餘」에서도 자신의 근원에 대한 의식을 명시적으로 드러낸 바 있다.

그리고 그해 5월 박용래는 잡지 『엘레강스』에 '술래의 봄 앞에서'
라는 제목으로 지난해 겪은 임홍재의 죽음을 기리는 글을 발표한다.
그가 지인의 죽음을 두고 이와 같은 통곡의 산문을 쓴 것은 이것이 처
음이자 마지막이었다. 그는 임홍재가 남을 축하하기 위해 나섰다가
비운의 죽음을 맞은 것을 특히 애통해하며, "신이 스스로 만든 어둠
이지만 신께서도 스스로 소스라쳐 놀랐을 것"이라고 한탄한다.[1] 박
용래는 그의 죽음 앞에서 이 세상과 신의 손길 너머에 있는 죽음의 본
질을 새삼 돌이켜보고 있는 것이다.

한편 박용래는 그해 『현대시학』에 두 번에 걸쳐 신인을 추천한다.
3월호에는 김종원을 추천 완료하고 8월호에 홍석하, 백우선을 1회
추천했는데, 반년 안에 세 명의 시인을 추천한 것은 이례적인 일이었
다. 어쩌면 그가 미구에 닥칠 죽음을 예감하고 생전에 좋은 예비 시인
들을 한 명이라도 더 문단에 소개하고 싶었던 것은 아닐까 하는 생각
마저 해보게 된다.

그로부터 얼마 후 박용래는 소설가 김성동을 만나게 된다. 1947
년 충남 보령 출생인 김성동은 1978년 『한국문학』 신인상에 중편소
설 「만다라」가 당선되어 세상에 막 이름을 떨치고 있었다. 그와 박용
래의 만남은 우연한 계기로 이루어졌다. 그는 1980년 7월경 숙부가
교통사고로 돌아가셨다는 전갈을 받고 대전으로 내려갔는데, 빈소에

---

1) 박용래, 「술래의 봄 앞에서―한 시인의 죽음 앞에」, 『엘레강스』 1980년 5월호.

앉아 망연하게 인생무상을 곱씹던 중에 한 문학 지망생이 자신을 알아보고 인사를 해서 같이 이야기를 나누게 되었다. 그런데 마침 그가 박용래 시인을 잘 안다고 하기에, 평소 박용래 시인을 만나보고 싶어 했던 김성동이 그의 안내로 맥주 몇 병을 사 들고 그의 집을 찾아가게 된 것이었다. 김성동은 고등학교 재학 시절 그곳에서 근무했던 조각가 최종태에게 미술을 배운 적이 있어 박용래와 반갑게 이야기를 나누었다. 그러다 박용래가 덥석 그의 손을 잡고 집을 나서더니 목척교에 있는 홍명상가에 가서 셔츠를 맞춰주겠다고 하는 것이었다. 김성동은 얼결에 가게에 들어가 치수를 재게 되었는데, 다 끝날 때까지도 박용래는 가게 밖에서 그를 기다리기만 하고 옷값을 지불할 생각이 없어 보였다. 김성동이 난처해하면서 옷값을 치르고 나오자 박용래는 아랑곳하지 않고 해맑은 얼굴로 김성동의 손을 다정하게 잡고는 술집으로 향했고, 그 술값도 김성동이 지불했다. 나중에야 김성동은 박용래의 그런 행동이 지극히 순수한 마음의 발로였음을 알게 되었다. 박용래는 그저 마음에 드는 사람에게 새 옷을 입혀주고 싶어 앞뒤 재지 않고 마음 가는 대로 행동한 것이었다. 김성동은 그런 박용래의 모습이야말로 불가에서 말하는 무집착이 아닌가 싶었고, 자신이 십 년을 수행해도 깨치지 못한 것을 박용래는 이미 세속에서 행동으로 보여주고 있으니 그야말로 부처 같은 사람이 아닌가 생각했다고 한다. 홍명상가에서 맞춘 셔츠는 얼마 후 김성동의 집으로 배달되었고, 그후 그 옷은 '용래의 셔츠'로 불리게 되었다고 한다.

박용래는 김성동과 만나고 며칠 뒤에 교통사고를 당해 두 달가량 입원해서 치료를 받았고, 퇴원해서도 다리에 깁스를 한 채 불편하게 지냈다. 그 소식을 들은 김성동이 박용래에게 위문 편지를 보내왔고, 박용래는 편지를 받자마자 답장을 써서 보냈다.

꿈의 벗
성동 형

정겨운 형의 글발. 병상에서 읽고 읽고 있으오. 청초한 모습 그리며.

나는 지난 7월 말 초저녁, 억수로 내리는 빗속에 미친 차에 치여 무릎뼈를 다치고 평생 처음으로 병원 신세를 지고 있으오.

우연한 일순의 작란이 이토록 무서운 결과를 부를 줄이야. 앞으로도 한 달 후에나 우측 다리의 깁스를 풀고 또 그후는 당분간의 물리치료……

허나 몇 개월은 아무렇게나 살아온 나의 과거를 자성할 겸, 좋은 기회라 생각하고 있으오.

오늘도 흐르는 구름, 나는 새는 예나 다름없이 무심한데 외상外傷한 무릎뼈 속에서는 가을 귀뚜라미가 울고 있으오. 순수한 시대는 가고 울고 있으오.

꿈의 벗
성동 형

순수한 시대를 부르오. 순수한 시대란 넓은 의미에 있어서 형용키
도 어려운 어휘겠으나 우리들의 본 어린 날의 흰 무지개 같은 존재가
아니겠으오.

나의 벗
성동 형

사십여 일의 지긋지긋한 병원 생활이 진저리가 나 지금은 깁스를
안고 집에 돌아와 누워 있으오. 창변에 살찌는 청시靑枾를 뚫어지게 바
라며.

성동 형
꿈의 벗

가끔은 글발 주시오.
요새는 무슨 생각을 하고 있으오.

"심중에 남아 있는 말 한마디는
끝끝내 마자 하지 못하였구나"
김소월 「초혼」에서

젊은 벗

성동 형

"그립다 말을 할까 하니 그리워"

김소월 「그리움」에서(?)

내내 옥조玉藻를 빛내소서.

80년 초추初秋 박용래

이 편지는 9월 말경에 보낸 것으로 추정된다. 불과 두 달 전에 처음 만난 김성동에게 박용래는 이렇게 절절한 그리움을 담은 편지를 보낸 것이다. 가식적인 구석이라고는 한 군데도 찾아볼 수 없는 이 편지는 시적이면서도 정중하다. 사람에 대한 순정과 그리움과 문학과 예의범절이 하나로 엮인 글이라 할 만하다.

그로부터 한 달 정도 지난 10월 18일 토요일 오후 2시, 박용래의 맏딸 박노아의 결혼식이 대전 시온예식장에서 열렸다. 가을의 한복판에 열린 축복의 결혼식이었다. 박용래는 여전히 다리에 깁스를 하고 있어 휠체어를 타고 결혼식에 참석했고, 큰조카인 박노훈이 박용래를 대신해 박노아의 손을 이끌었다. 결혼식은 주변의 도움과 많은 하객들의 축하 속에서 무사히 치러졌다. 결혼식 사진 속에서 박용래는 와인빛 양복에 엷은 갈색 넥타이를 맨 멋스러운 모습이며 얼굴색도 건강해 보인다. 거동은 불편하지만 맏딸의 결혼식에 흡족해하는 기색이 역력하다. 사위인 이성주는 결혼 후 줄곧 교사로 봉직하였고, 정년퇴직 후인 2015년 『창조문학』 겨울호를 통해 시인으로 등단하여 이성이란 필명으로 시집을 내며 활발하게 시를 쓰고 있다.

박용래는 사고 후 병원과 집에서 치료를 받는 동안 여러 편의 시를 썼다. 병원에서 쓴 시 「먼 바다」를 『한국문학』 1980년 11월호에 발표하였고, 그 이후에도 『세계의문학』 겨울호에 실을 「음화陰畵」 「육십의 가을」 「첫눈」 「마을」을 썼으며, 통일문학회 동인지 『청파』 4집에 강경상고 선배인 장영창 시인의 회갑을 기념한 시 「초당草堂에 매화梅花」를 써서 보냈다. 이 다섯 작품은 1980년 10월 중하순경 송고한 것으로 보인다.[2] 그의 시작 노트에는 그가 이 무렵에 쓴 것으로 보이는 「오류동五柳洞의 동전銅錢」과 「때때로」, 그리고 제목이 없는 시들이 남아 있다. 그는 이 시들을 좀더 보완해서 추후에 발표하려고 했을 것이다.

퇴원 후 한 달 반이 지나 박용래는 조금씩 거동을 할 수 있게 되었지만, 여전히 깁스를 풀지 못하고 집안에서만 지내야 했다. 그는 한동안 편지 왕래가 없었던 이문구에게 안부 편지를 띄웠다.

이문구 인형仁兄 연측硯側

바람이 불고 있습니다. 연사흘. 햇볕은 여전한데.
오랜만이군요. 그동안 가내 두루 안녕하십니까.

---

2) 『청파』 4집에는 「초당에 매화」의 원고가 10월 29일에 도착했다고 명기되어 있다.

난 참으로 운수 나쁜 날, 우연한 춘사椿事로 근 구십여 일을 병원의 신세 졌다가 집에서 가료하다가 이제는 겨우 혼자서 사탑斜塔처럼 기우뚱거리며 화장실 출입은 합니다.

문득문득 형의 모습 그리워 바람 부는 날, 이렇게 펜을 들었습니다.

의무는 아니지만 꼭 한번 가야만 할 형의 고장, 행정 마슬을 오늘은 참기로 합니다. 다그치는 한파에 부디 건승하소서.

1980년 만추

청시사 용래

이것은 박용래가 생전에 지인에게 쓴 마지막 편지였다. 편지 봉투에는 1980년 10월 31일자 소인이 찍혀 있다. 그러나 이문구는 이 편지를 받아보지 못했다. 이문구는 이 편지가 도착하기 직전 경기도 화성군 행정리에서의 시골 생활을 접고 다시 서울로 올라와 지내고 있었던 것이다.[3] 박용래는 영문도 모른 채 그의 답장을 이제나저제나 기다리며 더욱 답답한 시간을 보냈다. 이 무렵 그는 「감새」와 「나 사는 곳」 두 편의 시를 썼다.

감새

감꽃 속에 살아라

---

3) 이문구는 11월 2일 아침에 행정 마을을 떠났고, 편지는 그날 오후나 다음날 도착했을 것으로 짐작된다. 이문구, 「싸락눈 시인 박용래의 정한에 찬 삶」, 279쪽.

주렁주렁
감꽃 달고

곤두박질 살아라

동네 아이들
동네서 팽이 치듯

동네 아이들
동네서 구슬 치듯

감꽃
노을 속에 살아라

머뭇머뭇 살아라

감꽃 마슬의
외따른 번지 위에

감꽃 마슬의
조각보 하늘 위에

그림 없는

액자 속에 살아라

감꽃

주렁주렁 달고

감새,

—「감새」 전문

뻗치면 닿을 수 있는 거리지만

부르면 대답할 수 있는 거리지만

조각보 같은 오류동 하늘

몇 그루 헐벗은 오류동 나무

—「나 사는 곳」 전문

　「감새」는 서류 봉투 뒷면에 쓰여 있고, 「나 사는 곳」은 '박명규 이명자 부부전' 팸플릿의 빈 공간에 메모되어 있다. 시에 나타난 계절 감각으로 보아 「감새」는 10월 말경, 「나 사는 곳」은 그보다 좀더 뒤에 쓴 것으로 보인다. 팸플릿에는 전시 기간이 10월 21일에서 27일까지로 적혀 있는데, 전시 전에 팸플릿에 메모를 하는 경우는 드물 것이니 이 시는 전시가 끝난 이후인 11월 초중순경에 쓴 것으로 보는 편이 적절할 것이다. 두 편 모두 박용래의 서재 밖 풍경을 그린 시로,「감새」에는 조각보 같은 하늘을 배경으로 새가 날아와 앉은 감나무의 풍경이 그려져 있다. 이 풍경은 집안에서 답답하게만 지내던 박용래에게 자연이 선사한 아름다운 그림이었다.「나 사는 곳」에서 박용래는「감새」의 시적 정황을 이으면서 집안에 갇혀 있는 자신의 처지를 드러내고 있으며, 그럼에도 서재 창가로 비치는 아름다운 자연과 뜰 앞 나무의 작은 운치에 위안을 받고 있음을 덧붙인다. 이 시는 오장환의 동명의 시「나 사는 곳」에 접맥되어 있다. 오장환은 이 시에서 일제 말의 암울하고 외로운 자신의 처지를 돌아보며 그 안에서 미래에 대한 의지를 다짐하고 있다. 박용래는 오장환의 시를 빌려 자신의 갑갑한 처지를 드러내면서 자신의 거처에 깃들어 있는 자연의 아름다움에 위안받고 있음을 전하고 있는 것이다.[4]

11월 중순이 되어 박용래는 마침내 깁스를 풀고 자유롭게 다닐 수 있게 되었다. 그러나 그렇게 자유를 만끽할 수 있게 된 지 며칠 만인 1980년 11월 21일, 그는 세상을 떠나고 말았다. 『세계의문학』 겨울호와 『청파』 4집은 그 얼마 후 출간되었고, 그가 마지막으로 송고한 시는 졸지에 유작이 되어 세상에 나왔다.[5]

---

4)「나 사는 곳」에 대해서는 고형진,「새로 찾은 박용래의 발표작과 미발표 유작」, 158~161쪽 참조.

5) 『세계의문학』 1980년 겨울호는 12월 15일, 『청파』 4집은 12월 21일에 간행되었다.

시인의 죽음, 그 이후

　박용래가 세상을 떠나고 이 주가 지난 1980년 12월 5일, 『한국문학』 회의실에서 열린 제7회 한국문학작가상 본심 심사에서 박용래 시인이 시 부문 수상자로 결정되었다. 소설 부문 수상자는 박완서였다. 시 부문 심사위원은 구상, 김종길이었다. 김종길은 박용래가 제1회 현대시학작품상을 수상했을 때도 심사위원을 맡은 바 있었다. 심사위원들은 "고 박용래씨가 근년에 한국시의 정통성을 고집하면서 언어 미학의 세공이 달인의 경지에 이른 왕성한 생산 의욕을 보여왔는데 아깝게 타계하여 만시지탄은 있지만 상을 수여함으로써 문학적 업적과 시의 성과를 함께 기리는 뜻을 세우자는 것이 수상 이유였다"라면서 "우리나라 문학사상 또는 문학상 사상 고인에게 상을 주기는 처음"이라고 심사 경위를 적었다. 수상자 발표와 심사 경위 등은 『한국문학』 1981년 1월호에 게재되었고, 시상식은 그 직전인 1980년 12월

29일 코리아나호텔 글로리아홀에서 열렸다. 이 자리에는 작고한 박용래를 대신하여 부인 이태준 여사가 참석하여 상을 받았다.

한편 『문학사상』은 1981년 1월호 표지에 박용래의 초상을 실었다. 『문학사상』은 창간 이래 매달 한 명의 문인을 선정하여 표지에 초상화를 실었는데, 박용래가 타계한 바로 다음 호에 그의 초상을 표지화로 한 것은 그에 대한 정중한 조의의 표시라 할 수 있다. 박용래의 초상은 화가 오수환이 그렸다. 시인이 바닥에 가부좌를 틀고 앉아 오른손에 새 한 마리를 받치고 있는 모습으로, 시인 앞에 놓인 흰 사발이 손에 든 새의 아랫배와 흡사해 아래위로 구도를 잡아주며 그림의 포인트가 되고 있다. 사발과 새의 이미지는 단출하고 소박했던 박용래의 삶을 잘 보여준다. 세속의 치장을 벗어버린 듯 옷을 걸치지 않은 그의 모습이 순수하고 무욕적인 그의 생애를 상징적으로 보여주며, 상체가 가늘고 팔이 길어 가녀린 듯 보이는 모습 또한 그가 예리한 감성과 예술적 기질의 소유자였음을 느끼게 한다. 한편으로 손에 받친 새를 삐딱하게 바라보는 다소 거만해 보이는 시선이 보는 이의 입가에 웃음을 머금게도 한다. 세속을 잊고 오직 만물에 대한 호기심으로 세상의 진실을 캐내는 데 몰두하는 시인의 순수하고 날카로운 눈, 그리고 그런 시인만이 지닌 자존감을 이보다 더 잘 드러낼 수는 없을 것이다.

그러나 이 그림에서 가장 인상적인 것은 얼굴 묘사에 나타난 붓 터치이다. 두 눈과 코와 콧수염이 마치 붓을 들어 한 획으로 그은 것처럼 그려져 있다. 그리고 보면 턱수염은 흡사 붓털 모양으로 보이기도 한다. 이처럼 서예를 연상시키는 얼굴 묘사는 이 초상을 그림이면서 동시에 서예 작품으로 만들고 있다. 생각해보면 박용래의 시 또한 백지 위에 한 획 한 획 정성스럽게 써내려간 서예와도 같은 것이 아니었는가. 『문학사상』 표지에 그려진 박용래의 초상화는 이처럼 시인 박용래의 삶과 시를 절묘하게 형상화했다고 할 수 있다.

이듬해인 1982년 『여고시대』 4월호에 소설가 이문구가 원고지 180매 분량으로 쓴 박용래 시인의 일대기 「싸락눈 시인 박용래의 정한에 찬 삶—호박잎에 모이는 빗소리」를 발표하였다. 박용래가 생전에 중앙 문단에서 가장 가까이 지냈던 이문구가 특유의 끈적끈적하고 정감 어린 문체로 기술한 그의 일대기는 그의 삶과 문학을 이해하는 데 좋은 자료가 되고 있다.

1984년에는 『심상』 10월호에 「오류동五柳洞의 동전銅錢」과 「감새」가, 『한국문학』 10월호에 「꿈속의 꿈」과 「뻐꾸기 소리」가 박용래의 유고작으로 발표되었다. 둘째 자제인 박연이 그의 시작 노트에서 발견해 공개한 것이다. 그리고 그해 창작과비평사에서 시전집 『먼 바다』가 간행되었다. 『먼 바다』는 박용래의 발표작을 충실히 모은 최초의 시전집으로, 그의 유고부터 첫 시집 『싸락눈』까지를 발표 역순으로 실었다. 각 작품은 시집본을 최종본으로 삼고 작품 말미에 최초 발표 지면과 발표 시기를 밝혀 적었는데, 그러다보니 해당 잡지를 찾아보면 제목이나 내용이 다른 경우가 많다. 앞서 살펴본 것처럼 박용래가 시집을 묶을 때 기존 발표작의 제목과 내용을 수정하는 경우가 무척 많았기 때문이다. 이 시전집은 박용래 시 서지 사항의 정확한 확인을 과제로 남겼으며, 일부 작품이 누락된 점도 아쉬움으로 남는다. 시 전집의 말미에는 이문구가 이 년 전 『여고시대』에 발표한 「싸락눈 시인 박용래의 정한에 찬 삶」을 '바용래 야전'으로 제목을 바꾸어 재수록하였다.

그리고 이듬해인 1985년 11월 문학세계사에서 박용래의 산문집 『우리 물빛 사랑이 풀꽃으로 피어나면』이 출간되었다. 이 책은 박용래가 문예지에 발표한 산문과 개인적으로 주고받은 편지 등을 묶은 것으로, 그의 독특한 산문 미학을 맛보는 동시에 그의 생애와 문학적 배경을 엿볼 수 있는 유일한 산문집이지만, 편집자가 내용을 임의로 수정, 첨삭, 삭제한 대목이 많고 누락된 산문도 많아 아쉬움을 준다.

그의 시세계를 조명하는 움직임은 1990년대에 들어서도 계속되었다. 1991년 3월에 창간된 『시와시학』은 '현대 시인 집중 연구' 연속 특집을 기획하며 그 첫번째로 박용래를 다루었는데, 여기에 홍희표, 최동호, 이은봉, 조창환, 정효구, 윤호병 등 여섯 명의 시인과 비평가들이 박용래 시에 대한 묵직한 비평을 실었다. 문예지로서는 이례적으로 한 시인에 대한 깊이 있는 연구를 여러 편 싣는 기획이었다. 이 잡지의 창간인이자 주간인 김재홍 교수는 평소 박용래 시인을 매우 높이 평가하고 있었다. 『시와시학』은 그와 더불어 박용래의 유고시 「슬픈 지형도」「이것은 쓰디쓴 담배재」「검은 밤의 그림자」 세 편을 새로 발굴해 실었다. 이 작품들은 1950년대 초반의 습작 노트에 쓰인 것인데, 시기적으로 보아 습작품 내지는 완성되지 않은 초고의 성격이 짙다. 그는 이 시기에 쓴 습작 중에서 마음에 드는 것들은 나중에 여러 번의 수정을 거쳐 문예지에 발표하였다.

1997년 10월 초에는 논산시의 후원으로 논산공설운동장 정원에 박용래와 김관식의 시비가 나란히 세워졌다. 1984년 10월 27일 대전 보문산 사정공원에 처음 시비가 세워진 이후 두번째로 건립된 시비였다. 권선옥과 나태주 시인이 많은 노력을 기울여 세운 이 시비에는 박용래의 시 「겨울밤」이 새겨져 있다. 시비 제막을 기념해 기념 문집 『땅에도 별이 뜬다』도 간행되었다.

1999년 대전일보사에서 이철휘 문화사업국장의 노고와 논산시의 후원으로 박용래문학상이 제정되었다. 제1회 수상자는 허만하 시인이었으며, 2000년 제2회 수상자는 나태주, 2001년 제3회 수상자는 서정춘 시인이었다. 그후 삼 년간 문학상 운영이 중단되었다가 2005년에 재개되어 함민복 시인이 수상하였고, 이후 다시 중단되었다.

2000년대에 접어들어 김용재, 윤종영, 박명용, 김현정, 박수연 등 대전 지역의 시인과 비평가들에 의해 박용래가 등단 이전 『동백』『현대』, 동방신문 등 대전 지역의 매체들에 발표한 시가 발굴, 소개되었다.[1] 박수연 교수는 이 외에도 박용래가 1958년 4월 20일자 중도일보에 발표한 시 「풀각씨」를 찾아 발표하기도 했다.[2]

---

1) 이에 대한 상세한 경위는 박수연, 「현실의 비극을 거느린 향토 풍경―박용래 초기 시에 대해」, 『문학의오늘』 2020년 가을호, 388~401쪽; 김용재, 「『동백』과 『호서문학』」, 『호서문학』 61집, 2018, 35~45쪽 참조.
2) 박수연, 같은 글. 이 글에는 박용래의 「풀각씨」가 중도일보 1958년 4월 2일자에 발표되었다고 쓰여 있는데, 신문을 확인한 바로는 1958년 4월 20일자이다.

2012년에는 대전시 용전동에 대전문학관이 개관해 권선근, 최상규, 정훈, 한성기, 박용래 등 대전에서 활동한 대표적인 문인 다섯 명의 관련 자료를 상설 전시하고 있다.

2015년 10월, 박용래에 대한 시와 시평, 주변 문인들의 일화와 추억담 등을 모은 『시인 박용래―그의 삶과 문학』(김현정·박진아 엮음, 소명출판)이 출간되었다. 엮은이 중 한 사람인 박진아는 박용래의 넷째 자제이며, 책 중간중간에는 둘째 자제인 박연의 그림들이 수록되어 있다. 박용래는 생전에 자신의 산문과 박연의 그림을 함께 엮은 화문집을 내기를 소망하였는데 뜻을 이루지 못하고 사망했다.

2020년 5월 6일부터 11월 30일까지 대전시 대흥동에 위치한 테미오래 1호 관사(역사의 집)에서 '숨은 꽃처럼 살아라'라는 제목으로 '시인 박용래 대전문학기록 아카이브 특별전'이 열렸다. 여섯 개로 나뉜 공간에서 박용래의 대표 시, 박연의 시화, 영상 자료 등이 전시되었으며, 그의 서재를 재현한 공간도 마련되었다. 행사 기간 중인 10월 17일에는 한국작가회의 대전지회 주관으로 박용래 시인 40주기 기념 학술대회가 그곳에서 개최되었다.

박용래의 유족들은 그의 고향인 강경에 그를 기리는 기념물이 전혀 없는 것에 대해 필자에게 큰 아쉬움을 토로하였다. 그의 모교인 강경상고고에 시비가 세워지고 강경에 박용래 문학관이 들어서는 것이 유족들의 소망이었다. 그래서 필자는 박용래의 자제들과 함께 강경상고를 방문하여 기호엽 당시 강경상고 교장을 뵙고 박용래 시인이 우리 현대시사에서 차지하는 높은 위상을 설명하고 교정에 박용래 시비를 세우기를 간청하였다. 다행히 기호엽 교장은 박용래 시인에 대해 잘 알고 있었고, 몇 차례 의견을 주고받은 끝에 박용래 자제들의 후원과 기호엽 교장의 적극적인 도움, 그리고 강경상고 동문들의 협조로 마침내 강경상고 교정에 박용래 시비가 세워지게 되었다. 시비 제작은 조각가 최종태가 맡았고, 필자의 제안으로 시비에는 박용래의 시 「점묘點描」가 새겨졌다. 시비 제막식은 2020년 11월 28일 강경상고 100주년 기념식의 일환으로 거행되었다.

이제 강경읍과 옥녀봉 등 박용래가 태어나고 자란 곳에 박용래의 문학을 기리고 알리는 기념물과 상설 공간이 들어서길 기대한다. 강경은 아름다운 산과 물과 들판을 거느리고 있으며, 두터운 질감의 석양이 그 절경을 감싸 자연스럽게 한 폭의 그림을 빚어내는 곳이다. 보기 드문 천혜의 자연경관을 지닌 이곳의 옥녀봉에는 박용래를 시인으로 이끈 그의 삶의 굴곡이 알알이 박혀 있다. 아름다운 풍광에 절절한 이야기를 간직하고 있는 옥녀봉은 강경과 박용래가 만들어낸 이곳의 소중한 문화유산이다. 강경의 특별한 문화적 자산이 잘 가꾸어져 여러 사람들이 찾는 명소가 되길 바란다.

박용래의 문학과 그를 기리는 행사는 앞으로 더욱 활발해질 것이다.

『문학사상』 1981년 1월호
표지에 실린 박용래 시인의 초상.

박용래 연보

1925년(1세) 2월 6일(음력 1월 14일) 충남 논산군 강경읍 본정(현 홍교리) 78번지에서 아버지 박원태朴元泰와 어머니 김정자金正子 사이의 4남 2녀(봉래鳳來, 학래鶴來, 홍래鴻來, 봉래鵬來, 용래龍來, 상래象來) 중 막내 쌍둥이의 형으로 태어남. 쌍둥이 동생 상래는 그해 11월 2일에 사망했으며 넷째 봉래는 박용래가 태어나기 전인 1923년 6월 11일에 사망함. 부모와 형제자매의 출생지는 부여군 부여면 관북리 70번지임. (제적등본에는 그의 생년월일이 1925년 8월 15일로 기록되어 있는데 이는 출생신고일임.)

1933년(9세) 강경공립보통학교 입학. 3, 4, 5학년 때 급장을 맡았으며, 글짓기 대회에서 여러 차례 수상함. 보통학교 재학중 첫째 봉래의 일본 유학비와 둘째 학래의 치료비로 가세가 기울어 강경의 옥녀봉 기슭으로 이사함.

1939년(15세) 보통학교 졸업. 강경상업학교 입학. 1, 2학년 때는 학업 성적이 전체 1등이었고, 통솔력도 뛰어나 4, 5학년 때 학교 부급장을 맡고 대대장 역할을 수행하기도 했으며, '경기반競技班'과 '상미반商美班' 반장으로 활동하는 등 운동과 미술에도 뛰어난 기량을 보임.

1940년(16세) 박용래를 어머니처럼 보살펴주었던 열 살 터울의 홍래 누이가 3월에 출가해 12월 산후출혈로 사망함. 이 충격으로 감상적 성격을 지니게 되고, 홍래 누이의 죽음이 평생의 시적 원천으로 자리하게 됨.

1943년(19세) 강경상업학교 졸업. 조선은행 군산 지점에서 면접을 본 후 입행.

1944년(20세) 1월 10일 조선은행 경성 본점에서 근무 시작. 일본인으로 가득한 은행 본점에서 극심한 외로움을 겪고, 돈을 다루는 일이 자신과 맞지 않음을 절감함. 현금 수송을 위해 목단강행 열차를 타고 청진으로 가면서 난생처음 본 북방의 눈과 열차 안의 유이민의 모습이 가슴에 크게 각인됨. 5월 1일 조선은행 대전 지점이 신설되자 서울을 벗어나 자연 곁에서 지내고 싶어 전근을 자원함.

1945년(21세) 일제의 개정 병역법에 따라 징병검사를 받고 7월 초에 징집됨. 한 달 남짓 일제의 사역병 노릇을 하다 8월 15일 용산역에서 해방을 맞음.

1946년(22세) 대전의 정훈 시인이 주도한 향토시가회에 합류하여 시 모임을 가지면서 정훈, 박희선과 함께 『동백椿柏』지를 창간하고 시 「6월六月 노래」와 「새벽」을 발표함. 동래에 거주하는 김소운 선생 댁을 방문하여 문학에 대한 열망을 피력함.

1947년(23세) 조선은행을 사직함. 대전에 용무차 내려온 박목월을 만나 문학 이야기를 들으며 시인의 길을 걸을 것을 다짐함.

1948년(24세) 대전 계룡학관(호서중학교) 교사로 근무.

1950년(26세) 1월 충청남도 국민학교 교사 채용시험 합격. 6·25전쟁이 발발하여 논산으로 피신함.

1952년(28세) 『호서문학』 창간 회원으로 참여함.

1953년(29세) 서울에 있는 출판사인 창조사의 편집부에서 근무. 11월에
　　　　　　부친이, 12월에 모친이 온양에서 사망함.

1954년(30세) 4월 대전 덕소철도학교 국어 교사로 취임.

1955년(31세) 1월 중학교 국어과 준교사 자격증 취득. 『현대문학』 6월호
　　　　　　에 「가을의 노래」로 1회 추천을 받음. 문우인 원영한 시인의
　　　　　　소개로 12월 24일 대전 출신의 간호사 이태준李台俊과 결혼
　　　　　　해 대전 보문산 기슭의 대사동에서 신혼생활을 시작함.

1956년(32세) 『현대문학』 1월호에 「황토黃土길」이, 4월호에 「땅」이 박두
　　　　　　진 시인에 의해 추천되어 문단에 오름. 대전 덕소중학교(덕
　　　　　　소철도학교에서 개명) 교사 사임. 대사동에서 용두동으로
　　　　　　이사.

1957년(33세) 장녀 노아魯雅 출생.

1959년(35세) 차녀 연燕 출생.

1961년(37세) 6월 대전 한밭중학교 상업 담당 교사로 취임, 8월 사임. 11
　　　　　　월 당진 송악중학교 국어 담당 교사로 취임. 삼녀 수명水明
　　　　　　출생. 제5회 충청남도문화상 문학 부문 수상.

1962년(38세) 송악중학교 교사 사임.

1963년(39세) 대전시 중구 오류동 17-15번지로 이사. 택호를 청시사靑枾
　　　　　　舍로 지은 이곳에서 생을 마칠 때까지 거주하며 숱한 작품
　　　　　　을 창작함.

1966년(42세) 사녀 진아眞雅 출생.

1968년(44세) 차녀 박연의 그림이 초등학교 5, 6학년 미술 교과서에 실
　　　　　　리게 되어 자신의 그림 소질이 둘째에게 전해진 것을 확인
　　　　　　하고 매우 기뻐함.

1969년(45세) 6월 첫 시집 『싸락눈』 간행.

1970년(46세) 제1회 현대시학작품상 수상.

1971년(47세) 『현대시학』 9월호부터 이듬해 6월호까지 산문 「호박잎에 모이는 빗소리」 연재. 10월 한성기, 임강빈, 최원규, 조남규, 홍희표 등 대전의 시인들과 함께 공동시집 『청와집』을 출간함. 장남 노성魯城 출생.

1973년(49세) 대전북중학교 교사로 취임하여 4개월가량 근무하다 고혈압 증세가 악화되어 퇴사. 『현대시학』 신인 추천 심사위원으로 위촉.

1974년(50세) 한국문인협회 충남 지부장에 피선.

1975년(51세) 두번째 시집 『강아지풀』 간행.

1976년(52세) 『문학사상』 7월호부터 12월호까지 산문 「호박잎에 모이는 빗소리」 연재를 이어감. 일본 도주샤冬樹社에서 간행된 『현대한국문학선집』에 「눈」 「코스모스」 「울타리 밖」 「추일秋日」 「별리別離」 「소나기」 「솔개 그림자」 일곱 편이 일역되어 실림.

1979년(55세) 세번째 시집 『백발의 꽃대궁』 간행.

1980년(56세) 7월 교통사고로 2개월간 입원 치료. 10월 장녀 노아 결혼. 11월 21일 심장마비로 자택에서 별세. 11월 23일 충남문인협회장으로 영결식 거행. 충남 대덕군 산내면 삼괴리 천주교 공원묘지에 안치. 12월 제7회 한국문학작가상 수상.

참고문헌

강경상업고등학교 70년사 편찬위원회, 『강상 70년사』, 강경상업고등학교동창회, 1990.

강계순, 『아! 박인환―사랑의 진실마저도 애증의 그림자를 버릴 때』, 문학예술사, 1983.

강소천, 『조그만 사진첩』, 다이제스트사, 1952.

강진호, 『한국문단 이면사』, 깊은샘, 1999.

계룡학원 50년사 편찬위원회, 『계룡학원 50년사』, 학교법인 계룡학원, 1999.

고형진, 「박용래 시의 형식미학」, 『현대문학이론연구』 13집, 현대문학이론학회, 2000.

고형진, 「박용래 시의 미학과 시적 기법」, 『우리어문연구』 57집, 우리어문학회, 2017.

고형진, 「새로 찾은 박용래의 발표작과 미발표 유작―고호와 꽃과 동시와 오류동 사랑, 그리고 육사와 오장환의 자취」, 『서정시학』 2021년 가을호.

구자운, 『청자수병』, 삼애사, 1969.

김경연, 『이동훈 평전』, 열화당, 2012.

김광림, 「흙담가에 피어난 군자란」, 『현대시학』 1969년 10월호.

김근수, 『한국잡지사연구』, 한국학연구소, 1992.

김대현, 「정훈―생애와 문학」, 『호서문학』 18집, 1992.

김영태, 「김영태 스케치―현대시학 제1회 작품상」, 『현대시학』 1970년 12월호.

김용재, 「『동백』과 『호서문학』」, 『호서문학』 61집, 2018.

김재근, 「염인수와 대전·충남의 해방공간 문학운동」, 『호서문학』 19집, 1993.

김재홍, 「박용래 또는 전원상징과 낙하의 상상력」, 『심상』 1980년 12월호.

김재홍 편, 『이장희 전집 · 평전―봄은 고양이로다』, 문학세계사, 1983.

김종훈, 「박용래 시에 나타난 회화성의 변화―'눈'의 시편을 중심으로」, 『한국문학이론과 비평』 87집, 한국문학이론과비평학회, 2020.

김준현, 「'순수문학'과 잡지 매체―'청년문학가협회' 문인들의 매체 전략」, 『한국근대문학연구』 22호, 한국근대문학회, 2010.

김현정, 「대전 진보문학의 뿌리를 찾아서―『현대』를 중심으로」, 『작가마당』 2006년 하반기호.

김현정, 「1950년대 전반 대전문학 연구―『호서문학』 창간호를 중심으로」, 『비평문학』 54호, 한국비평문학회, 2014.

김현정, 「문학적 계보와 정체―순수와 진보의 관점으로 본 대전 시문학」, 『현대문학이론연구』 72집, 현대문학이론학회, 2018.

김현정 · 박진아 편, 『시인 박용래―그의 삶과 문학』, 소명출판, 2015.

김형국, 『하늘에 걸 조각 한 점―최종태 예술의 사회학』, 열화당, 2018.

김화선, 「대전문학사 서술의 현황과 전망―해방공간을 중심으로」, 『비평문학』 50호, 한국비평문학회, 2013.

나태주, 『쓸쓸한 서정시인』, 분지, 2000.

나태주, 「대체 불가능한 시인, 용래 선생」, 『유심』 2015년 5월호.

논산문화원, 『사진으로 보는 논산 100년』, 논산문화원, 2014.

대전광역시 종무문화재과, 『대전근대사연구초―2011 대전 근대역사자료집 1』, 대전광역시 종무문화재과, 2012.

대전광역시 종무문화재과, 『대전근대사연구초―2012 대전 근대역사자료집 2』, 대전광역시 종무문화재과, 2013.

대전광역시 종무문화재과, 『대전근대사연구초―2013 대전 근대역사자료집 3』, 대전광역시 종무문화재과, 2014.

박덕규, 『강소천 평전―아동문학의 마르지 않는 샘』, 교학사, 2015.

박명용, 『문학과 삶의 언어』, 푸른사상사, 2002.

박명용 편, 『대전문학과 그 현장 상 · 하』, 푸른사상사, 2004~2005.

박성룡, 『시로 쓰고 남은 생각들』, 민음사, 1978.

박수연, 「해방공간 대전지역의 진보문예지 연구」, 『비평문학』 50호, 한국비평문학회, 2013.

박수연, 「공통성과 획일성―한국전쟁 전후 대전문학의 양상」, 『현대문학이론연구』 70집, 현대문학이론학회, 2017.

박수연, 「현실의 비극을 거느린 향토 풍경―박용래 초기 시에 대해」, 『문학의오늘』 2020년 가을호.

박은선, 「박용래와 한성기 시에 나타난 로컬리티의 의미」, 『한국문예창작』 25호, 한국문예창작학회, 2012.

박희선, 「중도문단소사」, 『중도문학』 창간호, 1995.

배인환, 『완화초당의 그리움―김구용 평전』, 리북, 2005.

서은숙 외, 『남기고 싶은 이야기들』, 중앙일보사, 1973.

손종호, 「강경, 잔광 부신 강마을과 박용래」, 『서정시학』 2006년 가을호.

송기섭, 「대전충남 지역문학의 형성과 매체」, 『영주어문』 19집, 영주어문학회, 2010.

송기섭, 「문화지 『현대』와 대전문학」, 『인문학연구』 86호, 충남대학교 인문과학연구소, 2012.

송기섭, 「해방기 대전충남 지역문학의 형성 양상」, 『한국민족문화』 54집, 부산대학교 한국민족문화연구소, 2015.

송기섭, 「장소의 생성과 지역문학」, 『국어문학』 75집, 국어문학회, 2020.

송석홍, 「호서문학회 소사」, 『호서시선 속』 부록, 오광인쇄사, 1974.

송재영, 「동화 혹은 자기 소멸」, 박용래, 『강아지풀』 해설, 민음사, 1975.

신형기, 『해방직후의 문학운동론』, 화다, 1988.

심재휘, 「박용래 시 연구―반복기법의 유형과 미적효과」, 『현대문학이론연구』 23집, 현대문학이론학회, 2004.

염인수, 『깊은 강은 흐른다』, 심지, 1989.

염인수, 『누가 바람을 보았는가』, 미리내, 1995.

염인수,『남산』, 미리내, 2001.

오세영,『정좌―오세영 문학 자전』, 인북스, 2019.

오양호,「내 문학 기억공간의 전설―시인 이상화에게」,『상화』 창간호, 이상화 기념사업회, 2019.

오탁번,「이달의 쟁점―콩깍지와 새의 온기」,『문학사상』 1976년 4월호.

오탁번,『오탁번 시화―아직 태어나지 않은 시인을 위하여』, 나남출판, 1998.

용봉 대종사 금당 이재복 선생 전집 간행위원회,『용봉 대종사 금당 이재복 선생 전집』(전8권), 용봉 대종사 금당 이재복 선생 추모사업회, 2009.

원영한,「목척다리통신」,『호서문학』 16집, 1990.

원영한,「목척다리통신 2」,『호서문학』 17집, 1991.

육명심,『문인의 초상』, 열음사, 2007.

윤덕영,「해방 직후 신문자료 현황」,『역사와 현실』 16호, 한국역사연구회, 1995.

윤호병,「박용래 시의 구조분석」,『시와시학』 1991년 봄호.

이경철,『나와 네 외로운 마음이 겹친 이 순간―천상병·박용래 시 연구』, 솔출판사, 2008.

이광복,「임홍재 형을 생각하며」,『현대시학』 1989년 9월호.

이문구,「싸락눈 시인 박용래의 정한에 찬 삶―호박잎에 모이는 빗소리」,『여고시대』 1982년 4월호.

이문구,『관촌수필』, 문학과지성사, 1991.

이봉범,「1950년대 등단제도 연구―신춘문예와 추천제를 중심으로」,『한국문학연구』 36집, 동국대학교 한국문학연구소, 2009.

이선환,「박희선 시 문학 연구」, 충남대학교 교육대학원 석사학위논문, 2014.

이순욱,「한국전쟁기 문단 재편과 피난문단」,『동남어문논집』 24집, 동남어문학회, 2007.

이승하,『한국의 현대시와 풍자의 미학』, 문예출판사, 1997.

이승하,『빠져들다』, 좋은생각, 2004.

이은봉, 「박용래의 한과 사회현실성」, 『시와시학』 1991년 봄호.

이은봉 편, 『홍희표 시인 연구』, 푸른사상사, 2011.

이종수추모문집간행위원회, 『도예가 이종수를 그리다』, 은행나무, 2009.

이종학, 『빛의 노래』, 민문고, 1995.

이청준, 『춤추는 사제』, 장락, 1994.

이현희, 『한국철도사』, 한국학술정보, 2001.

이형기 편, 『박목월 평전·시선집―자하선 청노루』, 문학세계사, 1986.

이혜원, 「박용래 시의 미적 특질과 생태학적 의미」, 『어문연구』 49집, 어문연구학회, 2005.

이희중, 「박용래 시인의 딸과 호박잎에 모이는 빗소리」, 『시안』 1998년 겨울호.

임우기, 『그늘에 대하여』, 강, 1996.

임유미, 「일제강점기 조선은행 군산 지점의 역사와 그 활용」, 군산대학교 석사학위논문, 2012.

전광용, 『목단강행열차』, 태창, 1978.

정규웅, 『글 속 풍경 풍경 속 사람들―정규웅의 문단 뒤안길』, 이가서, 2010.

정진석 편, 『조남익의 시와 삶―조남익 시 연구』, 오늘의문학사, 2003.

정효구, 「박용래 시의 기호론적 분석」, 『시와시학』 1991년 봄호.

조남익, 『시와 유혹』, 오늘의문학사, 2004.

조남익, 『한밭, 향토문학론―대전문화의 뿌리와 정신을 찾아서』, 이든북, 2021.

조재훈, 「박용래 미발표 유고시에 대하여」, 『시와시학』 1991년 봄호.

조창환, 「박용래 시의 운율론적 접근」, 『시와시학』 1991년 봄호.

차현진, 『중앙은행별곡』, 인물과사상사, 2016.

철도청, 『한국철도 100년사』, 철도청, 1999.

최동호, 「한국적 서정의 좁힘과 비움」, 『시와시학』 1991년 봄호.

최문희, 「대전문단이면사 1~10―대전문단 60년을 회고하며」, 『대전문학』 2008년 여름호~2010년 가을호.

최원규, 『시는 삶이다』, 충남대학교출판부, 2009.

최유리, 「일제 말기(1938년~45년) "내선일체"론과 전시동원체제」, 이화여자대학교 박사학위논문, 1995.

최종태, 『최종태 조각 1991–2007』, 열화당, 2007.

최종태, 『최종태, 그리며 살았다』, 김영사, 2020.

하유상, 「인생은 눈물겹습니다」, 『그대 그리는 마음에 저려오는 아픔이여』, 도농문학사, 1993.

하유상, 「(실명소설) 새벽은 아직 멀었나보다―김관식과 박용래와 나」, 『핏빛하늘에 까마귀 떼』, 미리내, 2006.

학교법인 계룡학원, 『학교법인 계룡학원 70년사』, 계룡디지텍고등학교, 2019.

한국문학사 편집부, 『사랑한다는 말을 하지 않고는―오늘의 지성 100인이 쓴 사랑의 서한집』, 한국문학사, 1978.

한국시인협회 편, 『한국시인협회 50년사』, 국학자료원, 2007.

한국신문방송편집인협회 50년사 편찬위원회, 『한국신문방송인협회 50년사―1957~2007』, 한국신문방송편집인협회, 2007.

한국예술종합학교 한국예술연구소 편, 『한국 작곡가 사전』, 시공사, 1999.

한상철, 「대전의 학술적 문학 담론과 교육 제도」, 『어문연구』 83집, 어문연구학회, 2015.

한상헌·김창수, 『대전 향토예술인 현황 및 지원방안 연구』, 대전세종연구원, 2018.

한창수, 「정훈 시 연구―시기별 특성을 중심으로」, 공주대학교 교육대학원 석사학위논문, 2011.

홍희표, 『눈물점 박용래』, 문학아카데미사, 1991.

홍희표, 『까까중이 베짱이 되어―홍희표 문학비망록』, 대교출판사, 1993.

홍희표, 『글의 길과 길의 글』, 종려나무, 2003.

홍희표 편, 『임강빈의 시와 삶』, 오늘의문학사, 2003.

金素雲 編, 『朝鮮民謠集』, 東京: 泰文館, 1929.

金素雲 編, 『諺文朝鮮口傳民謠集』, 東京: 第一書房, 1933.

金素雲 編,『朝鮮童謠選』, 東京: 岩波書店, 1933.

朝鮮銀行史研究會 編,『朝鮮銀行史』, 東京: 東洋經濟新報社, 1987.

박용래 평전
© 고형진 2022

초판인쇄 2022년 11월 15일
초판발행 2022년 11월 30일

지은이 고형진
책임편집 이상술
디자인 이현정 유현아
마케팅 정민호 이숙재 박치우 한민아 이민경 안남영 왕지경 김수현 정경주
브랜딩 함유지 함근아 김희숙 고보미 박민재 박진희 정승민
제작 강신은 김동욱 임현식 | 제작처 천광인쇄사

펴낸곳 (주)문학동네 | 펴낸이 김소영
출판등록 1993년 10월 22일 제2003-000045호
주소 10881 경기도 파주시 회동길 210
전자우편 editor@munhak.com | 대표전화 031) 955-8888 | 팩스 031) 955-8855
문의전화 031) 955-3578(마케팅) 031) 955-8864(편집)
문학동네카페 http://cafe.naver.com/mhdn
인스타그램 @munhakdongne | 트위터 @munhakdongne
북클럽문학동네 http://bookclubmunhak.com

ISBN 978-89-546-8994-6 03810

www.munhak.com